안의 크기

안의 크기

ⓒ 이희영, 2025. Printed in Seoul, Korea

초판 1쇄 찍은날	2025년 11월 10일
초판 1쇄 펴낸날	2025년 11월 24일
지은이	이희영
펴낸이	한성봉
편집	안태운·김학제·박소연
콘텐츠제작	안상준
디자인	최세정
마케팅	오주형·박민지·이예지·정효인
경영지원	국지연·송인경
펴낸곳	허블
등록	2017년 4월 24일 제2017-000050호
주소	서울시 중구 필동로8길 73 [예장동 1-42] 동아시아빌딩
페이스북	facebook.com/dongasiabooks
인스타그램	instagram.com/dongasiabook
트위터	twitter.com/in_hubble
블로그	blog.naver.com/dongasiabook
홈페이지	hubble.page
전자우편	dongasiabook@naver.com
전화	02) 757-9724, 5
팩스	02) 757-9726
ISBN	979-11-93078-72-3 03810

※ 허블은 동아시아 출판사의 문학 브랜드입니다.
※ 잘못된 책은 구입하신 서점에서 바꿔드립니다.

만든 사람들

책임편집	김학제
크로스교열	안상준
Cover Artwork	Chansong Kim, Ice Wall, 2023
디자인	최세정

이희영 장편소설

인의 크기

허블

차례

1부 눈雪
7

2부 비雨
131

3부 그리고 서점 주인
225

작가의 말
329

1부

눈 雪

누구에게나 그런 날이 있다. 무대 위 배우처럼, 뷰파인더 속 피사체처럼 도드라지게 각인된 삶의 어느 날…. 기묘한 건 그 순간이 대단히 의미가 있거나, 뇌리에 남을 만큼 특별하지 않다는 점이다. 떨어지는 별똥별을 봤을 때만큼의 놀라움은 없지만, 오늘따라 유독 낮달이 밝구나 싶은 새삼스러움이랄까? 아니, 그보다도 감흥이 적은, 차창 밖으로 스쳐 가는 가로수, 가로수, 그리고 가로수들마냥 그저 그런 날들의 하루라는 점이다. 나에게도 평범하지만 절대 지워지지 않는 한 날이 있었다. 여섯 살이었을까. 아니면 유치원을 졸업하던 일곱 살? 거실에 스며든 볕이 뜨거웠던 여름, 아니 유독 햇살이 좋았던 겨울이었는지도 모르겠다. 나는 거실 바닥에 엎드린 채 두 발을 세워 까딱거렸는데 그림을 그렸는지 학습지를 풀었는지는 기억나지 않는다. 다만 뜨겁거나 따뜻했던 공기에 설핏 졸음이 밀려들던 몽롱한 느낌과 겨울밤 집에 돌아와 따뜻한 욕조에 들어갔을 때처럼 나른했던 감각은 지금도 선명하다.

"행복의 반대말이 뭐야?"

질문의 성격상 학습지를 풀고 있었을 확률이 높았겠지만, 혹여 또 모를 일이다. 스케치북에 '행복'이라는 단어가 보였거나, 거실 책장에 행복과 관련된 책이 있었거나, 행복 마트나 행복 정육점 홍보 전단을 읽었는지도….

내가 왜 하필 행복이 아닌 그 반대말의 의미를 물었는지는 여전히 모르겠다. 하지만 그 질문에, 소파에 앉아 책을 읽던 엄마는 다음과 같이 말했는데, 어린 나는 그것이 정확한 답이 아님을 눈치챌 수 있었다.

"행복의 반대말은 아마 불행이겠지?"

엄마의 자신 없는 목소리와 모호한 표정, 마지막으로 '아마 ~ 겠지?' 하고 되묻는 억양이 바로 그 증거였다.

"불행이 뭐야?"

엄마는 잠시 망설이다 머뭇머뭇 말을 이었다. 마치 그 뜻을 설명하면 불행의 봉인이라도 풀릴 듯 조심스러운 엄마를 보며 어린 나 역시 긴장했었다.

"행복하지 못하다는 뜻이야. 상황이 나쁘다는 의미도 있고."

베란다에 널어놓은 빨래가 바람에 따라 가만가만 뒤척이던 날, 어린 나는 몽롱하고 나른한 감각을 느끼며 연필을 손에 쥔 채 스케치북이나 학습지 한 귀퉁이에 당당히 '불행'이라고 썼다. 그런 다음 물끄러미 그 삐뚤빼뚤한 글씨들을 내려다보았다.

행복의 반대말은 '안 행복' 아닌가?

그즈음 나는 '안'이라는 부정 표현에 제법 익숙해져 있었다. 안 갈 거야. 안 잘 거야. 안 먹어. 안 놀아. 안 해…. 그것은 또래 친구들이 곧잘 하던 말이었는데, 자신들 삶의 기준을 이런 식으로 표현했다면 너무 과한 의미 부여일까? 결과만 놓고 보자면 꼬마들이 '네'라 할 때보다 '아니요'라 했을 때, '응'보다는 '싫어'라는 대답을 던졌을 때, 어른들의 반응이 더 구체적이었던 건 사실이다.

'왜 또? 뭐가 문제야? 어떤 게 마음에 안 들어서 그래?'

그러나 긴 숙고 끝에 나온 꼬마들의 대답이란 주로 '그냥'이었고 '그냥'의 크기는 무한대였으니, 바다보다 깊고 우주보다 넓으며 인간의 몸속 세포들보다 많은 뜻을 내포하고 있었다. 하지만 나는 복잡한 내 안의 감정을 단순히 '그냥'이라고 표현하기 싫었다. 하여 되도록 '안'으로 시작되는 부정형을 멀리했는데, 어른들은 이런 나를 고집 없고 순한 아이라 평가했다.

행복의 반대말은 '안 행복'이 맞잖아.

그것은 절대 내 생각이나 의견이 아니었다. 언제나처럼 익숙한 목소리가 들려왔을 뿐이었다. 습관처럼 고개를 들어 주위를 둘러보자 소파에 앉아 책을 읽던 엄마가 부드럽게 웃었다. 베란다 창으로 스며든 햇빛이 유독 눈이 부셨는데, 그것보다 훨씬 밝고 작은 파란빛이 날아와 귓가에 속삭였다.

안 행복이야. 그게 맞아.

명확한 계절도, 정확한 시기도 떠오르지 않지만 안온한 공기와 몽롱하고 나른한 기운, 그리고 작은 손으로 꾹꾹 눌러쓴 세 글자 '안 행복'은 이상하리만큼 기억에 또렷이 남아 있다.

어른들의 말마따나 나는 좀처럼 고집이 없는, 갓 태어난 송아지처럼 순한 아이였다. 그러나 솔직히 고백하면 조금, 어쩌면 많이 이상한 아이였는지도 모르겠다. 그 시절 내 곁을 맴돌던 파랗게 반짝이는 작은 빛은 불행과 안 행복의 정확한 차이를 알고 있었을까. 안 행복 속에는 조금 더 구체적인 마음과 누군가의 세밀한 상황이 담겨 있다고 믿었을까. 엄마가 선물해 준 까만 에나멜 구두를 보며 **안 예뻐**, 하고 내 귀에 불만을 터트리던 파란빛은, 안 행복이 누군가의 주장이 강하게 반영된 표현이라 생각했으리라.

'불행'은 유리와 같아서 작은 충격에도 산산이 부서져 그 날카로운 파편이 가슴에 아프게 박힐 것 같았다. 그러나 안 행복은 목각 인형처럼 단단해 바닥에 떨어져도 다시 주워 들면 괜찮을 성싶었다. 나는 곱씹으면 곱씹을수록 안 행복이 마음에 들었다.

시간은 정처 없이 흘러, 나는 10대로 자랐고 그렇게 어영부영 대학에 입학했다. 졸업 후 그저 그런 어른이 되어 하루하루를 아등바등 살아가고 있지만 실은 여전히 알 수 없다. 불행과 안 행복의 정확한 차이가 무엇인지를. 혹여 내 영혼은 오래전 거실 바닥에 누워 두 다리를 까닥이던 그 시절에서 조금도 자라지 못한 게 아닐까. 내 곁에는 여전히 여리고 푸르게 반짝이는 작은 빛이 존재한다.

***

회사란 그런 집단이다. 누군가의 상황을 당사자만 빼고 다 아는 곳. 그렇기에 사내 연애는 둘만의 어설픈 약속일 수밖에 없다. 연극배우들처럼 비밀리에 합을 맞추지만, 그 앞에는 무수한 관객들이 숨을 죽인 채 조용히 관람 중이다. 둘이 어떤 방식으로 눈빛을 나누었으며 어떤 손짓으로 비밀을 이야기했는지까지, 어설픈 배우들의 등 뒤에서 관객들의 열띤 토론이 이어진다.

새해의 태양이 막 떠오른, 서른하고 하나가 된 날이었다. 나에게도 이와 비슷한 일이 벌어졌는데 언제나처럼 출근해 자리에 앉기까지 몇 분이 되지 않는 그 찰나의 순간, 사무실 분위기가 어제와는 사뭇 다르다는 사실을 느꼈다. 좋은 아침이라는 인사에 몇몇이 어색한 미소를 내비치고는 재빨리 모니터를 주시했고, 키보드를 두드리는 소음이 평소보다 크게 울리기 시작했다. 그 즉시 이 집단만의 기묘한 시스템이 작동되는구나, 하는 직감이 밀려들었고 동시에 당사자만 모르는 상황의 주인공이 누구인지도 눈치챌 수 있었다. 나는 사람들의 눈을 피해 사내 연애를 한 적이 없는데, 공금에 손을 댄 적도, 근무 시간에 취업 사이트를 들락거리거나 이력서를 쓴 적도 없는데….

"설우 씨. 잠깐 괜찮지?"

부장님이 짧은 눈짓과 함께 자리에서 일어나 회의실로 들어갔다. 부장님이 나보다 일찍 출근한 적이 있었나 하고 의문을 품는 사이, 본능적으로 감지할 수 있었다. 사내 연애와 눈치 없는 이직 준비를 들키지 않았다면, 업무 문제나 공금횡령도 아니라면, 이제 남은 건 하나밖에 없었다.

나는 느린 동작으로 자리에서 일어나며 찬찬히 주위를 둘러보았다. 배가 닻을 내리듯 사무실 공기가 빠르게 가라앉기 시작했다. 월요일 아침부터 사람들이 분주해질 수밖에 없는, 어딘가 익숙하면서도 낯선 분위기의 정체가 밝혀지기까지는, 그러나 채

10분도 걸리지 않았다.

회사에서 남들이 다 아는 사실을 나만 몰랐다는 건, 단순히 눈치가 있고 없음의 문제가 아니었다. 정보가 부족해서도, 사람들의 노골적 따돌림 탓도 아니었다. 그저 내가 사람들이 쉬쉬거리던 소문의 주인공이었기 때문이었다. 그렇게 흘러가는 것이 흔히 말하는 조직의 시스템이었다.

"말이 안 돼. 갑작스러운 인원 감축도 웃기지만, 백번 양보해 살생부가 필요하다면 1순위로 안지원이가 돼야지."

정 과장이 거칠게 머리를 쓸어 넘기며 우렁우렁 목소리를 높였다. 작년 말, 인원 감축 이야기가 봄날 황사처럼 뿌옇게 사무실을 뒤덮은 적이 있었다. 아니, 뜬소문이라 치부한 건 오직 한 사람뿐이었다. 그 인물이 바로 권고사직 대상자였고 사람들은 더 이상 그 일을 입에 올리지 않았다. 먼지바람을 타고 멀리 사라질 희생자는 이미 결정되었으니까.

"안지원이 김 부장 친구 딸이라며? 걔는 재정 악화가 아니라 재정이 넘쳐흘러도 당장에 잘라야 하는 애라고. 요즘이 어떤 세상인데. 아니면 안지원 때문에 다들 제 발로 나가기를 바라고 있는 거야 지금? 거참 위대하게 큰 그림이네."

흥분한 정 과장을 바라보다 슬그머니 시선을 돌렸다. 점심시간 유명 프랜차이즈 카페는 사람들로 북적였는데, 평소라면 저렴한 테이크아웃 커피점을 들렀을 터였다. 원두 종류나 로스팅 따위에는 관심도 흥미도 없으니까. 직장인에게 커피는 수면 위로 올라오는 고래의 호흡과 비슷했다. 꽉 막힌 숨구멍을 열어주는 잠깐의 휴식이 그날은 유독 진하고 씁쓸했다. 그 이유가 단순히 원두의 차이일까? 자문하다 나도 모르게 웃음이 터졌다.

"설우 씨가 생각해도 어이가 없지? 나도 정말 할 말이 없다."

정 과장이 혼잣말처럼 중얼거리고는 커피잔을 들어 올렸다. 혹여 그녀는 처음부터 알고 있지 않았을까? 살생부에 누구의 이름이 적혔는지를. 정말 그랬다면 한 번쯤 건의해 볼 법도 한데, 회사 재정이 어려워 불가피하게 인원 감축이 필요하다면 그 대상은⋯ 이 모든 추측이 덧없는 망상이길 바라며 나는 쓴 커피 한 모금을 삼켰다.

"사장 사촌 동생이 부장인 데다, 되지도 않는 이상한 직함에 부인 앉히고."

생각할수록 기가 찬다는 듯 정 과장이 코웃음을 쳤다.

"이래서 다들 기를 쓰고 대기업, 공기업 하는 거지. 코딱지만 한 회사가 코딱지처럼 지저분한 짓만 하고 있으니. 능력 우선이 아니라 가장 만만한⋯."

나를 보던 정 과장의 두 눈이 머그잔 속으로 녹아들었다. 그녀는 불합리한 현실보다 그 상황을 지켜볼 수밖에 없는 자신에게 더 화가 난 모양이었다. 올해 중2가 된 첫째는 학원보다 그룹 과외를 원한다고 했던가? 그 말을 하며 한숨을 내쉬던 정 과장의 얼굴은 갓 볶은 원두보다 어두웠다.

"말이 좋아 총무부지. 화장지에 탕비실 종이컵까지 다 챙기는 그냥 잡부야."

정 과장이 자조 섞인 표정으로 콧방귀를 뀌었다.

"이런 회사의 문제점이 뭔지 알지? 직원들의 전문성을 키워주기는커녕 정체성도 사라지게 한다는 거야."

그녀는 가족을 위해 자신의 정체성마저 사장시키는 조직에라도 붙어 있어야 했다. 이런 상황에서 내가 꺼낼 수 있는 말은 없었다. 왜 나였냐는 질문은 의미 없을 테고, 아무 죄 없는 사람에게 화를 내는 멍청한 짓도 금물이었다. 그래봤자 내 기분만 엉망이 되겠지.

나는 정 과장을 향해 애써 선웃음을 보였다.

"오히려 잘됐어. 설우 씨 젊고 유능하잖아. 분명 더 좋은 기회가 올 거야."

'평생직장'이라는 말이 양피지에나 기록될 법한 오래된 사어死語가 된 요즘엔, 회사를 떠난다는 게 마냥 속상하거나 하늘이 무너지는 일도 아니었다. 다만 이력서를 준비하고 면접을 보는 과정에서 온 우주가 나를 거부하는 듯한, 그리스신화 속 저주받은 영웅이 된 것 같은 기분을 다시 경험해야 한다는 사실이 썩 유쾌하지 않았다.

"지원 씨는 정말 오래 다니겠어요."

"….."

"안, 지원이니까. 이제 다른 회사에 안 지원해도 되잖아요."

정 과장의 당황한 표정은 어떤 반응을 보여야 할지 난감하단 의미였다. 그럴 의도는 없었는데 나도 모르게 말끝에서 뾰족함이 튀어나왔다.

"농담이에요."

갈 곳을 잃은 두 눈이 다시금 창밖 거리로 돌아섰다. 분주한 발걸음들과 하얀 입김을 내뿜으며 웃는 얼굴들이 나와는 전혀 다른 세상에 사는 듯 보였다. 투명한 유리 벽을 사이에 두고 행복과 불행이 나눠진 것 같은 착각이 들었다면 지독한 과장일까. 고작 며칠 전이다. 점심을 먹은 뒤 나 역시 저렇게 웃으며 거리를 걸었는데. 삶은 포장된 길이 아닌 좁고 가파른 절벽이라는 사실을 다시금 깨달았다. 한 걸음 잘못 내디디면 그 즉시 추락이다.

"참! 지난번에 그 잘난 최 이사, 설우 씨한테 아들 영작문까지 시켰지? 걔 그걸로 무슨 상까지 받았다며?"

"덕분에 오랜만에 영어 공부 좀 했죠."

"무한 긍정이 오히려 사람 지치게 해. 어쨌든 이왕 이렇게 된 거, 그냥 다 뒤집어엎어."

제발 그렇게 하라는 간절한 얼굴로 정 과장이 의자를 끌어다 앉았다. 그녀의 말대로 하면 속이 시원해질까. 어느 부분에선 정말 그럴지도 모르겠다.

"됐어요."

"왜? 퇴직금 때문에? 그건 엄연히 법적으로…."

"그건 아무나 하나요? 이미 다 끝난 마당에 괜히 힘 빼기 싫어요."

자조 섞인 미소를 보내자 정 과장이 손끝으로 머그잔을 만지작거렸다.

"겨우 이런 소리나 하고, 나 진짜 한심하지?"

그녀가 미안해할 필요는 없었다. 세상은 종종 어쩔 수 없는 일이 발생하는데, 그 상황에서 가장 힘들어하는 사람들은 주로 선하고 약한 자들이다. 그 아이러니를 마주하는 건, 썩 반길 만한 일이 아니다.

"설우 씨는 예나 지금이나 너무 순하고."

"…."

"나는 점점 더 한심해지고."

순한 게 아니었다. 그저 모든 일에 심드렁할 뿐이었다. 원래부터 그렇게 생겨먹었으니까. 이런 나를 사람들과 세상은 착하고 순한 성격이라 단정 지었다. 그리고 가끔은 아주 만만하게 봤다.

"나 잠깐 화장실."

정 과장이 자리를 뜬 순간, 주머니 속 핸드폰이 몸을 떨었다. 화면에 뜬 이름을 보며 나는 식은 커피 한 모금을 천천히 삼켰다. 내 호흡은 여전히 쓰고 독하며 또 무거웠다. **받지 마**. 창으로 스며든 작고 파란 나의 빛, 조照가 귓가에 속삭였다.

***

어릴 적 가족 모두가 바닷가로 여름휴가를 떠난 적이 있었다. 수평선 너머 하늘과 맞닿은 청록색 바다와 황금빛 모래사장은 아름다운 품을 활짝 열어 사람들을 맞이했다. 그 너른 품에서 마음껏 뛰어놀던 어린 나는 물놀이가 끝난 후 플라스틱 모종삽으로 열심히 모래성을 쌓았고 부지런히 주워 모은 조개껍데기로 성 주위를 장식했다. 누군가 버리고 간 막대기로 큼지막하게 성 이름까지 당당히 써넣으며 온몸이 모래 범벅이 되도록, 털고 털어도 몸에서 모래 알갱이가 나올 정도로 나는 온종일 모래성과 그 주변을 가꾸었다. 그리고 다음 날 다시 찾은 해변에선 나의 아름다운 성은 어디에도 없었다. 모든 것이 파도에 실려 흔적 없이 사라져 버렸으니까. 대학 졸업 후 몇 차례 인턴십을 거치며 아르바이트를 전전하는 동안 나는 습관처럼 그날의 모래성을 떠올렸다. 뭔가 열심히는 하고 있는데 뒤돌아보면 남은 것이 없었다. 세월은 때때로 거대한 파도가 되어 애써 붙잡은 것들을 단번에 쓸어 가버리니까. 그럴수록 나는 작디작은 플라스틱 삽 같은 초라한 영혼을 움켜잡은 채, 토익 문제집을 가방에 챙겨 넣고 시립 도서관으로 향했다. 그사이 시간의 파도는 가차 없이 밀려와 토익점수 유효기간이 끝났다는 경고를 남긴 채 내 등 뒤로 도망쳐 버렸다. 상품의 유통기한처럼, 사람에게도 유효기간이 적용되는 세상이라니. 어쩐지 삶의 유효기간마저 지난 듯해 허탈한 기분이 들었다.

그날은 유독 더웠다. 아침에 내린 비로 습하고 꿉꿉해 숨만 쉬어도 짜증이 솟구치던 한여름, 근처 카페에 들러 아이스아메리카노를 한 모금 삼킨 후에야 간신히 한숨이 흘러나왔다. 아주 잠깐 숨구멍이 열리는 순간이었다.

퍼석해진 목을 축이며 나는 시립 도서관으로 걸음을 옮겼다. 그사이 얼음이 녹은 커피는 한강 물 라면마냥 맹숭맹숭하게 변했고 흔적만 남아 있는 20대 끝자락처럼 청량함과 시원함은 사라져 버렸다. 그렇게 반쯤 남은 커피를 들고 도착한 도서관은 사람들로 북적거렸는데 이렇듯 습한 날씨에는 평소 책에 관심 없는 사람들까지 냉방 시설을 갖춘 도서관을 찾게 되는 법이었다.

성별로 나눠진 열람실은 이미 자리가 없었고, 재빨리 자유 열람실 문을 열었지만, 그곳 역시 책에 코를 파묻은 사람들로 그득했다. 나는 빈자리를 향해 서둘러 발걸음을 옮겼다.

지하철과 엘리베이터 그리고 도서관에는 재미있는 공통점이 있었는데, 사람들이 중앙에서 가장 먼 곳부터 자리를 잡는다는 것이다. 나는 정중앙, 하나 남은 의자에 검은색 에코백을 걸어 놓은 후, 반쯤 마신 커피를 내려놓고는 곧바로 토익 문제집을 폈다. 문제에 집중하는 사이, 귓가에 사락사락 책장이 넘어가고 사각사각 노트 필기하는 소리가 들려왔다. 뒤늦게 짝을 찾아 우는 매미와 복도를 뛰어다니는 아이들의 웃음소리가 뜨거운 공기처럼 열람실 문틈을 비집고 들어왔다.

1시간쯤 지났을까? 틀린 문제의 해설을 읽는데 눈앞의 글자들이 흐릿해지며 크고 작은 소음들이 조금씩 멀어지기 시작했다. 저절로 떨어지는 고개에 흠칫 놀라 몸을 곧추세운 뒤 좌우로 머리를 흔들었다. 여름 오후, 나른한 졸음이 사막의 모래 늪처럼 온몸을 집어삼켰다.

나는 조심스레 복도로 나와 화장실 세면대에서 얼굴을 씻었다. 멀거니 바라본 거울 속에는, 그러나 여전히 먼지 낀 렌즈처럼 흐리멍덩하고 퀭한 두 눈만이 가득했다. 아무리 노력해도 진득하게 달라붙은 잠을 털어 낼 수 없었기에 이쪽에서 졸음과의 적당한 타협이 필요하다고 생각했다. 나는 열람실로 돌아와 두 팔에 얼굴을 묻은 채 잠이 들었다.

한 번이라도 공공장소에서 잠들어 본 사람은 안다. 찰나의 순간이 얼마나 길게 느껴지는지, 10여 분도 안 되는 짧은 시간 동안 얼마나 다양한 꿈을 꿀 수 있는지를 말이다.

열람실에서 눈을 붙이다가 흠칫 놀라 상체를 일으킨 순간, 제일 먼저 보인 건 커피가 반쯤 남은 일회용 투명 플라스틱 컵이었다. 두 손으로 마른세수를 한 뒤에야 비로소 주위가 선명해지기 시작되었다. 그리고 알게 되었다. 내가 20분 전까지 풀고 있던 토익책이 사라지고, 멀쩡하게 놓여 있어야 할 문제집 대신 눈앞에 이름도 생소한 각종 수험서가 쌓여 있다는 사실을.

'뭐지?' 싶은 의문과 동시에 등허리에 한 줄기 싸한 기운이 지나갔다. 뭔가 잘못되었다고 인식한 그때, 옆자리에서 한 장의 쪽지가 넘어왔다.

너무 곤히 잠들어서 못 깨웠습니다. 이 토익책 R/C는 괜찮은데 L/C는 좀 별로예요. L/C 점수 높이시려면 토익 마스터 시리즈 추천합니다.

쪽지는 내 파란색 포스트잇이었다. 천천히 고개를 돌린 곳에 익숙한 에코백이 있었다. 그럼 내가 본 가방은 뭐지? 뒤늦게 확인한 의자에는 검은색 백팩이 걸려 있었는데, 대체 나는 지금까지 누구 자리에 앉아 편안하고 태평한 숙면을 취했다는 뜻일까? 이 질문에 답은 옆자리에서 확인할 수 있었다. 그러니까 20분 전까지만 해도 내 자리였던 곳에 앉아 있는 누군가로부터….
"이제 자리 바꿔도 될까요?"
눈앞에 벙긋이 웃는 얼굴을 보며 처음에는 여전히 꿈속인가 싶었다. 두 사람이 각자의 검은색 백팩과 에코백을 도서관 의자 한쪽에 걸어놓을 확률과 두 사람이 똑같이 반쯤 남은 아이스아메리카노를 책상에 놓아둘 확률, 두 사람이 열람실에 나란히 앉을 확률과 두 사람이 비슷한 시간에 자리를 비우고 두 사람 중 한 명이 잘못 앉았는데 상대가 말없이 기다려 줄 확률은 과연 얼마나 될까. 수학과는 거리가 멀었으며 단 한 번도 확률과 통계를 좋아해 본 적이 없었기에 내 미약한 실력으로는 정확한 계산과 답을 찾기란 불가능했지만, 그 확률이 아주 낮을 거라는 사실만은 충분히 짐작 가능했다. 로또 1등까지는 아니더라도 한 3등쯤 당첨될 정도의 확률이지 않을까? 하지만 세상은 참으로 아이러니해서 이렇듯 말도 안 되는 우연을 눈앞의 현실로 보여주는 경우가 왕왕 있는데 한마디로 우리네 세상은 대단히 비합리적이고 비논리적으로 돌아가고 있다는 뜻이다.

무덥고 습한, 가만히 있어도 숨이 턱턱 막히던 여름 어느 날, 사람들로 가득 찬 시립 도서관 열람실에서 나는 그렇게 처음 S를 만났다. S와 내가 얼마만큼의 확률로 만나게 되었는지에 대한 수학적인 계산은 여전히 끝내지 못했다. 물론 중요한 건 어떻게 만났느냐보다 그 후의 일이겠지만….

***

공포 영화 마니아인 친구는 지금껏 단 한 번도 영화관에서 공포 영화를 본 적이 없다고 했다. 왜냐는 질문에는 다음과 같은, 나름의 신념이 담긴 대답이 돌아왔다. "무서운 장면을 건너뛸 수가 없잖아. 음소거를 할 수도 없고." 또 다른 친구는 팥빙수를 먹으며 팥을 골라냈는데, 그럼 왜 굳이 팥빙수냐고 묻자 "팥은 싫지만, 빙수는 좋다"라는 답을 들을 수 있었다. 두 친구 모두 어딘가 조금 이상했지만, 그렇다고 전혀 이해가 안 되는 건 또 아니었다. S는 커피를 좋아했지만, 카페는 싫어했다.

'아무리 천천히 마셔도 20분이면 되잖아. 커피 다 마시고도 여전히 앉아 있는 게 좀 이상해. 괜히 멋쩍은 기분이 들거든.'

카페는 단순히 커피를 마시기 위한 공간만이 아님을, 현대인의 휴식 공간이자 사랑방임을, 커피 한잔에는 이 모든 여유와 느굿함을 누릴 수 있는 비용까지 모두 포함되어 있음을 아무리 설명해 줘도 소용없었다. 하지만 나는 S의 생각을 전적으로 존중했다.

세상에는 무서운 장면은 건너뛰는 공포 영화 마니아가 있고, 팥을 싫어하면서도 팥빙수를 먹기 위해 여름을 기다리는 친구도 있으니까. 커피를 마시자마자 카페를 벗어나야 하는 사람도 충분히 존재할 수 있기에 S와 나는 주로 카페가 아닌 야외에서 커피를 마셨다. 공원이나 도서관 벤치, 등산로 입구와 시청 잔디 광장, 아이들이 집으로 돌아간 어스름 저녁 놀이터, 물을 담뿍 머금은 수채화처럼 태양이 노랗고 붉게 번질 때, 그 모습을 빌딩 옥상에서 보며 S는 느긋하게 웃었다. 괜스레 주위의 눈치를 보거나, 그만 일어나자며 조급해하지도 않았다. S가 편안해하면 내 마음 또한 넉넉해지는 기분이었다. 야외에서 마시는 커피는 불어오는 바람에 섞여 독특한 향을 선물해 주었다.

'카페는 쓸데없이 눈치 보인다면서 술집은 괜찮아?'

'당연히 괜찮지.'

'왜?'

'계속 술을 시키니까.'

'카페도 마찬가지야. 커피나 디저트를 더 주문하면 되잖아.'

'술은 마시면 취하잖아. 뻔뻔해질 수 있어. 뭐 어쩌라고, 싶은

기분이 들거든.'

 실내에선 주로 술을 마셨다. 소주와 맥주는 계속해서 주문할 수 있으니까. 취기가 오른 S는 평소보다 더 환히 웃고, 더 많이 떠들었다. 그 실없는 웃음 속에는 그가 말한 뭐 어쩌라고, 싶은 넉넉하고 여유로운 마음이 들어 있었다.

 '전력 질주하는 단거리도 좋고, 42.195킬로미터 마라톤도 좋아. 사이클 타고 바다 수영까지 하는 철인 3종 경기도 괜찮아. 얼마나 멀고 힘들든, 결국 결승점이 있잖아. 나는 사람들이 말하는 노오오오오력이 싫고 부당하다고 생각지 않아. 단지 그 끝이 선명했으면 좋겠어. 나는 그때를 생각하면 좀 무섭더라. 아무리 달려도 결승선을 찾지 못하는 상황 말이야. 시간이 갈수록 자꾸만 초조해져.'

 이루고자 하는 목표가 명확한 건 분명 좋은 일이었다. 강한 욕망은 그만큼의 동기부여가 될 테니까. 하지만 나는 S를 보면서 알게 되었다. 가야 할 길이 너무 선명하면 자칫 다른 길을 볼 수 없다는 사실을. 그건 때때로 S를 외롭고 고독하게 만들었다. 카페에서 커피를 마신 후에는 무조건 일어나야 하는 것처럼, 그 길에 올라섰으면 S는 어떻게든 반드시 도착해야 했다.

 끝이 보이지 않던 막막한 길에서조차 스스로를 채찍질하며 끈질기게 질주했던 S는 결국 기다리던 결승점에 도달할 수 있었다.

명함에 찍힌 로고만으로 모두 고개를 끄덕이는 바로 그곳이 그가 걸었던 고된 길 끝에 있었다.

그렇게 나와 S는 삶이란 파도에 올라 조금씩 균형을 잡아가고 있었다. 서른을 향해 나아가며 사회가 말하는 어른과 직장인 그 비슷한 존재가 되었다.

***

약속 장소는 집 근처로 잡혔다. 테이블이라고는 4개가 전부인 작고 조용한 카페는 이미 손님의 발길이 끊긴 듯 보였다. 늦은 밤, 텅 빈 카페 구석에 S가 앉아 있었다.

"미안, 많이 늦었지? 마무리할 게 좀 있어서."

내 발로 나오든, 억지로 떠밀리든, 마지막 업무는 깔끔하게 마무리해야 했다. 인원 보충은 불가능할 테니, 내가 맡았던 일들이 먼지처럼 흩어져 다른 이들에게 달라붙을 건 안 봐도 뻔했고 누군가는 내일부터 야근해야 할지도 몰랐다. 안타깝게도 세상의 많은 '을'들에게는 힘없고 배경 없는 서로를 가장 안쓰러워하는 '을'들만의 서글픈 법칙이 존재한다.

"밤인데 커피 괜찮아?"

고개를 끄덕이자 S가 일어나 카운터로 갔다. 이렇게 늦은 시간에 S와 카페에서 만난 기억은⋯. 아무리 머릿속을 헤집어 봐도 없었다. 주로 각자의 회사 근처나, 중간 어디쯤에서 만났는데 간단히 저녁을 먹은 후 단골 주점에서 술잔을 기울이는 일이 자연스러운 순서였다. 나는 두 손을 깍지 낀 채 주위를 두리번거렸다. 밤이 내려앉은 거리에 색색의 네온사인이 화려했지만, 그 어디에도 나의 작은 빛 조의 모습은 보이지 않았다. 핸드폰 화면에 S가 뜨기 무섭게 **받지 마,** 하고 경고하던 목소리만 여전히 둥둥 귓가를 울릴 뿐이었다.

"저녁은 먹었어?"

그는 대답 대신 빈 커피잔만 내려다보았다. 마치 그곳에 비밀을 숨겨놓은 사람처럼 집요한 눈빛으로⋯. 문득 오늘 아침 어색하고 낯선 분위기의 사무실이 떠올랐다. 누구도 나와 눈을 맞추지 못했던, 갑자기 모니터를 뚫어져라 보던, 바쁘게 키보드를 두드렸던 사람들. 그제야 비로소 눈치챌 수 있었다. S는 커피잔을 보는 게 아니었다. 나와 시선을 맞출 수 없을 뿐이었다.

"얘기해."

S의 입에서 또 한 번의 긴 한숨이 흘러나왔다. 나는 그것이 대답임을 눈치챌 수 있었다. 동시에 왜 하필 '오늘이야?' 싶은 생각이, 쫓아도 쫓아도 날아드는 날벌레처럼 주위를 맴돌았다. 문득 S를 처음 만났던 무덥고 습한 여름날이 떠올랐다.

"있잖아."

S가 입을 열자 어딘가 꽉 막힌 소리가 들려왔다. 그것이 잠겨 있는 목소리인지, 아니면 가슴 밑바닥에 고여 있던 신음인지는 알 수 없었다. S가 큼큼거리며 갈라진 목소리를 가다듬었다.

"나 좋아하는 사람 생겼어."

그 한마디에 머그잔으로 향하던 손이 허공에서 멈췄다. 짐작과 현실은 생각보다 낙차의 폭이 컸고 그에 따른 충격은 상상했던 것보다 강했다. 그가 보낸 메시지와 전화 목소리, 초점 없는 눈빛과 머뭇거리는 행동은 이미 오래전부터 말하고 있었다. 다만 그 신호를 모른 척했을 뿐이었다. 그것이 미련일까? 자문해 봐도 답은 알 수 없었다. 그저 S와 나 두 사람 모두 다른 곳, 서로 다른 방향으로 흘러가고 있다는 것만 감지했다.

"미안해."

정 과장처럼, S도 어쩔 수 없었을까. 스스로에게 화가 나고 실망했을까. 고개 숙인 S를 앞에 두고 나는 여러 생각에 빠져들었다. 만만하게 보였던 건… 분명 아니었으리라.

"누구냐고 안 물어봐?"

S가 물었다.

"물어봐야 해?"

내가 되물었다. S는 다시 침묵했다.

"왜 여기서 만나자고 했어?"

내 엉뚱한 질문에 잠시 고민하던 S가 머뭇머뭇 말을 이었다.

"그래야… 할 것… 같아서."

나는 바닥을 보이는 S의 커피잔을 내려다보았다. 평소처럼 빨리 잔을 비웠지만 아무리 기다려도 내가 오지 않았겠지. 추가 주문을 하거나 만날 장소를 옮길 수도 있었을 텐데. 이 작은 카페에서 S는 얼마나 오랜 시간 텅 빈 커피잔과 마주했을까. 혹여 커피를 다 마시고도 자리에 앉아 있는, S로서는 대단히 불편한 상황을 일부러 만든 건 아닐까. 나는 S가 말한, 그래야 할 것 같다는 말의 의미를 생각하고 또 생각했다.

"술은 안 되겠더라. 맨정신으로…."

그가 말을 멈추고 고개를 내저었다.

"꼭 그래야 해."

나는 어쩐지 그와 함께 도수가 가장 높은 술을 마시고 싶었다. 취기 오른 S가 평소보다 많이 떠들기를 바랐고, 뭐 어쩌라는 듯한, 뻔뻔하지만 여유 있는 표정으로 두서없이 이야기를 내뱉으면 좋을 것 같았다.

"미안해."

S의 시선이 다시금 빈 찻잔 속으로 떨어졌다.

"미안해할 일 아니야."

S의 입장에서는 당연히 그럴 수 있을 터였다. 미안한 마음이 앞섰겠지. 그럼 우리는 과연 무엇을 기대했을까? 나는 어쩐지 S가 낯선 타인처럼 서먹하게 느껴졌다. 마지막에 타인처럼 느껴지는 건 어쩌면 다행한 일인지도 모르겠다.

"설우야. 나는 정말….'

"그럴싸하게 보이려고 일부러 이러는 거 아니야. 뭐 그럴 이유도 없겠지만."

생각할수록 헛웃음이 흘러나왔다. 다른 의미로 웃을 일이 많은 날이었다.

"나 되게 단순한 거 알잖아."

어떤 상황에 놓이든 마지막은 늘 중요했다. 싫은 걸 억지로 매듭지을 필요도, 쓸데없는 이미지 관리도 피곤했다. 그냥 내가 하고 싶은 걸 할 수 있는 만큼만 하려 했다. 그러니 S가 내게 미안해할 필요가 없다는 건 어디까지나 진심이었다.

"쓰레기 같은 말이라는 거 아는데."

한참을 입술만 잘근거리던 S가 말문을 열었다.

"나 많이… 정말 많이 고민했어."

"알아."

그는 결승전을 앞에 두고 넘어진 육상 선수 같은 눈빛으로 나를 보았다. S가 낯설게 느껴진 건 바로 저 시선 때문이리라. 그는 뭐든 끝을 보아야 하는 성격인데 다만 그 끝에 내가 아닌 다른 사람이 있을 뿐이었다. 나는 그의 시선을 피해 테이블을 내려다보며 씁쓸하게 웃었다.

"너도 나만큼이나 단순하다는 거."

S가 나를 사랑했던 순간은 모두 진심이었을 테지. 나 역시 그랬으니까. 그 마음은 나조차 함부로 부정할 수 없었다. 그저 이 진심의 축이 조금 바뀐 것뿐이고, 화살이 가리키는 방향이 살짝 달라진 것뿐이었다.

"고마웠어."

S의 미안함이 진심이듯, 나의 고마움도 거짓일 수 없었다. 덕분에 많이 웃었고 속 시원히 울 수 있었다. 손님 없는 카페에서 빈 커피잔을 앞에 둔, S로서는 대단히 불편한 순간을 참아주었으며 뭐 어쩌라고, 싶은 뻔뻔함을 보여주지 않은 것까지. 이렇듯 S다운, 아니 결코 S답지 않은 마지막도 고마웠다.

S와 나는 쉽지 않은 우연으로 만나 인연이 되었지만, 이별은 벽에 던진 달걀이 깨지는 것만큼 당연한 일이 되어버렸다. 그 사실을 S는 내게 또 한 번 일깨워 주었다.

"조심해서 들어가."

이 말을 끝으로 나는 일어나 카페를 나섰다. S를 처음 만난 날은 온 세상이 초록으로 불타오르던 한여름이었는데 세상은 어느덧 하얀 입김이 새어 나오는 겨울이 되었다. 인간도 자연 일부이기에 모든 삶과 인연에는 처음과 끝이 맞물려 있다지만 그 순환 가운데 헤어짐을 맞이하는 건 여전히 어렵다. 아무리 반복해도 적응할 수 없으니까.

나는 코트 주머니에 손을 찔러 넣고는 어두운 하늘을 올려다보았다. 그렇게 한참을 멍하니 서 있다가 집을 향해 느린 걸음을 옮겼다.

***

서글픈 인연의 순환에 적응 못 한 인간은 결국 편의점에서 산 맥주를 들고 인적이 뜸해진 텅 빈 공원 벤치에 앉았다. 추운 겨울밤 밖에서 맥주를 마신다는 건 썩 좋은 아이디어는 아닐 터다. 그러나 사람이란 본디 알면서도 옳지 않은 선택을 하는 경우가 많고, 나에게 그 순간은 바로 지금이다.

결국 이렇게 되는구나.

소리 나는 쪽으로 고개를 돌리자 눈앞에서 푸른빛이 아름답게 너울거렸다.

"결국 이렇게 되었지."

나는 조를 향해 헛웃음을 터트리고는 차디찬 맥주 캔을 기울였다.

정확히 언제 알았어?

조의 질문에 대답하기 전, 옆에 놓인 가방부터 뒤적거렸다. 추위는 그럭저럭 참을 만했지만, 손이 시린 건 견딜 수 없었다. 장갑을 꺼내려다 손끝에 닿는 포근하고 부드러운 감촉에 흠칫 놀랐다. 가방에 들어 있던 건 2년 전 S가 선물한 장갑이었다. 작년 말이었을까? 지인과 저녁 식사를 한 적이 있었는데 집에 돌아온 후에야 장갑 한쪽이 없어졌단 사실을 알게 되었다. 그날 잃어버린 장갑을 찾으러 나는 다시 택시를 타고 식당으로 돌아갔다. 그 이야기를 하자 S는 이렇게 말했다.

'비싼 것도 아닌데. 왕복 택시비가 더 들었겠다.'

'가격보다 중요한 게 의미잖아. 선물은 그래서 소중한 거야.'

덕분에 알게 되었다. 의미가 사라진 것들은 높은 확률로 슬픔이 된다는 사실을. 나는 시리도록 포근한 장갑을 낀 채 차가운 맥주 캔을 움켜잡았다.

"정확히 언제인지는 몰라. 어떻게 알았느냐 굳이 묻는다면… 아마 냄새겠지."

그 한마디에 조가 가까이 다가왔다. 주위가 밝아지자 온기가 느껴졌다. 나는 맥주 한 모금을 마시며 천천히 기억을 되짚어갔다. 작년 봄, 아니 여름이 시작되던 5월 무렵, S는 새로 입사한 신입 사원을 이야기했다.

'어떻게든 배워보겠다고 애쓰는 모습이 대견하더라.'

일에 관해서라면 전투적이었던 S는 열심히 하는 신입의 고군분투를 장난스레 말하면서도 기특해했고, 나는 그 이야기에 귀를 기울였다. S에게서 낯선 향기가 풍겨 온 건 가을쯤이었는데 S는 그 무렵 더는 후배 이야기를 입에 올리지 않았다.

'향수 샀어?'

'받았어. 지난번에 기획서 쓰는 걸 도와줬거든. 그게 잘 됐나 봐. 고맙다면서 주더라고. 그래도 성의를 보였는데 한 번은 뿌려 봐야지.'

S는 어색하게 미소 짓고는 혼잣말인 듯 중얼거렸다.

'나한테서 냄새나나?'

그날 S에게서는 강하고 선명하며 몹시 낯선 향이 풍겨 왔다. 하지만 나는 선물 따위에 큰 의미를 부여하진 않았다. 사람들은 종종 자신이 좋아하는 것을 선물하니까. 그러나 S에게서 풍기는 향에선 조금 다른 느낌을 받았다. S에게 고여 있는, 내가 지금까지 선물한 화장품 냄새를 어떻게든 지워버리겠다는 또렷한 의도 같은 것.

"그게 시작이었어."

왜 물어보지 않았어?

조의 질문에 나는 힘없이 웃었다.

"물어보지 않아도, 결국에는 다 알게 되잖아."

이미 답을 알고 있는 문제인데, 굳이 정답지를 들춰볼 필요가 있을까. 그 뒤로도 S에게서는 종종 그 오묘한 향이 느껴졌다.

"내가 세운 적 없는 새해 계획이 멋대로 펼쳐지네. 적어도 올 한 해엔 권고사직과 이별은 없었는데…."

하늘은 검고 두꺼운 밤의 융단을 펼쳐, 온 세상을 어둠으로 뒤덮어 버렸다. 구름은 창백한 달을 감싸안았고, 한 점으로 깜빡이던 별 무리조차 보이지 않았다. 높고 먼 쪽으로 시선을 돌릴수록 시야는 온통 어둡고 캄캄했다. 차가운 몸이 끈적한 타르 속에 서서히 가라앉는 기분이었다.

계획에도 없는 일이 멋대로 일어나니 짜증 나겠네.

조가 말했다. 나는 맥주 캔을 기울였다.

"짜증 나기보다는 당황스럽지."

그럼, 그 더러운 감정을 S에게라도 마구 쏟아 내지?

정 과장과 비슷한 소리를 하다니, 나의 작은 빛도 이 풍진 세상에 시달린 걸까.

"그것도 열정이 필요해."

나 역시 비슷한 대답을 내뱉었다.

그럼 커피라도 쏟아붓든가.

순간 마시던 탄산이 기도로 넘어갔다. 나는 한참을 컥컥거리다 이내 키득키득 웃었다. 아침 드라마 속 한 장면처럼, S의 머리 위로 커피를 쏟아붓는 모습을 기어이 떠올리고 말았다.

"쏟아붓기엔 너무 뜨거웠어."

커피가?

"완전히 식었으면 그랬을지도 몰라."

나는 이렇게 대답하고는 마지막 맥주 한 모금을 털어 넣었다.

잘도 그랬겠다. 너는 마시고 있던 게 맹물이었어도 절대 못 해. 너는 화도 안 나니? 만약 내가 너였다면, 일단은 가장 큰 사이즈의 커피를 주문하는 거야. 그런 다음 그 자식 머리에 고스란히 쏟아붓는 거지. 그러고는 3대가 재수 없을 거라며, 온갖 욕과 저주를 퍼부었을 거라고.

그 과정이 너무 또렷하게 떠올라 자꾸만 헛웃음이 터졌다. 들썩이는 몸을 따라 알코올이 혈관을 타고 빠르게 퍼져 나갔다. 멀리 상가 불빛이 하얗고 파랗게 깜빡이다 다시 보랏빛으로 변했다. 도시의 빛은, 겨울처럼 차갑고 한밤의 공원처럼 쓸쓸했다.

S는 분명 후회할 거야.

조의 중얼거림에 나는 천천히 고개를 내저었다. 흐릿해진 눈앞으로, S의 슬픈 얼굴이 아른거렸다.

"그런 생각이 무슨 의미가 있어."

나는 구부정한 허리를 펴고 깊게 숨을 들이마셨다. 그렇게 폐

부 깊숙이 뾰족하게 날이 선 밤공기를 빨아들였다.

인생은 의미가 아니라 재미로 사는 거야. S가 네 앞에서 잘못했다고, 자신이 어리석었다며 무릎 꿇고 싹싹 비는 상상을 해봐. 재미있잖아.

"오히려 끔찍해."

그래서 네 삶이 재미와 거리가 아주 먼 거야.

그 말에 공감하면서도 정작 그런 삶을 살게 한 존재가 바로 조일지도 모른다는 생각이 들었다. 나는 고개를 들어 멀리 상가 불빛들을 바라보았다. 반짝이는 것들은 인간의 마음과 비슷했다. 오랫동안 함께하자던 정 과장의 다정함과 결혼을 얘기하던 S의 눈처럼, 그 반짝임들은 어느새 흔적 없이 사라져 버렸다. 그리고 나는 그 덧없는 인연들에 적응하려 조금씩 노력 중이다.

설마 지금 나한테 화난 건 아니지?

내 침묵이 신경 쓰였는지 조가 물었다. 나는 한 번 더 도리질했다.

"그럴 리 없잖아."

작은 푸른빛이 하늘에서 떨어진 별 부스러기마냥 허공에서 반짝거렸다. 취기와 졸음이 동시에 밀려들더니 물에 떨어진 잉크처럼 눈앞이 이지러졌다.

"처음부터 함께였으니까."

나도 모르게 어깻숨이 내쉬어졌다. 아니, 내 안에 담기지 못한 무언가가 멋대로 쏟아져 나왔다.

"그러니 앞으로도 쭉 나 대신 분노하고 짜증 내줘."

내가?

"그래 네가, 아주 열심히."

나는 조를 향해 크게 고개를 끄덕이고는 봉지에서 새 맥주 캔을 꺼내 들었다. 한겨울 밖에서 마시는 맥주에는 나름의 장점이 있었는데, 굳이 냉장고에 넣지 않아도 냉기를 잃지 않는다는 점이었다. 다만 장갑을 착용해야 하는 불편함은 있었다. 내일이면 숙취보다 감기에 고생할지도 모르겠다. 아니, 분명 그러할 테지. 하지만 아직은 견딜 만했다. 내가 견딜 만한 것이, 아니 지금부터 견뎌내야 하는 것이 이 지독한 추위인지 아직 끝나지 않은 하루인지 이제 막 시작한 한 해인지는 잘 모르겠지만.

취했네.

"그런 건 굳이 안 가르쳐 줘도 돼."

장갑을 벗고 새 캔을 딴 후, 다시 장갑을 끼고 맥주를 마셨다. 시원한 맥주는 좋지만, 손이 시린 건 싫었다. 몽롱한 기분은 좋지만 밀려드는 졸음은 싫었다. 이제 관심 없는 영작문 따위 안 해도 돼 좋지만, 매달 25일 허전해질 통장은 싫었다. 그리고 S는 그가 S라서 좋았다. 하지만 내 손에 낀 장갑처럼, 의미가 사라진 S는… 그만… 버려야 했다.

언제 처음 작은 푸른빛을 인식했는지 기억나지 않는다. 거실에 기묘한 문양을 새기는 햇살도, 천장에 붙어 있는 전등불도, 새하얀 칠판을 가리키던 동그란 포인터도 아니었다. 늘 작고 파랗게 빛나는, 그 아름다운 존재는 언제 처음 찾아왔을까. 어쩌면 내가 태어난 순간부터 함께했는지도 모를 일이다.

상대는 누구나 볼 수 있는 애니메이션 캐릭터도, 누구나 따라 하는 인기 아이돌도 아니었다. 형태도 냄새도 없는, 더욱이 내 귀에만 들리는 목소리를 지닌 작은 빛에 불과했다. 그 신비함을 누구에게 말할 수 있을까. 혹여 그 빛이 사라질까 싶어, 나는 숨죽여 관찰했고 참을성 있게 침묵했다. 그러나 깨끗이 증발한 건 비밀 친구가 아닌, 토익 점수의 유효기간보다 짧은 동심이었다. 그 뒤로도 작은 빛이 계속해서 비밀이 될 수 있었던 건 오직 한 가지 이유 때문이었다. 말해봤자 아무도 믿지 않을 테니까. 그저 삶의 편리와 평화를 위해서 나는 다시금 긴 침묵 속으로 파고들었다.

'어디를 가야 하지? 안과, 이비인후과, 아무래도… 신경정신과겠지.'

푸른빛은 내게 상식과 과학, 종교와 믿음을 넘어선 그 무엇이었다. 문명의 삶 대신 자연을 얻은 늑대 소년처럼, 나는 상식과 과학을 잃고 그 너머를 얻었다. 이런 상황을 일컬어 인간들은 종종 '미쳤다'라고 표현하던데. 나는 정상이라는 범주는 지극히 주관적이라 믿으며, 빛에게 '조照'라는 대단히 직관적인 이름을 선물했고 그렇게 조는 나의 일부가 되어버렸다.

너무 자신을 미화시키는 거 아니야?

조가 말했다.

"그럴지도."

나는 반쯤 풀린 몸과 눈으로 주섬주섬 자리를 정리했다. 추위와 취기보다 더 큰 문제는 밀려드는 졸음이었다. 이대로 공원에서 잠드는 것도 나쁘지 않겠지만, 그로 인한 엉뚱한 오해는 사기 싫었다. 30대 여성 권고사직 비관으로…, 30대 여성 실연의 충격으로…. 내일 아침 누군가가 나를 발견하면 혹여 또 모를 일이다, 이런 말도 안 되는 추측들이 난무하게 될지.

허공에 기묘한 모양을 그리며 푸른빛이 하늘하늘 날아갔다. 나는 조를 따라 어두운 공원을 벗어났다.

***

x월 x일

한 아이가 사라졌다. 심장이 멈춘 후 체내로 흡수돼 소실되었다고 했다. 귀에 스며들지 못한 말들은 한 번도 들어본 적 없는 외계어처럼 허공에 떠다녔다. 의사는 자연스러운 일이라고 덧붙이며 애써 침착한 표정을 지었다. 아이의 심장이 멈추고 사라졌는데 그게 어떻게 자연스러운 일이 될 수 있을까? 의사의 거듭된 설명에도 나는 아무것도 이해할 수 없었다.

"심장 뛰는 소리 들리죠?"

그제야 귓속으로 거친 기계음이 파고들었다. 그 소리가 멍한 정신을 흔들어 놓았다.

"여기 아기 있어요. 여기에 아직 아기가 있습니다."

의사는 유독 '여기'와 '아기'라는 말에 강세를 주었다. 내 안에서 한 아이가 사라지고 내 안에 한 아이가 남아 있었다. 살아남았다고 해야 할지 견뎌냈다고 해야 할지는 모르겠지만, 정말 그렇다면 사라진 아이는 내 안을 견디지 못했다는 의미일까? 대체 왜? 무엇 때문에? 나는 아무것도 느끼지 못했는데, 가벼운 복통도 피가 비친 적도 없었는데. 정말 내 안에는 두 명의 아이가 있었던 게 확실했는지, 혹여 어떤 착오가 생겼거나 다른 산모와 헷갈린 게 아닌지 의심되기 시작했다.

"다른 생각 마시고 꼭 이 심장 소리만 기억하세요."

그것이 마지막이었다. 어떻게 병원을 빠져나왔는지조차 기억할 수 없었다. 정신을 차렸을 땐 나는 이미 차 안에 있었고 가슴은 숨이 찰 정도로 거칠게 뛰기 시작했다. 눈을 돌려 바라본 대시 보드에는 눈사람 인형과 우산을 쓴 꼬마가 있었는데 한 달 전 축하한다며 남편이 선물한 것이었다. 아이들의 아버지. 그럼 남편은 아이들이 아닌, 아이의 아버지가 되는 걸까? 정말 내 안에 두 아이가 있었을까? 그런데 지금은 왜 아니라는 건지, 나머지 한 아이는 대체 어디 있다는 건지. 내가 들은 모든 설명이 무슨 의미인지조차 이해할 수 없었다. 갈 곳을 잃은 시선이 오랫동안 대시 보드 위에 머물렀다.

처음 병원에 왔을 때 함박눈이 쏟아졌다. 임신이 확실하다며, 뱃속에 한 명이 아닌 두 명이 있다고 의사가 말했을 때, 나와 남편은 정지 버튼을 누른 화면처럼 굳어버렸다. 두 집안 모두 쌍둥이는 없었고 인공수정도 아니었다. 자연 임신에 쌍둥이라니⋯. 임신은 계획했지만, 쌍둥이는 상상조차 하지 못했는데. 남편의 뒤늦은 웃음소리에 멈춰 있던 시간이 비로소 흘러갔다. 병원을 나올 무렵 눈은 어느새 겨울비가 되어 있었다. 그사이 날씨가 풀려 기온이 오른 모양이었다.

"눈도 좋고, 비도 좋다. 한 명도 좋고, 두 명은⋯."

남편이 잠시 주위를 살피고는 내 납작한 배에 손을 얹었다.

"더 좋고."

같은 날 오전에 내리던 눈은 오후에 비로 바뀌었다. 그리고 동시에 두 아이가 나를 찾아왔다. 새하얀 눈과 맑은 비를 닮은 아이들이라 생각했다. 초점을 잃은 눈이 다시 보드 위 두 인형에 못 박혀 있었다. 붉은 목도리를 두른 눈사람과 초록 우산을 쓴 아이. 그제야 고이지도 못했던 눈물이 빗방울처럼 떨어져 내렸다.

그 순간 가방 속 핸드폰이 울리고, 화면에 '남편'이란 두 글자가 깜빡거렸다. 잠시, 어쩌면 한참을 망설이다 나는 전화를 받았다.

"병원 진료 잘 보고 왔어?"

웃음기 가득한 한마디에 나는 뒤늦게 목 놓아 울었다.

"아이가 없어. 내 뱃속에서 사라졌대."

그제야 온몸을 관통하는 예리한 통증이 밀려들었다. 심장이 오그라들며 숨이 잘 쉬어지지 않았다. 남편의 목소리가 귓가에서 멀어져 가고, 모든 신경은 새가 날아간 나뭇가지처럼 가늘게 떨렸다. 봄이 시작되던 3월의 늦은 오후, 나는 한참을 그렇게 차 안에 있었다.

***

"엄마는 언제 내려갈 건데?"

"다음 주에는 한번 가봐야지."

"우리 아빠, 이제 농사꾼이 다 됐네."

"마음 붙일 데 생겨 다행이지 뭐."

평생을 콘크리트 숲에서 살던 사람이 자연으로 들어갔다. 아빠는 도시가 밀어낸 인간을 산과 바다가 받아준다며 까맣게 탄 얼굴로 웃었다.

"이모도 정신없이 바쁜가 봐?"

"그러니까 나보고 내려오라고 만날 전화하지."

엄마가 통통한 귤을 반으로 쪼개자 거실 가득 새콤한 향이 퍼져 나갔다.

"방송 한 번 탔다고 어쩜 그렇게 사람들이 밀려드는지 원."

"그 전부터 아름아름 입소문이 났잖아."

10년 전 일찌감치 귀농을 결심한 이모 부부는 바다가 앞마당처럼 펼쳐진 서해 마을에 터를 잡았다. 처음에는 땅에서 난 싱싱한 것들로 몇 가지 음식을 만들어 가까운 동네 사람들과 나누는 정도였다. 그 소박한 마음을 키워 식당을 차렸는데 관광객들의 입소문을 타더니 몇 해 전에는 TV 식도락 프로그램에까지 소개가 되었다. 아빠가 강제 퇴직당한 바로 그 이듬해였다.

"이모가 아예 내려오라는 말 안 해?"

왜 아니겠냐는 듯 엄마가 미간에 주름을 만들었다.

"내가 그 소리 일흔두 번째까지 세다가 포기했다."

"그럼 내려가. 아빠도 이미 거기서 살다시피 하잖아."

엄마가 쪼갠 귤 하나를 내 입에 넣어주었다. 상쾌한 향이 입안 가득 퍼졌다.

"늙은 부모 내려보내고 너 혼자 이 집 독차지하겠다고?"

"걱정하지 마. 나도 이 집에서 나갈 거니까."

가볍게 내뱉은 한마디에 입으로 오던 귤이 허공에서 멈췄다.

"나 회사 그만뒀어. 아니, 잘렸어."

나는 엄마 손에 있는 귤을 낚아채 입에 넣었다. 거실 TV 화면에는 먹거리가 가득했다. 시장에서 팔고 있는 분식과 파전, 맑은 국물의 잔치국수가 먹음직스러웠다.

"무슨 소리야?"

후루룩 면을 빨아들이는 모습에 절로 침이 고이며 귤만으로는 만족할 수 없는 강한 식욕이 밀려들었다.

"말했다시피 우선은 회사에서 잘렸어."

어쩐지 낯설지 않은 곳이었다. 나는 핸드폰을 열어 화면에 시장 이름을 입력했다.

"우선이라니?"

"그다음은…."

제법 가까운 거리에 먹거리로 유명한 시장이 있었구나. 지하철로 열 정거장, 환승까지 계산하면 30분 가까이 되었다.

"S랑도 헤어졌어."

"설우야, 너?"

"그렇게 됐다고."

서른하나가 되기 무섭게 회사에서 잘렸다. 사귀던 애인에게도 차였다. 전혀 계획에 없는 일들이 연거푸 일어나 당혹스럽지만, 인생이란 원래 내 맘대로 되는 게 별로 없다는, 조금은 달관한 표정으로 엄마를 향해 빙긋 웃었다.

"그럼 이제 어떡할 거야?"

나는 손가락을 세워 TV 화면을 가리켰다.

"우선은 저기 가서 잔치국수를 먹을 거야."

엄마가 어떤 얼굴로 나를 보는지는 굳이 고개를 돌리지 않아도 알 수 있었다.

"그러니 엄마도 내려가."

이모 부부가 사는 곳은 여름엔 덥고 겨울엔 추운 마을이었다. 사람이 살기보다 풀과 나무가 자라기 좋은 고장이라 했다. 빗물을 가둬놓는 저수지가 깊고, 비닐하우스가 내려앉을 만큼 폭설이 쏟아진 적도 있었다. 마을 입구부터 진한 풀 내음이 풍겨 오고, 사람보다 강아지들이 먼저 손님을 맞이하는 고장. 빌딩 숲에서 밀려난 초로의 사내에게도 손 내밀어 주는, 오래된 국숫집처럼 시간이 더디 흐르는 하늘과 바다가 있었다.

"거긴 눈이랑 비가 많이 온다며. 그래도 엄마 쉬기 좋잖아."

엄마의 주름진 눈가가 불안하게 흔들렸다. 시간이 더디 흐르는 곳은 비단 먼 고장만이 아니었다. 누군가의 마음도 비슷한 속도로 흘러, 천천히 걷는 나를 기다려 주었다.

"나 기절할 만큼 졸려. 사실 아까부터 졸렸는데 엄마한테 보고할 게 많아서 참은 거야. 이제 다 끝냈으니 먼저 잘게요. 엄마도 그만 자요."

나는 자리에서 일어나 방문을 열어젖히고는 그대로 침대에 몸을 던졌다.

이제 그 짓은 그만할 때도 되지 않았어?

아른거리는 빛의 잔상이 전등인지 아니면 조인지 정확히 알 수 없듯이, 지금 주위를 맴도는 목소리가 내 안에서 흘러나오는 소린지 조의 싸늘한 경고인지도 잘 모르겠다.

"무슨 짓?"

엄마 일기장 훔쳐보는 짓.

독립하겠다고 큰소리쳤지만, 대단히 즉흥적이며 충동적인 발언이었다. 하지만 막상 내뱉고 보니, 어쩐지 아주 오래전부터 준비해 온 것처럼, 당장이라도 현실이 될 것 같았다.

"어디로 가지?"

사건 대부분은 갑자기 일어나고, 사람들은 또 그에 맞춰 살아간다. 독립하겠다고 했으니 이번에도 어찌어찌 집을 나가게 될 것이다.

"그래서 다 그만하려고. 엄마 그늘 아래에서 사는 것도, 몰래 엄마 일기장 훔쳐보는 일도."

긴 하품을 하며 깍지 낀 두 손으로 머리 뒤를 받쳤다. 하얗게 부서지는 빛이 가까이 다가왔다 멀어졌다. 모래가 들어간 듯 두 눈이 뻑뻑했다. 무거워진 눈꺼풀을 내리자 물 위의 기름띠처럼 빛의 잔상이 아른거렸다.

***

엄마의 일기장을 처음 본 건 초등학교 6학년 때였다. 가을이었고 이사가 예정된 토요일이었다. '포장 이사'라는 말이 무색하게 엄마는 모든 짐을 손수 갈무리했는데, 얼마나 꼼꼼하게 정리했는지 이사업체 직원들조차 상자들의 정체를 알 수 없었다. 그렇게 안방에 들어가야 할 것이 내 방에 놓였고, 아무 생각 없이 열어본 상자 속에는 오래된 책과 낡은 노트 몇 권이 들어 있었다.

커버를 열고 첫 장을 넘기자 제일 먼저 눈에 들어온 건 연도와 날짜였다. 그 즉시 나는 상자 속 비밀을 눈치챌 수 있었다. 보이지 않는 북채가 둥둥 심장을 두드렸다. 엄마의 일기장. 그 기묘한 이끌림과 호기심이 열세 살 아이의 가슴을 요동치게 했다.

'설우야. 엄마 아빠 청소용품 사러 마트 갈 건데, 같이 가자. 너 좋아하는 초코 아이스크림 사줄게.'

평소라면 냉큼 따라나섰겠지만, 상자 속 비밀은 블랙홀이 되어 모든 것을 끌어당겼고, 내 관심은 달콤한 초콜릿 아이스크림으로도 막을 수 없을 만큼 강하게 한 곳으로 빨려 들어가기 시작했다.

'아니야. 나는 그냥 방 정리하고 있을게.'

수세미 하나도 허투루 사지 않는 엄마이기에 최소 30분은 걸리리란 계산이 나왔다. 두 사람이 집을 나서기 무섭게, 나는 좁고 낮은 책상 아래로 숨어들어 엄마의 낡은 노트를 펼쳤다.

안 읽어 보는 게 좋을 거야.

어느 틈에 나타난 조가 귓가로 날아와 속삭였다.

'어쨌든 내 방에 들어온 거잖아. 잠깐 확인만 하는 거야.'

그 대답을 끝으로 책과 옷들이 널브러진 방에서는 사락사락 종이 넘기는 소리만이 간헐적으로 들려왔다. 잠시 뒤 노트를 손에 쥔 채 나는 멍하니 허공을 바라보았다.

'나 쌍둥이였어?'

그것은 조에게 한 질문임과 동시에 스스로에게 던진 충격이었다. 반쯤 열린 창밖에선 조금씩 해가 기울기 시작했다. 태양은 터진 홍시처럼 진한 주홍빛을 하늘에 흩뿌리고, 그 빛이 스멀스

멀 방 안 깊숙이 파고들어 책상 앞까지 바투 다가왔다.

두 사람이 돌아온 시간은 정확히 1시간 뒤였다. 여전히 새집 정리에 분주한 틈을 타, 나는 방에 있던 상자를 슬그머니 거실로 옮겨 놓았다. 베란다 청소를 끝낸 아빠가 유리문을 열고 들어와 바닥에 놓인 상자를 내려다보았다.

'이거 뭐야? 책이랑 노트 같은데 당신 거 아니야?'

'그냥 둬. 내가 작은방에다 정리할 테니까.'

엄마는 아차, 싶은 표정으로 상자를 품에 안고는 작은방으로 돌아섰다. 책장과 책상, 노트북과 독서대가 놓인 작은 공간은 엄마가 책을 읽고 일기를 쓰는 서재였다.

나는 거실을 서성이며 기웃이 목을 빼 작은방을 건너다보았다. 엄마는 상자 속 노트들을 꺼내 책상 마지막 서랍에 넣고는 그 위에 책들을 올려놓았다. 바로 저곳이다. 저토록 좁고 작고 어두운 공간 속에 엄마는 오래된 고목처럼 삶의 테들을 새겨 넣은 기록들을 보관하고 있었다.

'설우야, 너 거기서 뭐 해?'

부지런히 책장을 정리하던 엄마가 고개를 돌렸다. 나는 재빨리 시선을 거두고는 말없이 방으로 돌아왔다. 그날 저녁 인터넷 사이트를 전전하던 열세 살 아이는 기어이 '배니싱 트윈'이란 단어를 찾아냈다. 임신 10주에서 15주 사이에 쌍둥이 중 한 명의 심장이 멈추고 자연 소멸하는 현상. 대부분 자연스럽게 모체에 흡수되는데 이 과정에서 산모 대부분은 어떤 부작용이나 통증도 느끼지 못한다고 했다. 아직 배니싱 트윈의 정확한 원인을 밝혀낼 수 없다는 설명을 마지막으로 글은 마무리됐다.

'조, 네가 설이었어? 아니면 우?'

그 순간 어디에도 푸른빛이 보이지 않았다. 낯설고 어색한 방에 누워 나는 오랫동안 두 눈만 끔뻑거렸다. 피곤하고 지친 몸으로도 쉽사리 잠이 오지 않았다.

'너는 왜 사라졌어?'

조에게서는 아무런 대답도 들려오지 않았다. 혼자서는 답을 찾을 수 없는 생각들이 놀이동산의 회전목마처럼 끊임없이 머릿속을 맴돌았다. 혹시 엄마는 사라진 아이가 나와 하나가 되기를 바랐을까. 그 소망이 작은 빛이라는 기묘한 형태가 되어 나와 함께하는 것일까. 생각이 거기까지 미치자, 돌연 가슴에 구멍이 뚫린 듯 허허로운 기분이 들었다. 그 텅 빈 곳으로 스산한 바람이 지나가고, 나는 상처 입은 야생동물처럼 조심히 몸을 웅크리며 지금까지 살아온 시간을 생각해 보았다.

'혹시 네가 한 번쯤 물어보지 않았을까?'

어두운 허공을 보며 나는 작게 읊조렸다. 장롱 뒤, 서랍 안, 침대 밑, 겨울 코트 주머니 속, 이 방 어딘가에 분명 조가 숨어 있을 터였다.

'만약 우리가 정말 쌍둥이였다면 말이야.'

웅크리던 몸을 바로 누워 먹색으로 물든 천장을 바라보았다. 어둠에 익숙한, 부풀어 오른 동공 속으로 흐릿한 달빛이 스며들었다. 작고 반짝이는 푸른빛은 보이지 않았다.

'혹시 서로 의논했는지도 모르잖아. 누가 남아 있고, 누가 밖으로 나갈 건지.'

아무리 기다려도 답은 돌아오지 않았다. 하지만 성인이 된 지금까지도 나는 여전히 그 생각에 골몰한다.

'어쩌면 내가 먼저 사라지기 싫다고 했을지 몰라.'

어른들의 말마따나 내가 고집 없는 아이가 된 건, 혹여 이미 오래전에 내 삶에서 가장 큰 부정을 말했기 때문이 아닐까? 그 후로도 엄마가 집을 비운 날이면 나는 종종 서재의 문을 열었다. 책상 맨 아래 서랍을 조심히 잡아당긴 후, 켜켜이 쌓인 시간 속에 평화롭게 잠들어 있는 낡은 노트를 꺼냈다.

두 손을 맞비빈 후 눈두덩이를 감싸며 생각했다. 세월이 많이 흘렀다고 믿었는데, 몇 개의 장면으로 갈음되는 짧은 시간이 지나갔을 뿐이었다. 천천히 눈을 뜨자 언제나처럼 허공에 푸른빛이 반짝거렸다. 시간은 어느덧 자정을 향해 가고 있었다.

너는 여전히 엄마의 일기장을 몰래 읽고 있지.

그동안, 조는 조금도 변하지 않았다. 빈정대는 말투와 제멋대로 불쑥불쑥 나타나는 무례함도 여전했는데, 다시 생각해 보니 나 역시 크게 변한 것이 없었다. 조의 말처럼 나는 지금도 여전히 엄마의 시간을 조금씩 훔쳐보고 있었다.

"어릴 때 말이야. 기필코 내가 세상에 나가겠다고 강력하게 주장한 게 아닐까 하는 상상을 했어. 그 생각이 들 때마다 어쩐지 스스로가 대단히 이기적으로 느껴졌지."

나는 가슴이 크게 오르내릴 정도로 깊게 숨을 들이마신 후 천천히 내뱉었다.

"그런데 시간이 지날수록 생각이 바뀌더라. 어쩌면 네가 오히려 더 강력하게 주장했는지도 몰라. 안 나갈 거야. 이 빌어먹을 세상에 절대 안 태어나겠다고."

나는 누가 봐도 술에 취한 사람처럼 키득키득 소리 내어 웃었다. 집까지 걸어오며 어느 정도 취기가 가셨다고 믿었는데 뒤늦게 술기운이 올라왔다.

정말 그렇게 생각하는 거야? 아니면 그렇게 생각해야 네 마음이 조금이라도 편한 거야?

냉소 가득한 조의 질문에 나는 웃음을 멈추고 물끄러미 천장을 바라보았다.

"마음이 편할 리 없잖아. 막상 태어나 보니, 세상을 산다는 게 안락함이나 편안함, 그리고 행복과는 거리가 좀 있거든."

그래서 지금까지 살아온 삶이 불행하냐, 묻는다면 꼭 그렇다고는 할 수 없었다. 그러나 가끔, 지금보다 조금 더 치열하게 살았다면 나아졌을까 하는 생각은 들었다. 그런데 과연 무엇이? 어떻게? 또 다른 질문들은 여전히 회전목마처럼 머릿속을 맴돌았다. 나는 허공을 향해 두 팔을 뻗으며 중얼거렸다.

"엄마 뱃속에서 사라지지 않기 위해 너무 힘주고 있었나 봐."

정작 세상에 나왔을 땐, 무언가를 움켜쥘 힘조차 모두 소진되었는지도…. 그 안간힘이 너무 싫어, 조는 그곳에서 스스로 소멸한 게 아닐까.

"이곳에선 행복하긴 힘들지. 어쩌면 아주 많이 힘들 거야. 전에도, 지금도, 앞으로도."

방문 밖에서 발소리가 울렸다. 엄마의 불안은 기어이 좁은 방문 틈을 비집고 들어와 조금이라도 나를 엿보려 했다. 묻고 싶은 것도, 하고 싶은 이야기도 많겠지. 하지만 엄마는 그럴 수 없는 사람이었다. 나 또한 별반 다르지 않았다. 내가 쌍둥이였느냐는 잔인한 질문은 할 수 없었다. 세상에는 침묵이 곧 정답일 때가 아주 많다.

"그런데 불행하다고 절대 말할 수는 없어. 그저 지금 안 행복할 뿐이지."

행복하지 않다고 해서 꼭 불행한 건 아니다. 묻지 않았다고 해서, 엄마의 아픔을 모르지 않는 것처럼.

그럼 지금부터 노력해야 할 거야. 완전한 행복을 위해서 조금 더 과감해지는 건 어때?

나는 허공에 떠 있는 푸른빛을 향해 도리질했다.

"집 나간다고 했잖아. 여기서 어떻게 더 과감해져."

이왕 이렇게 된 거, 더 자유롭게 새로운 사람들을 만나고 새로운 사랑도 하고. 지금보다 조금 더 재미있게 사는 것도 괜찮잖아.

태어난 존재가, 내가 아닌 조였다면 어땠을까? 그 생각은 계절이 돌아오는 것처럼 반복해서 나를 찾아왔다. 물론 조 역시 단설우라는 이름으로 살겠지만, 분명 지금과는 전혀 다른 단설우의 삶을 살았을 터다. 모르긴 해도, 이별을 말하는 S에게 진짜 커피를 쏟아부었을 테니까. 아니면 처음부터 S를 만날 일은 없었으려나?

생각이 거듭될수록 자꾸만 피식피식 헛웃음이 흘러나왔다.

내 말이 웃겨? 왜 혼자 키득거려?

"취했잖아."

술에 의지해 재미있어지는 건, 절대 반대야.

나는 조를 향해 입술을 달싹이다 이내 한숨을 토해 냈다. 술에 의지해 재미있어지는 게 뭔지, 과연 저 작은 빛은 알고 있을까? 아마 모를 테지. 그건 술에 한 번이라도 취해본 사람만이 알 수 있을 테고 그러기 위해선 어쨌든 이 독하디독한 세상에 태어나야 하니까.

문밖에서 서성이던 엄마가 결국 말없이 돌아섰다. 고요한 거실에 서재 문이 딸각거리며 열리는 소리가 들렸다. 엄마는 저곳에서 또 무슨 이야기를 풀어내려나. 밀려드는 졸음에 스르르 눈이 감겼다. 나는 빛이 사라진 방에서 홀로 잠이 들었다.

***

자주 연락하라는 인사, 밥 한번 먹자는 메시지, 나도 오래 못 버틸 것 같다는 푸념과 미안하다는 자책까지. 이 모든 마음이 한 번씩 요란스레 지나갔다. 하지만 나는 알고 있었다. 퇴직금 정산은 일주일 안에 처리될 거라는 마지막 안내만이 유일한 진실이라는 사실을.

엄마는 계획보다 일찍 서해로 내려갔다. 이모의 닦달이라 했지만, 충분히 눈치챌 수 있었다. 백수가 된 딸이 편히 쉴 수 있도록 부러 자리를 피했다는 사실을.

"아무 생각 말고 그냥 푹 쉬어."

엄마의 걱정이 무색하게 나는 이미 아무 생각이 없었다. 생각이란 전혀 없어도 문제지만 때론 너무 많아도 탈인데, 솔직히 지금의 나는 어느 쪽인지 잘 모르겠다.

"도착하면 연락해. 아빠 나온다고 했지?"

입술을 달싹이던 엄마가 조용히 몸을 돌려세웠다. 생각이 무용하듯, 괜한 이야기도 필요 없었다. 그 사실을 나도 엄마도 잘 알고 있었다.

"밥 잘 챙겨 먹어."

그 말을 끝으로 엄마가 현관을 벗어났다. 이 역시 괜한 걱정이다. 어차피 그 잘난 밥을 챙겨 먹기 위해 오늘 하루를 다 보낼 예정이니까. 나는 엄마를 배웅한 뒤 습관처럼 문 닫힌 작은 방을 곁눈질했다.

출퇴근이 사라진 삶이란, 만원 지하철 속 누군가를 살포시 들어 깊은 숲속에 내려놓는 것과 같았다. 그 주변으로 폭설처럼 시간과 고요함이 켜켜이 쌓이기 시작했다. 나는 길게 기지개를 켜고 베란다 창문을 열어젖혔다. 차가운 바람이 날아들어 진득하게 고여 있던 공기를 밀어냈다.

***

x월 x일

'나머지 아이도 사라졌습니다.'

악몽은 주기적으로 찾아와 나를 천 길 낭떠러지로 추락시켰다. 비명조차 지르지 못한 채 눈을 뜨면 귓가에 남편의 고른 숨소리가 들려왔다. 막혔던 숨을 간신히 토해 내면서도, 나는 한 번도 남편에게 악몽을 이야기한 적이 없었다. 그 말을 입 밖으로 내뱉는 순간, 정말 현실이 될 것 같은 두려움이 엄습했기 때문이었다. 아이가 태어나면 더는 악몽에 시달리지 않으리라 믿었다. 그런데 왜 여전히 나는 몽마에게서 벗어나지 못할까. 설우가 태어난 지 벌써 5년이나 흘렀는데⋯.

남편은 설우라는 이름을 달가워하지 않았다. 그 이름 속에 담긴 아픔을 굳이 상기할 필요가 있겠느냐는 뜻이었다. 하지만 나는 오히려 설우를 고집했다. 아이를 처음 본 순간, 설우 외에는 아무것도 떠오르지 않았다. 마치 그 이름을 아이가 뱃속에서 이미 선택한 듯⋯.

설우는 다른 아이들보다 말이 느렸고 또래 아이들이 좋아할 만한 것들에도 별다른 흥미를 보이지 않았다. 장난감을 가지고 놀다가도 멍하니 허공을 바라보거나, 뭐가 좋은지 혼자서 빙그레 미소 짓고는 했다. 거실 TV에서 유아 프로그램이 나오면 잠시 집중하나 싶더니 이내 아무 말 없이 제 방으로 들어가 버렸다. 그러고는 거실이 시끄러워 귀찮다는 표정으로 가만히 침대에 앉아 있었다. 때로는 손가락을 들어 한 곳을 가리키기도 했는데, 손끝으로 허공에 기묘한 모양을 그려 넣고는 까르르 소리 내어 웃었다. 혼자서도 잘 노는 아이, 좀처럼 울지 않고 순한 아이가 내 딸 설우였다.

'나는 걷기부터 말까지 다 느렸대. 걱정하지 마. 할 때 되면 다 해.'

남편의 예언대로 어느 순간 말을 시작한 아이는 터진 댐에서 물이 쏟아지듯 쉴 새 없이 쫑알거렸다. 그 대부분이 혼잣말이라서 조금 신경 쓰이긴 했다. '설우야, 무슨 얘기 해?' 물으면 새침해진 얼굴로 '아니야'라고 얼버무리며 폴짝 일어나 자리를 떴다. 가상의 친구를 만들 때라고 했던가? 벌써 비밀이 생긴 걸까, 이렇게나 빨리? 그 생각이 들자 조금은 서운했지만 나는 아이의 세계를 존중하기로 했다. 악몽을 꾸고 난 후에는 더욱 그런 마음이 앞섰다. 설우가 나를 선택했다는 그 한 가지 결과만으로 충분했다. 더는 아무것도 생각하기 싫었고, 생각할 필요가 없었다. 설우는 무사히 태어나 지금 내 곁에 있다.

***

우리 동네가 원래 이런 분위기였나. 나는 걸음을 옮기며, 마치 이곳을 처음 방문한 이방인처럼 슬금슬금 주위를 둘러보았다. 핸드폰 시계가 10시를 가리키자, 종종걸음 치던 사람들과 도로를 꽉 메운 차들이 거짓말처럼 사라져 버렸다. 똑같은 세상 똑같은 계절인데, 8시와 10시, 고작 2시간 만에 거리 풍경은 완전히 변해 있었다. 평일 오전 10시라는 낯선 세계를 나는 지금 혼자서 여행 중이다.

지하철역에 도착해 개찰구를 통과했다. 몸이 익숙한 방향으로 돌아서는데, 뒤늦게 머리가 제동을 걸었다. 이봐, 우리는 출근하는 게 아니야. 오늘은 반대 방향으로 가야 해.

습관에 길든 삶은 참 무섭구나, 생각하며 나는 뒤늦게 반대쪽으로 발길을 돌렸다. 사실 오늘 아침에도 이와 비슷한 일이 벌어졌다. S에게 좋은 아침이야, 하고 메시지를 보내던 손을 재빨리 뇌가 가로막았다. 이봐, 너는 S와 헤어졌잖아.

얼마의 시간이 지나면, 머리보다 몸이 기억하는 출근길을 잊어버릴까. 얼마의 시간이 지나면 일상에서 S를 완전히 지울까. 이렇듯 시답지 않은 생각을 하는 사이 익숙한 멜로디와 함께 플랫폼에서 안내 방송이 흘러나왔다.

문이 열리자 텅 빈 지하철 내부가 모습을 드러냈다. 평소보다 여유로운 기분이지만, 그 대가로 통장의 숫자가 줄어든다 생각하면 마음이 마냥 가볍지만은 않았다.

"통장에 0이 찍히면, 마음도 같이 쪼그라들겠지?"

백수 된 지 만 하루도 안 지났거든? 할부랑 대출 같은 건 진저리 치게 싫어하면서, 왜 걱정은 미리부터 왕창 끌어와서 하고 있어?

"그러게? 왜 걱정만 원금에 이자까지 더해서 꼬박꼬박하고 있을까?"

맞은편에 앉은 여자가 고개를 들어 나를 봤다. 그 즉시 습관처럼 귓가를 건드렸다. 긴 머리를 고수하는 이유는 하나뿐이었다. 나와 조, 우리의 대화가 전화 통화로 보이게끔 하는 어설픈 연극이라고나 할까. 무선 이어폰이 처음 출시되었을 때 나는 전혀 다른 이유로 기뻐했다.

인간들이 세상에서 가장 성실하게 하는 게 바로 걱정인 것 같아.

차창으로 검은 얼굴이 얼비쳤다. 그 옆으로 작은 푸른빛이 반짝였다.

"은행 이자랑 주식 시세가 인간이 하는 걱정의 반의반만 돼도 다들 부자가 될 텐데."

결국 이야기는 또 통장 숫자로 귀결되는군.

그 숫자가 인간의 생존, 더 나아가 존엄까지 직결돼 있다는 건 애써 설명하지 않기로 했다. 나는 팔짱을 낀 채 눈을 감고는 덜컹거리는 리듬에 맞춰 잠을 청했다.

지상으로 올라오자 눈앞에 낯선 분위기의 거리가 펼쳐져 있었다. 지하철역에서 시장까지 도보로 20분. 점심 한 끼를 위해 지하철 환승까지 했는데 아직도 가야 할 길이 남아 있었다.

직장인에게 점심 메뉴는 주로 세 개의 'ㄱ'으로 결정된다. 가깝고, 간편하고, 가격이 저렴한 곳. 이런 식당을 몇 군데 찾은 후 번갈아 가며 먹는 정도의 수준이랄까. 그런데 동네 분식집에서도 손쉽게 사 먹을 수 있는 국수 한 그릇을 위해 나는 왜 이 먼 곳까지 왔을까. 자문해 봐도 또렷한 답은 떠올릴 수 없었다. 어쩌면 단순히 시간을 낭비하고 싶었는지도 몰랐다. 로또 당첨이나 거액의 유산을 받았을 때, 사람들이 갑자기 굴러온 부富를 어떻게 써야 할지 모르는 것처럼. 나는 반강제적으로 굴러온 시간 더미를 계획 없이, 기분 내키는 대로 쓰고 싶었다. 지하철역에서 멀어질수록 하늘을 뚫을 듯 높이 솟은 거대한 마천루들도 사라졌다. 주변 건물들이 조금씩 키를 낮췄고, 반에서 다시 반으로 접은 종이처럼 도로가 좁아졌다. 지도를 따라 언덕을 오르자 유명 프랜차이즈 카페와 커다란 전광판은 더는 찾아볼 수 없었다. 아파트 대신 빌라들이 옹기종기 모여 있고, 계단에는 꼬마들이 나란히 앉아 핸드폰 게임에 열을 올렸다.

얼마쯤 올라갔을까. 저 멀리, 커다란 아치형 입구가 모습을 드러내며 휴먼명조체로 쓴 '흑호 시장'이 지나가는 사람들을 무심하고 평화롭게 내려다보고 있었다. 먼 옛날 영험한 검은 호랑이가 살았던 숲이라 하여 흑호동이 되었다던데, 숲의 흔적은 찾아볼 수 없지만 호랑이가 살 만큼 높은 곳임은 틀림없었다.

그렇게 밭은 숨을 내뱉으며 찾아간 흑호 시장은 SNS 사진이나 TV 화면과는 다소 차이를 보였다. 작고 좁고 조용한, 흔히 볼 수 있는 재래시장의 전형적인 모습이었다.

편집의 마법이지.

다행히 TV에서 본 국숫집은 금세 찾을 수 있었다. 나는 조심스레 가게 문을 열고는 찬찬히 안을 살폈다. 점심 먹기에는 조금 이른 시간이어서였을까. 손님은 두 테이블이 전부였다. "어서 오세요" 하고 소리친 주인이 내게 일행 여부를 물었다. 혼자라고 대답하자 그녀가 흘끗 내 손을 쳐다보았다.

"뭐 드릴까요?"

"잔치국수 주세요."

주문을 끝낸 후 핸드폰 화면을 열자, 주방으로 돌아서던 주인이 다가와 말했다.

"사진 찍어서 올리는 것까지는 뭐라 할 수 없지만 무슨 개인 방송인가 뭔가, 그런 건 하지 마요."

기미가 거뭇하게 올라온 얼굴에 노골적인 짜증이 번지며, 내가 왜 이런 설명까지 해야 하나 싶은 귀찮은 표정이 역력했다.

"저 그냥 국수 먹으러 왔는데요."

나는 핸드폰을 가방에 넣고는 지퍼를 닫았다.

"기분 나빴다면 미안해요. 요즘은 하도 TV 보고 왔다는 사람이 많아서. 그거 내가 찍고 싶어서 그런 것도 아니고, 시장 홍보 때문에 억지로 한 거예요. 그놈의 방송은 왜 한 번으로 안 끝내고 주구장창 재방 삼방을 틀어대는지. 멸치 육수도 그렇게는 안 우려먹겠네."

주인이 지친 얼굴로 돌아서고, 잠시 뒤 김 가루를 뿌린 잔치국수 한 그릇이 테이블 위에 놓였다. 진한 육수 냄새를 보니 좋은 멸치를 쓰는 모양이었다.

"옆에 청양고추 다진 양념장 있어요. 매운 거 못 먹으면 넣지 마시고, 약간 칼칼하게 드시고 싶으면 좀 넣어요."

나는 맑은 육수를 한 숟가락 떠먹고는 종지를 열어 양념을 넣었다. 그 즉시 담백한 국물에 감칠맛이 더해지며 진한 풍미가 느껴졌다. 이곳이 왜 흑호 시장의 명물이 됐는지 그 이유를 알 것 같았다. 한 젓가락 크게 면발을 집어 드는데, 거칠게 가게 문이 열리더니 커다란 목소리가 식당을 울렸다.

"이모, 나 비빔국수. 아주 맵게."

짧은 머리에 청바지를 입은, 그 위에 무심히 패딩을 걸친 여자가 안경을 벗고는 눈 주위를 매만졌다. 얼굴에 짙은 피곤이 고여 있었다.

"날씨도 쌀쌀한데 따뜻한 거 먹지. 맵게 먹고 싶으면 국물에 양념장 넣어 먹어."

주인이 밑반찬을 내려놓자 여자는 말하는 것조차 힘들다는 듯 허공에 휘휘 손을 내저었다.

"속에 천불 나서 죽기 직전이에요."

"한 원장 죽으면 여럿 곤란해져. 알았어. 내 금방 내올 테니까. 속 시끄러운 것 좀 가라앉히고 있어."

두 사람이 오랜 인연이라는 건 캐치볼처럼 오가는 대화만으로도 알 수 있었다. 집 근처에 이런 곳이 있으면 행복하겠네, 하며 국수를 그릇째 들고 마시자 단전으로부터 아, 소리가 터져 나왔다. 여자가 스치듯 나를 보고는 주머니에서 핸드폰을 꺼냈다.

"나야. 왜 전화했겠니? 하루 나오고 끝. 무슨 소리야. 너희 쪽으로 오라고? 나 얼마 줄 건데? 네 밑으로 가는 게 싫어서가 아니라 그 동네가 지긋지긋하다니까."

여자가 통화를 하는 사이, 테이블에 잘게 썬 오이와 계란이 올라간 맛깔스러운 비빔국수 한 그릇이 놓였다. 어서 먹으라는 눈짓에 여자가 얌전히 손에 젓가락을 쥐었다.

"국수 붇는다고 이모가 눈치 준다. 혹시라도 주변에 있으면 부탁할게. 그래. 다음에 보자."

"사람 때문에 그렇지?"

걱정스레 묻는 주인을 향해 여자가 고개를 끄덕였다.

"그나저나 빨간 건물 세탁소 옆은 여태 비었나?"

"뭐 들어오는 것 같더라. 어제부터 공사 시작했어."

"뭐 들어와?"

"잘은 모르겠네. 요즘은 내 코가 석 자라서 다른 거 신경 쓸 겨를이 없어. 어쨌든 우리 애들한테 안 좋은 것만 아니면 돼. 스포츠 복권, 성인용품, 술집 같은 거."

굳이 엿들으려는 의도는 없었다. 그저 여자가 가까이에 자리를 잡았고, 목소리의 데시벨도 높았다. 두 사람의 대화가 진한 육수 냄새만큼이나 또렷하게 가게 안을 메웠다.

"국물 좀 줄게. 아무리 그래도 겨울에는 따끈한 거 먹어야 속이 든든해."

주인이 뒤돌아 종종걸음 치는 사이, 나는 국물까지 깨끗하게 비운 후 가뿐하게 자리에서 일어났다. 그녀의 말마따나 전보다 속이 든든해진 기분이었다.

겨울이지만 볕이 좋은 한낮이었다. 시장을 벗어나 길을 되짚어가자 요즘은 쉽게 볼 수 없는 오래된 철물점과 빛바랜 간판의 분식집이 낮은 어깨를 맞추고 있었다. 빌라촌을 지나 약국과 은행, 편의점을 오른쪽에 끼고 조금 더 아래로 내려갔다. 순간 눈앞에 붉은 벽돌의 3층 건물이 나타났다. 1층은 세탁소와 카페, 그 옆으로 이제 막 공사를 시작한 듯 목재들과 각종 자재가 쌓여 있는 분주한 내부가 보였다.

나는 걸음을 옮기며 슬쩍 2층에 시선을 두었다.

국숫집에서 목소리 큰 여자가 말한 곳이 여기인 것 같지?

"그런 것 같아."

건물 입구에 붙은 A4 용지 한 장을 유심히 보는데 조가 가까이 날아와 물었다.

뭘 그렇게 유심히 봐?

"재미있잖아. 이런 구인 광고 오랜만이다."

술에 의지해 재미있어지는 것도 반대지만, 이런 종이 한 장에 재미를 느끼는 것도 진짜 별로야.

"원래 사는 건 다 별로야. 그나저나 엄마는 잘 도착했으려나?"

어깨에서 흘러내린 가방을 올리며 나는 슬쩍 뒤를 돌아보았다. 걸음을 옮길수록 저 멀리 붉은 벽돌의 3층 건물이 빨간 레고 블록처럼 작아지고 있었다.

***

여자가 손끝으로 안경을 밀어 올리고는 찬찬히 이력서를 살폈다. 시선은 종이에 있지만, 심드렁한 눈빛은 전혀 다른 것을 읽는 듯했다. 내 얼굴이나 표정, 괜스레 꼼지락거리는 손동작 같은 것. 여자가 이력서를 보는 사이 나는 슬그머니 밖을 살폈다. 호랑이 그림이 가득한 벽에는 'Welcome to HOHO English Academy, 호호 영어 학원에 오신 걸 환영합니다'라고 쓰여 있었는데, 흑호동이라서 호호 영어 학원일까 싶은 궁금증은 단순하지만 또 가장 어울리는 이름이라는 나름의 결론으로 되돌아왔다.

"티칭 경험은 없으시고요?"

여자, 아니 굵은 뿔테 안경을 쓴 한 원장이 물었다.

"대학 다닐 때 중학생 영어 과외를 1년 정도 했었습니다."

그녀가 한 번 더 안경을 밀어 올리더니 도톰한 입술 사이로 끙 소리를 내뱉었다.

"우리는 6개월 이상… 최소 1년은 근무하실 선생님이 필요합니다."

"네. 알고 있습니다."

내가 대답하자 한 원장이 이마를 매만지고는 또다시 생각에 잠겼다.

"제가 경력이 없어서, 미처 시강 준비까지는 못 했습니다. 괜찮으시다면 학원 교재로 내일까지…."

"여긴 영어를 어떻게 가르치느냐 보다, 아이들과 어떻게 지내느냐가 더 중요한 곳이에요."

한 원장이 말을 멈추고 내 눈을 똑바로 응시했다. 나는 그녀의 얼굴이 익숙하지만, 한 원장은 나를 전혀 모를 것이다. 자신의 목소리가 국숫집을 얼마나 뒤흔들었는지 기억 못 하는 것처럼.

"그건 미리 준비할 수 있는 게 아니고 직접 경험으로 쌓아가야 하거든요. 제법 오랜 시간이 필요하죠."

영문학 전공은커녕 그 흔한 어학연수 경험조차 없었다. 경력이라고는 대학 때 영어 과외가 전부였다. 내가 생각해도 어처구니없는, 아니 빈곤하기 그지없는 이력서였다. 영어 작문 대필 경험까지 쓸 정도로 구직이 시급한 건 아니라 그나마 다행이라면 다행인지도 모르겠다.

불과 하루 전까지도 상상하지 못했다. 내가 다른 곳도 아닌 초등 영어 학원에 이력서를 제출할 줄은. 왜 계획에도 없던 곳에 덜컥 면접을 봤을까. 한 원장의 목소리가 왕왕 좁은 국숫집을 울려서? 요즘은 보기 힘든, '호호 영어 학원에서 선생님을 모십니다'라고 쓰인, 벽에 붙은 종이 한 장 때문에? 너무 많은 시간의 여유가 부담되어? 매달 돌아오는 25일의 허전함이 싫어서? 사실 잘 모르겠다. 이 모든 것이 내가 이력서를 쓰게 된 이유가 될 수 있었고, 이 중 그 어느 것 하나 그 이유가 될 수 없기도 했다.

길을 걷다 우연히 3층짜리 빨간 벽돌 건물을 발견했고, 벽에 붙어 나풀거리는, 조의 말마따나 재미없는 모집 공고에 시선을 빼앗겼다. 다음 날 이력서 한 장을 작성해 무턱대고 학원 문을 열었지만, 사실 그 과정에 별다른 이유는 없었다. 어떤 일을 결정하는 데 늘 확고함이 필요한 건 아닐 테니까. 세상을 살아가다 보면 알게 된다. 어떤 시작 앞에서, 확신이 들 때보다 '정말 괜찮나?' 하고 자문하는 순간이 압도적으로 많다는 사실을. 그리고 나는 그 순간을 한 번 더 맞이할 뿐이다.

"보시다시피 작은 동네 학원이에요. 페이는 사이트에 올린 그대로입니다."

구인·구직 사이트에 흑호동 호호 영어 학원을 검색해 보긴 했다. 그러나 내 걸음을 멈춰 세운 건 단연코 벽에 붙은 A4 종이 한 장이었다.

"회사는 왜 그만두셨는지 여쭤봐도 될까요?"

"잘렸습니다."

나를 보던 시선이 한 번 더 이력서 위로 되돌아갔다.

"우선 3일 정도 시간을 드리겠습니다. 3일 출근은 시급으로 계산하고요. 그 뒤에도 일할 마음이 있으시면 정식 출근하시면 돼요. 그리고…."

원장이 말을 멈추고는 망설이듯 입술 끝을 잘근거렸다.

"3일 동안은 수업 분위기만 보세요. 될 수 있는 한 아이들과 가까이하지 마시고요."

그것이 한 원장이 내게 한 유일한 당부였다. 그녀는 교재를 보여주거나 교수법을 설명하지 않았다. 이곳에 몇 명의 원생이 어떤 방식으로 수업을 받는지조차 이야기하지 않았다. 나는 그녀의 무심함과 약간의 냉소적인 태도가 오히려 마음에 들었다.

내일 뵙겠다는 인사를 끝으로 학원을 나섰다. 학원은 3층 건물 2층에 자리하고 있었는데, 1층으로 내려오자 복도를 사이에 두고 대로변으로 나오는 문과 건물 뒤로 이어진 또 다른 출입구가 보였다. 좁은 복도에는 진한 커피 향이 떠다니고, 건물 끝에서 간간이 소음이 들려왔다. 곧 들어올 새로운 가게가 공사 중인 모양이었다. 건물 밖으로 나와 벽을 맞대고 나란히 서 있는 세탁소와 카페 간판을 보았다. 마지막으로 고갤 들어 큼지막하게 쓰여 있는 호호 영어 학원에 시선을 두었다.

앞으로는 재미있게 살아보겠다며? 지금 무슨 생각인 거야?

푸른빛이 날아와 귓가에 속삭였다.

"맞아. 재미있게 살아보려고 이러는 거야. 네가 그랬잖아? 새로운 사람도 만나라고. 그래서 만났잖아?"

새로운 사랑은? 사막에는 오아시스라도 있지. 여긴 조그만 가능성도 없어. 온통 아이들뿐이라고. 사랑을 만날 확률 0. 머지않아 바닥이 날 네 통장 잔고와 똑같아.

"사랑에는 에로스의 사랑만 있는 게 아니야. 우정과 연대의, 필리아의 사랑도 잊지 마."

아무리 그래도, 이렇게나 갑자기?

권고사직과 이별, 그로 인한 독립을 말하기까지. 모든 일은 언제나 아무 계획 없이 갑자기 일어난다. 나에게는 미래를 대비할 지혜로운 선견 따위는 없으니, 닥친 일에 대처할 수 있는 빠른 판단력이라도 필요하지 않을까? 물론 그 판단이 매번 옳은 결과를 가져오지 않지만….

나는 습관처럼 흘러내리는 가방을 추켜 메고는 지하철역을 향해 서둘러 걸음을 옮겼다.

나는 이번 기회에 네가 약간의 일탈…. 뭐, 일탈이라는 말이 불편하다면 모험. 그래, 작은 모험이라도 하길 바랐어.

"생전 처음 보는 사람 앞에서 내가 얼마나 쓸모가 있는 인간인지 최대한 명료하게 설명하는 건 엄청난 모험이야. 가슴이 미친 듯이 뛰거든."

몇 번의 경험으로 알고 있었다. 면접이 얼마나 사람을 지치게 하는지. 이렇듯 유독 힘든 하루를 보낼 때면, 나는 때때로 거친 풍랑을 뚫고 항구에 도착한 뱃사람이 된 기분이다. 영혼까지 삶의 거친 파도에 흠뻑 젖어버렸다고나 할까? 그러니 누군가에게 하루는 때론 고된 모험일 수밖에 없다.

네 가슴을 미친 듯이 뛰게 한 그 원장은 정작 너를 탐탁잖게 보던데?

조의 비아냥거림에 나는 애써 웃으며 대답했다.

"그럴 수밖에 없을 거야."

지금까지 이곳을 찾은 이들 중 하루 만에 그만둔 사람도 있다지 않는가.

월급은 적고 하는 일은 많고.

조가 말했고 동시에 내 걸음도 멈춰 섰다.

"잡다하고 쓸데없는 업무에 학원 선생님이라는 정체성마저 심하게 흔들릴 곳인가?"

그럴 확률이 아주 높다고 봐.

혹여라도 일당백을 요구한다면 그때 다시 생각해 볼 문제고, 만약 아니라면…. 나는 다시 걸음을 옮기다 공인 중개사 유리 벽에 붙은 종이들을 보았다.

설마 이 동네가 마음에 드는 건 아니겠지?

조가 경고 섞인 뉘앙스로 말했다.

"이 동네엔 내 인생 최고의 국수 가게가 있어."

나는 시장으로 이어지는 길을 곁눈질하고는 몸을 돌려 경사로를 내려갔다. 집에서 학원까지 지하철과 도보를 합하면 넉넉히 1시간은 잡아야 했다. 업무 특성상 아침 일찍 만원 지하철에 시달릴 필요는 없겠지만, 한여름이나 한겨울에 오르막길 도보는 분명 힘들 것이다.

그건 3일 뒤에 뭐라도 결정되면 그때 고민해도 늦지 않아.
"그 말이 정답이네."
3일 후가 아닌 당장 내일 무슨 일이 벌어질지 장담할 수 없지만 나는 그 알록달록한 공간이 마음에 들었고 나에게 냉소적이던 원장조차 어쩐지 호감이 갔다.

하늘을 오색으로 물들이던 태양이 회색 건물 뒤로 사라지자 도시에 청록빛 어스름이 내려앉았다. 네온사인이 하나둘 눈을 뜨는 사이, 내 주위를 맴돌던 조는 사라지고 없었다. 어느덧 내 앞에 펼쳐진 딱 하루치의 전쟁과 모험이 끝나가고 있었다.

***

원생들은 누군가 넘어지면 자지러지게 웃었고 티셔츠에 묻은 작은 얼룩에도 세상 무너지듯 울었다. 다 함께 어울려 놀다가도 게임 캐릭터 하나에 갑자기 뒤엉켜 싸웠고, 간식 앞에서는 또 언제 그랬냐는 듯 배시시 웃었다. 영어로 반갑게 인사했으며 날짜와 요일, 날씨를 곧잘 영어로 대답했다. 하지만 내일 비가 왕창 내렸으면 좋겠다는 누군가의 바람에, 내일은 체육 수업이 있으니 그 말 당장 취소하라는 목소리가 터져 나왔고, 그 즉시 비와 맑은 날을 서로 고집하던 아이들이 다시 뒤엉켜 싸웠다. 그중 한 명은 어김없이 세상 무너지듯 울었다. 원생 대부분은 누구도 가르쳐 준 적 없는 'F'나 'B'로 시작되는 영어 욕을 알고 있었으며, 가끔은 영어보다 낯설고 생경한 신조어로 자기들끼리 키득거렸다. 그 뜻을 묻는 어른들을 보며 더 크게 웃을 뿐 절대 답을 말해 주지 않았다. 초등학생들은 등급과 내신 압박이 없으며 교과 성적에 영어가 큰 비중을 차지하지도 않았다. 그렇기에 오히려 아이들이 원어민처럼 말하고 쓰고 읽기를 바라는 부모들이 대부분이었지만 결국 중등 예비반은 몇 학년부터 들어갈 수 있는지 묻는, 클래식함과 모던함을 동시에 원하는 곳이 바로 초등 영어 사교육 시장이었다.

호호 영어 학원에서 원생들이 가장 많이 하는 말은, 'Hello'나 'Thank you', 'My name is'가 아니었다. 바로 '원장 쌤'이었다. 아이들은 억울하거나 화가 나면 속상하거나 슬프면 단번에 한 원장부터 찾았고, 기쁘거나 신나는 일이 있어도 칭찬을 받거나 어깨가 으쓱해져도 쪼르르 원장실 문을 열었다. 아프거나 배가

고프거나 하물며 연애 문제가 발생해도 아이들은 가장 먼저 한 원장에게 달려갔다. 호호 영어 학원은 그런 곳이었다.

　원생들은 대략 60명 정도였는데 그중 저학년의 비중이 가장 높았다. 한 원장은 내가 정식 출근을 하게 되면 1, 2학년 반을 담당하게 될 거라고 했다. 수업 내용은 알파벳과 파닉스 기초 회화가 전부일 거라고 가볍게 말했지만, 어린아이들에게 쉽고 재미있게 외국어를 가르치기란 여간 어려운 일이 아니었다. 나는 매일 밤 초등 영어에 관한 동영상과 자료를 찾아보았고 서점에서 초등 영어 베스트셀러들을 둘러보았다. 바쁘고 정신없는 하루하루 덕분에, 괜한 생각과 불안에서 잠시 벗어날 수 있었다.

Happily she was not fired. 행복하게도 그녀는 잘리지 않았다.
She did not quit happily. 그녀는 행복하게 그만두지 못했다.

　초등학교 저학년생에게 부사의 위치에 따라 수식하는 내용이 달라질 수 있다는 설명 따위는 무용할 터였다. 부사의 위치에 따른 해석 변화처럼, 인간의 마음도 어디에 초점을 두고 어떻게 해석하느냐에 따라 달라질 수 있겠지만, 사실 문법을 안다고 해서 외국어를 자유롭게 구사하긴 힘들 것이다. 철학과 진리를 이해했다고 해서, 마음의 평화와 삶의 지혜가 샘솟는 게 아닌 것처럼.

Happily she was fired. 행복하게도 그녀는 잘렸다.
She quit happily. 그녀는 행복하게 그만두었다.

하지만 이왕 벌어진 일, 되도록 좋은 쪽으로 생각해 보려 한다. 그것이 바로 철학이 말하는 삶의 지혜일 테니까.

***

작고 투명한 유리잔에 맑은 술이 차올랐다. 유행 지난 음악이 미적지근한 한낮의 바람처럼 귓가를 스쳐 지나가고 고소한 기름 냄새와 웃음소리가 매캐한 연기가 되어 주위에 떠다녔다. 잔을 부딪치기 무섭게 한 원장이 소주를 한입에 털어 넣었다.
"처음만 건배하는 거예요. 서로 따라주고 뭐 그런 거 없어. 각자 페이스대로 즐길 만큼만 마시자고요."
동그란 테이블 위에 어묵탕과 골뱅이무침이 놓였다. 한 원장이 앞접시에 소면을 덜었다.
"우리 애들 어때요?"
간단한 질문인데 어쩐지 선뜻 대답이 나오지 않았다. 뭐라 말해야 할지 마땅한 표현이 떠오르지 않았고 어디까지 내 감정을 말해야 할지도 가늠되지 않았다.

"천사같이 예쁘죠?"

한 원장이 재차 물었다. 나는 모호한 웃음으로 표정을 숨겼다.

"악마같이 무섭기도 하고요."

원장의 웃음소리가 회오리가 되어 테이블을 휘감았다. 그녀의 말처럼 아이들이라고 마냥 천진하거나 순수하게만 느껴지지 않았다. 꼬맹이들은 무서울 정도로 영악하고 놀라울 만큼 교활했다. 원장은 이런 내 마음을 정확히 꿰뚫고 있었다. 어쩌면 오랜 경험에서 나온 진심일지도 몰랐다.

"나 이래 봬도 한때는 되게 잘나가는 영어 강사였어요."

원장이 자신의 빈 잔을 채우며 말했다.

"왜, 있잖아요. 유명 학원 리스트 꿰차고, 족집게 과외 찾아다니는 돈 많은 맹모 엄마들. 그 바닥에서도 내가 좀 알아줬지."

한 원장은 허세와는 거리가 먼 사람이었다. 그러니 괜한 말을 하지는 않을 것이다. 그녀가 웃으며 술잔을 비웠고 나 역시 조용히 쓴 소주를 삼켰다.

"미친 듯이 연구하고, 정신없이 강의했지. 주로 등급 간당간당한 애들을 공략했어요. 그런 애들은 방향만 잘 잡아줘도 바로 효과 나오거든. 그 바닥에서 입김 좀 센 엄마들한테 이름 오르내리기 시작하잖아? 그럼 인생이 달라져요. 통장에 찍히는 앞자리가 확확 바뀌지, 시험 끝나면 엄마들한테 고가의 선물이 들어오지, 세상이 내 발아래 있는 것 같았다니까."

한 원장이 젓가락으로 능숙하게 소면을 휘감아 입에 넣었다.

"잘하는 애들은 알아서 잘해. 가르치고 자시고도 없어. 하긴, 대입 끝나면 SKY 들어간 녀석들 이름으로 홍보에 광고에 한바탕 난리를 피우는 학원이라 못하는 애들은 올 수조차 없었지. 공부는 웬만큼 하는데도 요령 없어 헤매는 애들이 대부분인데, 이런 녀석들 끌어올리는 게 진짜 능력이거든요."

의무교육을 졸업한 지 한참이 지났지만, 반에서 한두 명씩 존재했던 성적이 수직으로 상승한 애들은 지금도 기억이 났다. 한 원장이 테이블에 팔을 올리고는 비스듬히 턱을 꿨다. 나른하고 지친 시선이 소주잔 속으로 스며들었다.

"혹시 헛것 보인 적 있어요?"

예상 밖의 질문이 잔으로 가던 손을 멈추게 했다. 나는 고개 들어 피곤함에 움푹 파인 두 눈과 마주했다. 그녀를 보고 있으면 금방에 '원장 쌤' 하며 어디선가 꼬마들이 나타날 것 같았다.

"남들 눈에 안 보이는데 내 눈에만 또렷이 보이는 거."

그녀가 술잔을 손에 쥔 채 빙글빙글 돌렸다. 작은 잔에 투명한 파도가 넘실댔다.

"나는 그런 적 있어요. 어느 날부터 자꾸 헛것이 보이고, 헛소리가 들렸거든요."

선술집 문이 요란스레 열리며 한 무리의 사람들이 떠들썩한 소란을 몰고 왔다. 테이블에 앉기까지 서로 간의 웃음과 장난이 끊이질 않는 것을 보니 뭔가 좋은 일이라도 생긴 모양이었다. 어쩌면 함께하는 것만으로도 즐거운 관계일지도 모르겠다. 누구에게나 저렇듯 슬픔보다 기쁨이, 고독보다 활력이 더 크던 삶의 푸르른 한때가 있기 마련인데, 아쉽게도 그 시절은 너무 빨리 지나간다.

"미친 건 아녜요. 절대 미친 건 아니죠."

한 원장이 혼잣말처럼 중얼거리며 소주잔을 털어 넣었다. 즐거워 취하는 사람, 취해서 즐거운 사람들이 물에 풀어진 물감들처럼 빠르게 뒤섞이고 있었다. 테이블에 빈 술병이 쌓여가고 유행 지난 멜로디 사이로 원장의 지친 목소리가 흘러나왔다.

유명 강사의 몸값은 하루가 다르게 올랐고 스카우트 제의도 빈번했다. 인근 중학교까지 소문이 퍼지자, 그녀의 수업을 듣기 위한 대기자 명단이 생길 정도였다.

그녀는 이제 표정만 봐도 알 수 있었다. 최고 자리를 지키려는 아이인지, 그 자리에 오르려는 아이인지, 부모만 애가 타는지, 스스로가 성적에 목매고 있는지 단번에 파악 가능했다. 이미 정상에 오른 아이들은 그녀의 대상이 아니었다. 한 걸음, 한 계단이 모자란 아이들이 몇 배 더 흥미를 끌었다. 완성작을 감상만 하는 건 재미없으니까. 미완성을 붓질 몇 번에 완성시킬 때 쾌감은 그 무엇보다 짜릿했다.

높이 오를수록 추락할 때의 충격은 상당했다. 과연 언제부터였을까? 아이들의 얼굴에 등급과 점수가 보이기 시작한 날은. 기본적인 테스트가 끝나면 그 숫자들은 조금 더 선명해졌다.

'얘는 한 달만 바짝 하면 되겠다.'

'아. 얘는 적어도 석 달은 고생하겠네.'

'어쩐지 엄마만 전전긍긍하더라니. 대체 어디서부터 손을 대야 하나?'

시험이 끝나는 날이면 밤거리의 네온사인처럼 유독 얼굴의 숫자들이 반짝였다.

'저 녀석 등급 올랐네.'

'쟤는 또 표정이 왜 저래. 설마 죽 쑨 거야?'

'그럭저럭 선방했나 보네.'

엘리베이터 점검 기간이라 사용이 금지된 어느 날이었다. 비상계단 출입문을 여는데 아래층에서 조곤조곤 대화 소리가 들려왔다.

"한 쌤 실망하겠지? 모르는 문제도 아니고 아는 문제를 실수로 틀리면 억울하지 않냐고 하더라."

"쌤은 무슨? 그냥 학원 강사야."

마지막 한마디에 계단을 밟으려던 다리가 주춤거렸다. 허방을 디딘 것 같은 아찔함에 그녀가 재빨리 벽을 짚었다.

"학원 쌤도 쌤이잖아."

"야, 어차피 그 여자 눈엔 우리는 그냥 다 기계야. 죽어라 공부해서, 좋은 점수 생산하는 기계. 기계가 잘 돌아가야 자기 몸값도 올라가고 돈도 벌 거 아니야. 야, 3반 뿔테 알지? 몰라? 왜 있잖아, 커다란 뿔테 쓰고 다니는 애. 걔 이번에 영어 1등급 돼서 걔네 부모가 명품 지갑 선물했단다. 야, 학교 쌤이었으면 받았겠냐? 그러니까 너 괜히 그 여자 앞에서 기죽지 마. 다 받는 만큼만 하는 철저한 비즈니스 관계. Can you understand what I mean?"

"그래도. 한 쌤 친절하잖아."

"친절하겠지. 우리가 등급 오르고 성적 뛰면 자기 몸값도 동반 상승하는데. 고객에게 친절한 건 비즈니스의 기본 중 기본이야."

"왜 꼭 그런 식으로만…."

"너 그럼 나랑 내기 하나 할래?"

쉬는 시간이 모두 끝났다. 다시 수업이 시작되기 무섭게 누군가 질문이 있다며 손을 들었다. 그녀가 무심한 시선으로 말끄러미 아이를 바라보았다.

"무슨 질문?"

아이는 곧바로 대답하지 않았다. 다만 무언가를 확인하듯 슬쩍 뒤를 돌아보고는 제 친구와 눈을 맞췄다.

"쌤, 제 이름 아세요?"

수업과는 상관없는 엉뚱한 질문이었다. 그러나 대답은 간단했다. 분명 알고 있었는데 그날은 어쩐 일인지 단 한 글자도 떠오르지 않았다. 순간 주먹으로 명치를 맞은 듯 숨이 막혀 왔고 눈앞이 흐릿해지더니 아이의 모습이 지워지기 시작했다. 눈코입이 사라진 얼굴에는 87이라는 숫자가 또렷했다. 교실에 앉아 있는 나머지 아이들도 마찬가지였다. 88, 89, 90 그리고 95, 모두 지난 시험에서 받은 영어 점수였다. 주위가 어지럽게 뒤틀리며 환시가 지나가고 환청이 뾰족하게 귀를 파고들었다. 머릿속에서 쾅쾅 폭발음이 울리기 시작했다. 아무리 눈을 비벼도 한 번 지워진 얼굴은 다시 나타나지 않았다. 한 번 새겨진 숫자들은 지워지지 않았다.

"우습죠?"

술잔을 손에 쥔 채 한 원장이 키득거렸다. 잔에 담긴 술이 넘칠 듯 출렁였다.

"환시도 아니고 환청도 아녜요. 내가 진짜 애들을 그렇게 본 거야. 그러니까, 그건 진짜 현실이라고. 다들 반쯤 미쳐 사는 세상이잖아요."

탁 소리와 함께 술잔이 놓였다. 한 원장이 두 번째 손가락을 들어 좌우로 흔들었다.

"그렇다고 오해는 말아요. 사교육에 몸담은 선생들이 다 나 같다는 건 아니니까."

"원장님이 어떠신데요?"

내 질문에 그녀가 아이처럼 히죽 웃었다.

"뭘 어때. 미쳤다니까. 그런데 배운 게 도둑질이라고 이 짓을 또 하네. 그래도 나요, 이제 우리 학원 애들 이름 다 알아. 이름만 아는 줄 알아? 어디 사는지, 집안 환경은 어떤지, 형제는 몇이며 뭘 좋아하고 싫어하는지도 아주 잘 알아요. 우리 학원에서 영어 빼고는 다 잘하는 애들이 얼마나 많은데?"

1년이 넘도록 실력이 제자리인 아이들도 있었다. 그러나 학원을 옮기겠다는 협박이나 짧은 항의 전화조차 없었다. 어스름 저녁이면 아이들은 한 원장과 함께 피자와 치킨을 먹었다. 그렇게 늦은 밤까지 등대처럼 불 밝히는 호호 학원에서 퇴근이 늦은 보호자를 기다렸다. 아이들은 한 원장에게 속마음을 털어놓았고, 부모들은 한 원장을 통해 아이들을 배웠다. 높고 낡고 외진 흑호동에서 호호 학원은 그렇게 운영되었다.

"선생님들한테 페이도 많이 못 주고, 동네 개구쟁이들 다 집합하는 곳이라 이래저래 힘든 일도 많고."

원장이 씁쓸한 미소와 함께 긴 한숨을 내쉬었다.

"쉽지 않으셨겠네요."

나는 처음으로 술병을 기울여 그녀의 잔을 채웠다.

"그곳을 떠나오기가."

그녀도 술병을 받아 내 잔을 채웠다.

"나는 비로소 바닥을 치고 올라왔는데, 남들은 내가 지하로 곤두박질쳤다고 생각하네요."

"지금이 더 좋다는 뜻이죠?"

한 원장이 휘휘 손을 내젓고는 어묵 꼬치를 입에 물었다.

"좋기는 뭐가 더 좋겠어요. 영어 학원이 아니라 돌봄 교실 수준인데. 그렇다고 돈이나 많이 벌어? 녀석들이 말이나 잘 들어? 영어 실력이 일취월장해져서 가르치는 맛이라도 나길 하나. 더 좋은 거? 이 작은 꼬치 하나만큼도 없네요. 다만…"

그녀가 우물우물 어묵을 삼키고는 말을 이었다.

"마냥 좋지만은 않지만, 전보다 조금 덜 나쁘기는 해요."

"…"

나는 그녀의 표현이 참 정확하다고 생각했다. 인간에게 매번 좋은 선택을 하는 건 어려운 일일 테니까. 어쩌면 불가능에 가깝지 않을까? 그럴 땐 조금 덜 나쁘고, 덜 아픈 것에 마음을 두는 일도 현명한 결정일 터다.

"애들 얼굴이 죄다 숫자로 보이지도 않고, 성적 떨어졌다고 득달같이 달려오는 사람도 없고. 있잖아요. 나 전에는 애들 시험 때만 되잖아? 얼마나 긴장하고 신경을 썼는지 생리도 안 했다? 처음에 임신인 줄 알았잖아. 그런데 생각해 보니 남자를 만난 적이 없었네? 내 참, 하늘이라도 볼 시간이 있어야 그 잘난 별을 따든 달을 따든 하지."

나는 한 원장의 통쾌한 웃음소리가 듣기 좋았다. 마냥 귀엽지만은 않지만, 결코 미워할 수 없는 아이들과 함께하기에 그녀의 삶이 조금 덜 나빠졌는지도 몰랐다. 덕분에 뾰족하고 예리했던 날들이 불어 터진 어묵처럼 말랑하고 부드러워졌는지도.

"그런데 사는 게 참 엿 같아서, 삶에서 더 좋은 거 찾는 건 젠장맞게 힘들어요. 그럴 땐 덜 나쁜 걸 찾는 것도 괜찮더라. 최소한 숨통은 트이니까."

취기가 올라 불콰해진 눈빛이 내 얼굴 위에 오랫동안 머물렀다. 한 잔의 소주처럼 쌉쌀한 그녀의 미소는 내게 따뜻하고 푸근한 안도감을 주었다. 누군가 지금 덜 나쁜 선택을 했다면, 혹여 또 모를 일이다. 먼 훗날 문득 지나온 길을 뒤돌아봤을 때, 그때가 바로 최고의 선택이었구나 하고 비로소 느낄 수도…. 나는 원장에게서 그 한 예를 볼 수 있었다.

"그래도 3일 동안이나 있어줬네요. 대부분은 면접만 보고 끝이거나 출근 하루 만에 잠수 타던데."

함께 일했던, 동료보다 친구에 가까웠던 선생님이 학원을 그만두었다. 건강상의 이유라 붙잡지도 못했는데 떠난 빈자리에 아이들은 적잖이 아쉬워했다. 그 공허함은 곧 새로운 열정으로 채워지리라 믿었지만, 그것이 얼마나 순진한 착각이었는지 그녀는 뒤늦게야 깨달았다. 지금까지 최고 기록은 석 달이었다. 대부분 첫 달 월급으로 깔끔히 안녕을 고했다.

"요즘은 면접조차 보러 오지 않아요. 와도 학원 규모 보고 바로 돌아가고. 정말 오랜만에, 그것도 3일이나 출근한 사람이 있다니. 내가 고마워서 마지막으로 한잔 사는 거예요."

"제가 면접 때 말했죠? 회사를 왜 그만두게 됐는지. 저 또 잘린 건가요?"

"내가 어째 이번에는 감이 왔어."

무슨 감이냐고 묻자 그녀가 손가락으로 내 눈을 가리켰다.

"전혀 기대 없는 눈빛이라 이번에도 시간 낭비했군 싶었지. 다음 날부터 진짜 출근할 줄 몰랐거든요. 틈틈이 교재도 확인하고, 애들 영작문도 읽어보고. 그런데 뭐랄까?"

그녀는 콧잔등에 주름을 만들며 생각에 잠겼다. 어떻게 표현해야 할지 고민하는 모양이었다.

"열정은 없어."

"요만큼도"라고 덧붙이며, 한 원장이 엄지로 검지 한 마디를 짚었다. 그러고는 어깨를 들썩이며 딱 얄밉지 않을 만큼만 키득거렸다.

"그때 감이 왔죠. 아, 이 친구도 마냥 좋은 곳을 찾아온 게 아니구나. 조금 덜 나쁜 곳을 찾아왔구나."

'덜 아픈 곳을 찾아왔죠.'

이 한마디를 독한 술에 녹여 달콤하게 들이켰다. 그러고는 습관처럼 한 날을 떠올렸다. 안 행복의 정의를 묻던 어린 시절…. 이 낯선 동네가, 이 생경한 학원이 분명 나에게는 최상의 곳은 아니리라. 그러나 이곳에서 경험하게 될 새로운 환경과 인연은 절대적으로 덜 나쁜 선택이었다. 어느덧 3일의 수습 기간이 끝났고 나는 내일부터 아주 높은 확률로 호호 영어 학원에 정식으로 출근하게 될 것이다.

레고를 쌓아 올린 것 같은 3층짜리 빨간 벽돌 건물은 1층에는 세탁소와 카페가 자리했다. 2층엔 영어 학원과 인터넷 쇼핑몰 사무실이 있었고, 3층엔 건물 주인과 아들 내외가 산다고 했다. 나는 찬찬히 흑호동의 지리를 떠올렸다. 지하철역까지는 걸어서 20분이고, 유명 국숫집 있는 시장이 가까이 있었다. 좁은 도로를 끼고 양쪽으로 따개비처럼 키 작은 건물들이 붙어 있었다. 아파트 대신 빌라촌이 보이고, 선술집에는 오래된 유행가가 흘러나왔다.

나는 무언가를 말하려 입술을 달싹이다, 맥없는 미소를 지어 보였다.

"왜요? 뭐 물어보고 싶은 거 있으면 나 취했을 때 주저 말고 물어봐요. 취중 진담이라잖아. 뭐든 다 얘기해 줄게."

"건물 1층이요. 공사하던데."

생각지도 못한 질문이 튀어나온 걸 보니, 원장의 말처럼 나는 조금, 어쩌면 많이 취했는지도 몰랐다.

"거기 작년 여름까지 스포츠 의류 판매장이었어요. 1층에서 가장 넓잖아. 한동안 안 나가더니 지난달에 계약했다고 하던데. 어떤 가게가 들어올지는 모르겠어요."

건물 1층에 누가 들어오느냐는 관심 밖이었다. 그런데 자꾸만 흑호동의 골목골목이 영화의 한 장면처럼 머릿속에 선명하게 펼쳐지기 시작했다.

내가 말없이 술잔을 비우자, 원장이 싱겁다는 듯 콧방귀를 뀌었다. 취기 가득한 시선으로 바라본 테이블 위 술병들은 흑호동의 키 작은 건물을 떠올리게 했다.

***

×월 ×일

　설우에게는 단짝이라고 부를 만한 친구가 없었다. 그렇다고 외톨이는 아니었다. 친구들과 두루 어울리고, 가끔 집으로 초대해 함께 시간을 보냈다. 하지만 늘 붙어 다니는 친구는 없었다. 그 사실을 나는 우연히 알게 되었다.
　"지희가 예주랑 절친이잖아. 민지는 혜민이."
　"그럼 단설우 씨는 누구랑 단짝이야?"
　그 질문에 아이가 해맑게 히죽 웃었다.
　"나는 특별히 없어. 그런 거."
　'그런 거' 없이도 학교 생활하는 데 전혀 문제없다는 듯한 말투였다. 그 심상한 목소리는 10대의 자존심도, 엄마의 걱정을 우려한 너스레도 아니었다. 길가에 굴러다니는 돌멩이를 보듯 무심하고 건조한 대답이었다. 꼭 단짝이 필요한 건 아닐 테지만, 10대에게 친구가 중요하다는 사실 역시 부정할 수 없었다. 그런 의미에서 설우는 다른 아이들보다 조금 다른 면이 있었다. 그래, 그건 다른 것이었다. 틀리거나 잘못된 게 아니었다. 그러나 남편은 걱정이 많은 모양이었다. 설우가 현장학습에서 혼자 밥을 먹었거나 친구들과 함께 찍은 사진이 없다고 말하면, 그의 얼굴은 눈에 띄게 굳어갔다.

"그냥 애들이 먹자는 메뉴가 싫었어."

"대신 나는 다른 걸 찍었거든."

명백한 이유와 타당한 증거를 내세워도 소용없었다. 설우에게 어떤 문제가 있다고 단정하는 남편의 걱정을 내가 해결해 줄 수는 없었다.

설우는 뭔가 제 손으로 단단히 움켜잡는 걸 달가워하지 않았다. 그것이 주변 친구들과의 관계이거나 때론 학업과 성적일 수도 있었다. 단짝은 없지만 두루두루 잘 어울려 놀던 성향은 공부에서도 비슷한 결과를 보여주었다. 설우의 성적은 한마디로 그럭저럭이었다. 특별히 잘하지도 못하지도 않는 어중간한 성적. 특출나게 잘하는 과목도, 바닥을 치는 과목도 없었다. 성적이 올라도 크게 즐거워하지 않았고, 떨어졌다고 해서 실망하지 않았다.

"조금만 더 하면…."

"노력하면 충분히…."

이런 아이의 성적에 담임과 남편 모두 비슷한 반응을 보였다. 그러나 정작 당사자의 귀에는 들리지 않는 공허한 메아리에 불과했다. 설우의 눈동자를 바라보면, 문득 그런 생각이 들었다. 이 아이는 과거의 후회도, 미래의 기대도 전혀 없구나. 고작 열다섯의 나이에 어떻게 저렇듯 무덤덤한 눈빛을 지닐 수 있는지 그저 신기할 따름이었다.

　남편의 걱정과 담임의 안타까움처럼, 만약 설우가 뭔가를 힘껏 움켜잡으려 했다면, 지나간 일을 후회하고 때때로 기대에 찬 얼굴이 되었다면, 단짝을 만들고 지금보다 훨씬 성적에 민감했다면, 아이는 어떤 눈빛이 되었을까. 지금과는 다른 삶을 살았을까. 그것이 설우를 위해 더 좋은 일인지 어떤지는 나 역시 알 수 없었다. 그 정답은 오직 아이만이 알 수 있을 것이다.

***

　내 기억으론 두 번째 이사다. 동시에 나를 위한 첫 번째 이사이기도 했다. 물론 이번 두 번째 이사는 집을 구하고 계약하기까지 모든 걸 혼자 결정해야 했다. 그 과정이 생각보다 어려웠고, 그 어느 것 하나 계획처럼 되지 않아 애를 먹었다. 하지만 어쩌겠는가. 둥지를 처음 떠나는 새의 날갯짓은 으레 불안하기 마련이다. 그러니 우선은 내가 할 수 있는 능력 안에서 최대한 퍼덕거려 보기로 했다.

　집을 구했다는 한마디에 엄마는 놀랐고 아빠는 당황했다. 나는 언제나처럼 대략적인 상황만 간략하게 설명했다. 엄마는 체

념과 걱정이 뒤섞인 눈빛으로 고개를 끄덕였고, 아빠는 미심쩍다는 듯 이맛살을 찌푸렸다. 이 빠진 동그라미처럼 어기적거리며 굴러갔지만, 사실 모든 일이 이렇듯 빠르게 결정될지는 나조차도 예상치 못했다. 한 번도 계획한 적 없는 초등 영어 학원에서 근무하며 한 번도 살아본 적 없는 흑호동에 터를 잡을 예정이라니.

"정말 도배랑 바닥까지 말끔하게 해줬네?"

새집이라는 말을 끝까지 믿지 않았던 두 분은, 깔끔한 집 상태를 직접 확인한 후에야 수긍하기 시작했다.

"1층이라 위험하지 않을까?"

안전을 걱정하는 아빠에게 나는 쇠톱으로도 자를 수 없는 방범창을 보여주었고 학원과의 거리를 확인시켰으며 이곳은 절대 우범 지역이 아님을 강조했다.

"정말 싸게 나오긴 했다. 부동산 경기가 워낙 안 좋긴 하지."

엄마는 그새 흑호동 시세까지 알아본 모양이었다. 사실 내가 이 집을 얻기까지 두 분에게는 차마 말하지 못한 비밀이 있었는데, 바로 그 한 가지가 이사의 결정적인 계기가 되었다. 어쨌든, 나에게 이사란 쓰던 침대와 책상을 옮기고 필요한 가전 몇 개를 사는 수준이었지만, 부모님이 생각하는 이사의 기준은 훨씬 더 복잡했다. 무엇보다 그럭저럭 지낼 만한 '집'이 완성되는 데 걸리는 시간과 노력이 엄청나게 소요됐다.

퇴근 후 현관문을 열면 조금씩 바뀌어 있는 집안 풍경이 나를 반겼다. 창에 커튼이 나풀거렸고 못 보던 서랍장이 생기더니 주방에 2인용 식탁이 놓였다. 무심코 열어본 싱크대 선반에는 각종 그릇이 가지런하게 열을 맞춰 낯선 주인을 기다렸다. 부담스러울 정도로 반짝이는 접시와 투명하고 둥근 와인 잔을 쳐다보며 과연 이것들을 꺼내 쓸 날이 올까 싶은 의구심이 들었다. 나에게 집이란 그저 편안히 쉴 수 있는 공간이었다. 하지만 엄마는 거기서 한 걸음 더 나아갔다. 어떻게 자고 어떻게 먹고 어떻게 쉬는지가 무엇보다 중요했다. 삶에서 '어떻게'는 때론 사람을 피곤하고 지치게 했다. 생명체에게 생존이란 그 자체가 매일의 투쟁이자 승리인데 유독 인간의 생존 앞에는 '어떻게'라는 거추장스러운 부사가 따라붙었다.

학원에 취업했다는 말을 꺼내자 아빠는 자신의 허벅지를 쓸어내리며 괜스레 머리를 매만졌다. '월급이 궁금해요?'라고 묻는 딸에게 비로소 민망한 웃음을 지었다.

"요즘 그 월급으로 어떻게…."

결코 많다고 할 수 없지만, 생활이 어려울 정도는 아니었다. 아빠는 당신의 딸이 과연 어떻게 살기를 원하는 걸까? 정작 그 딸은 어떻게 답해야 할지 알 수 없었다.

이사하고 보름이 지난 후에야 집은 제법 살 만한 꼴을 갖추게 되었다. 이 역시 부모님 기준에서 봐줄 만하다는 의미였고 내 기준으로는 이런 것까지 필요할까 싶을 정도로 조금은 과한 분위기였다. 만약 이모의 다급한 호출이 없었다면, 엄마는 주방에 이쑤시개 하나까지 완벽하게 세팅했을 터다.

그렇게 한바탕 이사 소동이 벌어진 후 첫 주말이 되었다. 나는 더 이상은 내 집이 될 수 없는, 이제는 부모님 집이라 부를 곳의 문을 열었다.

"친구들도 찾아오겠네."

아빠의 무심한 말 속에는, 누가 들어도 그 뜻이 분명한 의미가 내포되어 있었다.

"딱히 찾아올 만한 사람은 없어요."

고개를 들어 말끄러미 나를 보는 익숙하면서도 낯선 눈빛과 마주했다. 아빠의 표정이 오묘했다. 안도인지 안타까움인지 모를 것들이 주름진 얼굴에 잠시 머물다 사라졌다. 복잡한 아빠와 달리, 엄마는 언제나처럼 말을 아끼며 침묵했다. 나에게 많은 질문을 하지 않았고, 내 변화를 깊게 알려고도 하지 않았다. 엄마는 늘 그런 사람이었다.

내가 한 달 전까지 쓰던 방은 짐이 사라진 채 덩그러니 남아 있었다. 반쯤 텅 빈 곳은 채색이 덜 끝난 그림처럼 휑하게 보였다. 큰 이변이 없는 한 이곳으로 다시 돌아올 일은 없을 것이다. 그러니 이 방은 이제 전혀 다른 공간이 되어야 했다.

나는 방문을 닫고 주방으로 향했다.

"나도 독립했는데 이참에 다 정리하고 내려가시지?"

"너 나간 지 며칠이나 지났다고. 천천히, 나중에 때가 되면."

엄마가 말한 '때'라는 건 당장 내일일 수도, 영원히 안 올 수도 있었다. 인간의 삶이 계획과 결정에 따라 진행되는 듯해도, 사실 단순한 우연에 좌우되는 경우가 많았다. 엄마의 그럴 때란 모퉁이를 돌다 마주 오던 행인과 부딪히듯, 생각지도 못한 순간에 다가올지도 모른다. 내가 S를 만나고 헤어진 것처럼, 무심히 내뱉은 독립이 이렇듯 현실이 된 것처럼….

"뭘 그렇게 자꾸 담아?"

나는 종이 가방에 차곡차곡 밀폐 용기와 과일을 넣는 엄마에게 물었다.

"별거 아니야. 반찬 몇 개 담았어. 아빠가 데려다줄 거니까 걱정하지 말고."

혹시 빠진 것은 없는지, 마지막으로 꼼꼼히 가방 안을 살피던 엄마가 아차 싶은 얼굴로 다시금 냉장고 문을 열었다.

"됐어요. 더 넣을 공간도 없어."

아쉬워하는 엄마를 모른 척, 나는 안방을 곁눈질한 후 식탁에 놓인 종이가방을 집어 들었다.

"아빠가 데려다준다니까."

"농부 아저씨 잠들었어. 그냥 내가 들고 갈게."

아빠는 철저한 계획주의자였고 자신의 계획대로 성실하게 삶을 꾸려나갔다. 그런데 어느 날부터 세상은 더 이상 아빠의 계획에 관심을 보이지 않았다. 조직에서 밀려난 아빠는 놀이공원에서 엄마의 손을 놓친 아이처럼 두려워하다, 더는 무엇을 할지 몰라 방황했다. 결국 삶을 빼곡하게 채우던 자신만의 리스트마저 잃어버렸다. 그런데 나는 어쩐지 그것들을 잃은 아빠가 훨씬 편안해 보였다. 아빠는 전처럼 많은 질문을 하지 않았다. 앞으로 무엇을 할 것이며 어떻게 살 것인지를. 어차피 물어봤자 내가 내놓을 수 있는 답은 없었다. 혹여 그 답을 모르는 건 아빠도 마찬가지가 아닐까? 문득 그런 생각이 들었다.

종이 가방 속에는 몇 개의 밑반찬과 사과 두 알이 들어 있었다. 고작 이 정도로 차를 운운했다니, 내가 다 민망했다. 지하철역까지만 가겠다는 엄마에게는 과감히 도리질했다. 아직은 내가 이 집을 떠났다는 게 낯설고 허전하게 느껴지겠지만, 이제 이곳은 내 집이 아니니까. 엄마도 그리고 나도 이 변화에 빨리 익숙해져야 했다.

아파트를 빠져나와 역을 향해 재바른 걸음을 옮겼다. 불빛에 쫓긴 어둠이 좁고 외진 곳으로 숨어드는 사이, 날카로운 차량의 경적이 밤공기를 베어 냈다.

네가 이렇게 과감한 성격인 줄은 미처 몰랐네. 그 집의 내력을 알게 되면 가만있지 않으실걸.

달빛을 닮아 흐릿해진 조와 함께 나는 부지런히 골목을 빠져나갔다.

"유쾌하지 않은 소식은 되도록 전하지 않는 게 좋겠지."

이미 모든 계약은 끝났고, 뒤늦게 알아봤자 긁어 부스럼일 테지. 무심코 고개 들어 바라본 하늘에는 좁은 2차선 도로를 사이에 두고 아파트 숲이 울울했다. 이토록 많은 창문에서 이토록 다양한 불빛이 흘러나오다니. 그 평범한 모습들이 오늘따라 유독 낯설게 느껴졌다.

"비극적인 일이긴 하지만 적어도 내가 그 집에 사는 데 문제는 없을 거야."

네가 정말 독립을 원한다면 그 집에 대해선 두 분에게 입도 뻥긋하면 안 될 거야.

조는 어쩐지 화를 꾹꾹 눌러 담은, 차분하지만 날카로운 목소리로 말했다. 대체 뭐가 문제냐는 내 질문에 작은 푸른빛이 눈앞으로 날아와 반짝거렸다.

나는 네가 너무 삶에 순응하면서 산다고 생각했어. 그래서 네 독립에

적극적으로 찬성했지. 물론….

조는 말을 멈추고는 내 주위를 어지럽게 날아다녔다. 빛의 잔상을 따라가니 허공에 작은 느낌표가 나타났다 사라졌다.

집을 떠나는 것도 조금 더 빨리, 구체적으로 생각해 봤다면 좋았겠지만 말이야. 예를 들어 회사에 잘리기 전에 미리 계획했다면, 지금보다 훨씬 괜찮은 곳을 찾지 않았을까?

나는 왼손에 쥔 종이 가방을 오른손으로 옮겨 들었다. 시간이 지날수록 손목에 무게감이 전해지고 그 통증은 어깨까지 타고 올라갔다. 처음에는 만만하게 보였던 것들, 예를 들어 가방 속 반찬과 사과 두 알의 무게를 얕잡아 본 것처럼, 현실은 내가 각오했던 것보다 늘 센 강도를 보여주었다.

"그런 걸 이 세계에선 개연성이 안 맞는다고 하는 거야. 회사에서 잘리지 않았다면 나는 독립을 생각하지 않았을 테고, 만약 미리 계획했다고 해도 지금 내 돈으로는 그런 집, 꿈도 꿀 수 없어."

바로 그 집이 가장 큰 문제라는 생각은 안 해?

조는 질문인지 비아냥인지 모를 말들을 내뱉었다. 동시에 내 걸음도 멈춰 섰다. 그제야 나는 조가 무엇을 염려하는지 조금은 눈치챌 수 있었다.

"조. 집은 그냥 집일 뿐이야."

유리 벽에 붙은 전세가만 보고 호기롭게 중개소 문을 열어젖힌 게 시작이었다. 그렇게 처음 소개받은 집은 반지하에 곰팡내가 코를 찌르는 곳이었고 두 번째로 찾아간 집도 별반 다르지 않았다. 덕분에 알게 되었다. 내가 생각하는 아주 기본적인 의미의 집을 얻기 위해선 얼마나 큰 돈이 필요한지를.

'아무리 빌라라지만 여긴 역세권이잖아요.'

지하철에서 내려 오르막길을 무려 20분이나 올라와야 하는데 그런 동네가 역세권이라는 사실 역시 처음 듣는 정보였다.

'손님이 살기에 딱 좋은 곳이 하나 있기는 해요. 너무 크지도 작지도 않고, 젊은 분 혼자 살기엔 제격입니다.'

흑호동에도 1인 가구를 위한 집은 차고 넘칠 터다. 문제는 그곳에 살 만한 경제력을 갖췄느냐다. 나는 더 이상 남향과 동향, 방이 몇 개인지를 물을 처지가 아니었다. 내가 집을 선택하는 게 아닌, 내가 그 집에 거주할 수 있는지 그 자격이 먼저였다.

'금액이….'

처음부터 전세가 무리라면 월세를 생각해야 할까? 한 달 월급에 다달이 월세를 제하면 아빠의 걱정처럼 진짜 어떻게 살아야 할지 막막해질지도 몰랐다.

'금액은 손님에게 맞춰줄 수 있을 거예요.'

중개인이 설명한 빌라는 학원에서도 가까웠다. 1층이지만 작년에 집주인이 방범창을 새로 했고 도배와 바닥은 물론 주방과 욕실까지 전부 리모델링했다는 말도 덧붙였다.

'그런 집이 있어요?'

'그러니까 내가 얘기를 했지.'

'지금 볼 수 있죠?'

금방이라도 튀어 나갈 듯 엉덩이를 들썩이자 중개인이 테이블에 놓인 과자 한 개를 집어 들고는 포장지를 벗긴 후 바삭바삭 소리를 내며 천천히 씹어 삼켰다.

'당이 떨어지는 것 같아서… 좀 들어요.'

웃으며 권유하는 얼굴을 향해 나는 도리질했다. 그사이 중개인은 과자가 퍽퍽하다고 말하고는 자리에서 일어나 정수기에 물을 따랐다. 적어도 내 눈에는 그녀의 모든 행동이 영화 속 슬로 모션처럼 한없이 느리고 답답하게만 보였다. 혹여 좋은 집을 소개해 줬으니 중개 수수료를 올려달라는 뜻일까 하고 괜한 의구심이 밀려들었다.

'바로 볼 수는 있어요. 어차피 그 집에 사는 사람도 없으니까.'

중개인이 이렇게 말하고는 종이컵을 기울였다. 물을 마신 후에도 한동안 침묵하며 축축해진 입술을 앙다문 것을 보니, 그 집에 뭔가 있는 모양이지 싶었다.

'주인한테 연락하면 어떻게든 가격은 맞춰줄 거예요. 왜냐하

면 그 집이 약간… 아주 약간의 하자가 있거든.'

'약간'을 반복하며 중개인이 어색하게 웃었다. 나는 그 하자를 먼저 들어야 할지 집부터 살펴봐야 할지 고민했지만, 사실 그 결정권은 내가 아닌 중개인에게 있었다.

'우선 집부터 보고 얘기해요.'

그렇게 찾아간 곳이 지금 내가 사는 곳이며, 조가 썩 마음에 들어 하지 않는, 특별한 사연이 구석구석까지 퍼져 있는 집이다.

지하철에서 내려 드디어 길고 긴 오르막길에 진입했다. 걸음을 옮길수록 종이 가방이 무게를 더해갔다.

무서워하진 않겠지. 너는 그런 것에 매우 익숙하니까. 그 탓에 어찌어찌 계약까지 해버렸는데 진짜 문제는 앞으로야. 네가 입버릇처럼 말하는 그 힘든 삶을 혼자서 살아가야 하잖아.

나는 머릿속으로 조가 '그런 것'이라고 대략적으로 표현한 '죽음'을 떠올렸다. 조와 나는 쌍둥이였지만, 세상에 태어난 건 오직 한 명뿐이었다. 그것이 왜 조가 아닌 나였는지는 누구도 알 수 없었다. 그렇기에 사라진 존재가 조가 아닐 수도 있었다는 사실이 나에게는 상당히 익숙했다. 죽음과 삶을 가르는 경계는 너무 흐릿하다는 진실을 순간순간, 작은 빛의 형태로 경험하고 있으니까.

"맞아. 그 집의 지나간 과거는 전혀 무섭지 않은데, 앞으로 닥

칠 내 미래의 생활은 대단히 무섭지."

내가 진짜 두려운 게 뭔지 알아? 자유를 찾아 독립했는데, 네 삶이 전보다 더 고리타분해지고 재미없어질 것 같단 말이야. 낯선 타국에서 운명적인 사랑 따위를 기대한 내가 바보였지. 그런 낭만적인 인생의 이벤트는 고사하고, 주말 내내 거실에 쪼그려 앉아 하루 종일 각종 고지서랑 씨름하는 모습만 보아야 할 판이잖아.

"미안해. 네 대리 만족을 실현해 주기엔 지금 내 상황이 지독히도 현실적이거든."

혹시 또 모를 일이다. 만약 내가 아닌 조였다면 지금쯤 하와이나 몰디브로 가는 비행기에 올랐을지도.

그러니까 재미를 찾는 일에도 그 지독한 돈이 필요하다?

"생각보다 아주 많이 필요할 거야."

그것 참 편리하면서도 무섭네. 돈이 사라지면 재미도 사라지고, 또⋯ 누군가는 삶도 사라진다는 거 아니야? 그거야말로 너무 불행한 일 아니야?

조는 아마도 그 집에 살았던 전 세입자를 말하고 싶은 모양이었다. 그러나 그의 삶을 사라지게 한 건 결코 돈이 아니었다.

"생각이야. 그 사람은 스스로의 생각에 질식된 거야."

네가 습관처럼 내뱉은 그 생각이라는 거 짜증 날 정도로 까다로워. 너무 많으면 질식되고 또 너무 없으면 문제가 되고. 무슨 베이킹 재료

배합도 아니고 말이야. 베이킹은 정확한 황금 비율이라도 있지.

눈앞에 드디어 레고를 닮은 학원 건물이 나타났다. 주말 저녁 학원은 불이 꺼졌고 세탁소도 문을 닫았다. 세탁소 옆 카페만 여전히 환하게 불을 밝히고 있었다.

"수영을 못 하는 사람이 물에 빠졌을 때, 오히려 포기하면 살 수 있어."

포기?

나는 카페 불빛을 향해 느린 걸음을 옮겼다.

"허우적거리지도 말고, 뭐가 붙잡으려고 애쓰지도 말고, 그냥 다 포기하고 몸을 이완시키면 자연스레 뜨게 돼 있어."

가라앉게 내버려두면 오히려 물에 뜨는 게 인간의 몸이다.

"생각도 마찬가지야. 그 속에 빠져 허우적거리고 발버둥 치다 너무 지치면 사람은 질식하게 돼."

그래서 어떻게든 생각을 차단하려 했고, 마지막에는 그 선택밖에 없다고 믿은 걸까? 나는 정말 모르겠어. 삶이 그 사람을 배신한 건지, 그가 삶을 배반한 건지.

"그건 나도 모르지."

잔뜩 가라앉은 기분으로 카페를 지나치자 오랫동안 문이 닫힌 1층 상가가 보였다. 내부 공사는 얼추 마무리된 것 같은데, 어떤 업종이 들어올지 모르겠지만 개인적으로는 과일 가게가 들어왔으면 했다. 시장에서 파는 과일은 신선하지 않은 데다 값까지 비쌌다.

"누구에게나 희망은 있지. 다만 그게 너무 멀리 있다고 생각하면 지쳐버리거든."

잠시 멈춰 서서 불 꺼진 2층을 올려다보았다. 일주일 내내 아이들에게 시달린 학원은 피곤한 듯 깊은 잠에 빠져 있었다. 환청처럼 꼬맹이들의 짹짹거리는 목소리와 작은 일에도 까르르 터져버리는 웃음소리가 들려왔다. 나는 건물 안으로 들어가 반대편 문으로 빠져나왔다. 건물 맞은편 지름길을 이용하면 빌라까지 바로 갈 수 있었는데 마음 넓은 건물 주인은 통행인들을 위해 밤에도 문을 잠그지 않았다. 덕분에 이 거대한 레고 모형은, 건물임과 동시에 길처럼 쓰이는 독특한 곳이 되었다.

"진짜 우리 집에 가자."

빌라는 볕이 잘 들었다. 덕분에 거실에 빨래를 널어놓으면 금세 말랐다. 1층이라 발소리를 조심할 필요도 없고 청소기나 세탁기를 돌릴 때도 매우 마음이 편안했다. 이런 곳이 주변 빌라 시세와 비교해 터무니없이 낮은 금액으로 거래된 이유는 따로 있었다.

'전에 살던 사람이 그 집에서 번개탄을 피웠어. 누구보다 열심히 사는 사람이었지. 낮에 회사 다니고 밤에 배달 일 하고…. 너무 착실해서 탈일 정도였다니까? 그런데 왜 한창 주식 붐이 일었잖아. 가만히 있는 사람 괜히 옆구리를 찔렀던 모양이야. 누군 주식 해서 집을 샀네, 차를 바꿨네, 하루 만에 월급을 벌었네 하니까 혹했겠지. 그런데 그게 그렇게 소문처럼 되나? 갑자기 주인한테 전세를 월세로 돌려달라고 했을 때 알아봤어야 했는데. 은행 대출에 전세금까지 다 날리고, 결국 그렇게 혼자 쓸쓸히 갔어. 안 좋은 소문일수록 빨리 퍼지는 법이라 쉬쉬하기도 힘들잖아. 그런데 떡하니 저녁 뉴스에까지 나왔으니 말 다 했지. 집을 통째로 뜯어고치고 시세보다 싸게 내놓으면 뭐 하나, 사람이 절대 안 들어오는데. 어쨌든 집은 무조건 사람이 온기로 데워줘야지, 안 그러면 망가지는 건 순식간이거든.'

자신의 선택이니 누구를 탓할 수는 없지만, 그런 선택을 부추기는 사회 분위기 또한 결코 무시할 수 없는 문제였다.

그는 불행했을까?

조가 물었다.

"아무도 모르지. 다만 모든 게 너무 피곤했을 것 같아."

나는 빌라에 들어가 101호 철문 앞에 섰다. 도어록을 누르자 전자음과 함께 문이 열렸다. 조와 나는 드디어, 짙은 어둠과 정적이 고여 있는 우리 집에 도착했다.

***

　세상은 모두 엇비슷하게 돌아간다. 어렵고 복잡한 일도 시간이 지나면 익숙해지고, 서먹했던 관계도 조금씩 가까워진다. 회사의 잡다한 업무가 능숙해지기까지, 처음엔 데면데면했던 동료들과 화기애애해지기까지, 모두 다 시간이 해결해 주었다.

　학원 일도 크게 다르지 않았다. 아이들과 영어로 인사하고 숙제를 검사하고 받아쓰기를 시키는 건 어렵지 않았다. 사교육 시장에 발 빠르게 뛰어든 IT 회사들 덕분인지, IT 기술을 적극적으로 활용한 사교육 시장의 변화 때문인지는 알 수 없지만, 어쨌든 이 둘의 결합으로 기존과는 다른 초등 영어 교수법이 제시되었다. 덕분에 아이들은 조금 덜 지루하게 영어를 공부할 수 있었고 선생님들 역시 조금 더 수월하게 가르칠 수 있었다. 아이들은 영어 프로그램 속 아바타들과 대화하며 발음과 악센트를 교정받았다. 토킹과 리스닝까지는 놀이와 게임처럼 프로그램으로 익혔다. 그러나 라이팅만은 노트에 직접 손으로 쓰게 했는데 그것은 한 원장의 철칙이었다.

　수업 시간에 내가 하는 일은 정해져 있었다. 아이들과 지난 시간에 배운 알파벳과 파닉스를 복습하고, 내일 배울 단원을 숙제로 내주고, 아이들이 프로그램에 접속해 새 단원을 예습하면 다음 날 오전에 사이트에 들어가 그 결과를 검사한다. 일주일에 두 번 영어 받아쓰기와 말하기 시험을 보는데, 말이 좋아 시험이지 그냥 영어 10퍼센트에 한국어 90퍼센트 섞은 장황한 수다에 불과했다.

예를 들어 사과를 이용해 짧은 문장 만들기를 한다고 하자. 내가 원하는 건 'Apples are delicious' 또는 'My favorite fruit is apple' 같은 기본적인 문장이지만, 아이들의 생각은, 아니 그 생각을 표현하는 방식은 내 기대와는 조금, 어쩌면 아주 많은 차이가 있었다.

"나는 apple을 먹었어요, Yesterday에요. 그런데 쌤, 있잖아요. 우리 아빠가요. 이 사과, 아니 apple을 어제 흑호 시장에서 사 왔거든요? 그런데 엄마가요. 왜 맛도 없는 사과를 시장에서 비싸게 주고 샀냐고. 막 화냈어요. 아빠가 사다 줘도 뭐라 한다고 소리치면서 그냥 나갔어요. 사과, 아니 apple은 그래도 맛있었는데 엄마 아빠가 싸워서 기분이 좋지 않았어요. 왜냐하면 그럴 땐 엄마가 괜히 나한테 숙제했냐며 막 화내고 구구단은 다 외웠냐면서 갑자기 7 곱하기 8이 뭐냐고 물어보잖아요. 엄청 짜증 났어요."

한바탕 억울함을 토로한 아이는 조금은 쑥쓰러운 듯 배시시 웃으면서도 마지막엔 꼭 이렇게 덧붙였다.

"쌤 있잖아요. 내가 공부 열심히 해서 지금 한 말 다 영어로 할

게요."

 이럴 땐 나 역시 고개를 끄덕일 수밖에 없었다. 진솔한 대화를 나눌 수 있는 아이들과의 프리 토킹은 언제나 즐거웠다. 그리고 덕분에 알게 되었다. 한 원장이 어떻게 아이들의 집안 사정까지 속속들이 꿰고 있는지를…. 물론 처음부터 순조로웠다고 한다면 거짓말일 것이다. 받아쓰기 노트에 그림을 그리고, 배가 고프다며 울어버리고, 교실에 우유를 엎지르기도 했다. 하루는 누군가 교실에 새끼 고양이를 데려온 탓에 수업은 그야말로 엉망이 되었다.

 "얘들아, 수업 시간이잖아. 고양이는 잠깐 다른 교실에 두고 우리 먼저 수업을…."

 "안 돼요. 그러다 도망가면 어떡해요. 쌤이 다른 교실로 가요. 쌤은 혼자 둬도 도망가지 않잖아요."

 지금 와서 고백하지만, 그날 나는 진심으로 도망가고 싶었다. 엉뚱하고 산만한 저학년 꼬마들과 달리 고학년생들에게서는 심심치 않게 꼰대 소리가 들려왔는데, 벌써 그 소리를 들을 나이인가 싶었지만 근무 환경만 보자면 지극히 당연한 일이었다.

 "그 녀석들 진짜 꼰대로 생각하면 면전에다 그런 얘기 안 해요. 아예 말을 안 섞지. 그래봤자 열두 살, 열세 살 애기들이죠. 아직 관심받고 싶을 나이라서 괜히 장난치는 거예요."

나는 그 장난에 익숙해지기까지 시간이 조금 필요하다고 생각했다. 원장보다 30분 먼저 출근한 어느 날이었다. 학원에 도착하기 무섭게 창을 열어 환기부터 했다. 교실로 돌아와 칠판에 날짜와 날씨 스티커를 바꾼 후, 곧바로 노트북을 켰다. 어제 내준 숙제를 검사하는데 밖에서 문 열리는 소리가 들렸다. 원장이 출근했나 싶어 교실을 나서자, 학원 로비에 한 여자아이가 서 있었다. 고학년이고 낯익은 얼굴이었다. 한 원장 반 아이였다.

"어떻게…."

학교가 끝나려면 아직 멀었는데 아이는 버젓이 책가방까지 메고 있었다. 시험 기간이 아니었다. 단축 수업 소식도 듣지 못했다. 나를 보던 아이가 두 손으로 가방끈을 꼭 쥐고는 시선을 내렸다.

"원장님 곧 오실 거야."

"원장님 보러 온 게 아니라…."

여전히 바닥을 내려다보며 아이가 중얼거렸다.

"그냥 학원 불이 켜져서 올라와 봤어요."

조금 더 정확한 이유를 물으려다, 재빨리 입술을 다물었다. 자칫 질문이 아닌 책망으로 들릴지도 몰랐다.

"몇 학년일까? 미안, 내가 아직 원장님 반 친구들까지는 잘 몰라서."

"6학년이요."

학교에 있어야 할 아이가 불쑥 학원에 나타났다. 분명 좋은 일은 아닐 터였다. 이런 상황에서 무엇을 어떻게 물어야 할지, 보호자에게 먼저 연락해야 할지, 짧은 순간 머릿속이 복잡해지기 시작했다. 나 역시 한 원장이 몹시 기다려졌다.

"머리가 아파서 조퇴했어요. 엄마하고는 통화했고요. 집에 가서 쉬라고 했는데 그냥 들른 거예요."

아이가 어깨를 으쓱하고는 나를 곁눈질했다. 별일 아니니 너무 걱정할 필요 없다는 듯 태연한 표정이, 나를 조금, 아니 아주 많이 안심시켰다.

"병원에 안 가봐도 돼?"

내 질문에 아이의 시선이 텅 빈 교실로 향했다.

"머리가 아픈 건 스트레스 때문이라던데…."

아이가 교실을 바라보며 혼잣말처럼 중얼거렸다. 정말 머리가 아팠다면 학원에 왔을 리 없겠지. 나는 반걸음 가까이 아이 쪽으로 다가갔다.

"이름이…."

눈치를 살피며 조심스레 물었지만, 아이에게선 아무 대답도 돌아오지 않았다.

"말하기 싫으면… 괜찮아."

"나유예요. 최나유."

이렇게 말하고는 못마땅한 표정으로 덧붙였다.

"충청도가 고향은 아니에요."

갑자기 왜 고향 얘기가 나올까 했는데, 뒤늦게 아하 싶었다. 아이가 왜 이름 밝히기를 꺼렸으며 뚱한 표정이 되었는지도 알 수 있었다.

"그런 쪽으로는 전혀 생각 못 했는데?"

나유는 한 번 더 어깨를 들썩였다.

"그거야 선생님은 어른이니까요. 애들은 이름 듣자마자 놀려요. 나유? 나 불렀슈?"

"유치하네."

한 원장의 말은 틀리지 않았다. 아이들은 순수한 천사이자 상대의 아픈 곳만 공격하는 짓궂은 악마였다.

"이제 괜찮아? 머리 아픈 거?"

아이가 대답 대신 고개를 끄덕였다.

"완전히 괜찮지는 않지만, 그래도 조금 전보다는 나아요."

"학교 교문 나오니까 훨씬 괜찮아졌지?"

"…."

"나도 전에 몇 번 그런 적 있거든."

"쌤도 학교 조퇴했었어요?"

"아니, 회사."

내 대답이 의외라는 듯 작고 동그란 머리가 살짝 왼쪽으로 기울어졌다.

"회사 다녔었어요? 원장님은 옛날에는 고등학생들 가르쳤다고 했는데."

"나는 대학 다닐 때 잠깐 과외를 한 적은 있었어. 그런데 전문적으로 영어를 가르치는 건 이 학원이 처음이야. 그래서 나도 너희들처럼 매일매일 공부하고 있어."

"외국에는요? 원장 쌤은 캐나다에서 공부했었대요."

한 원장이 캐나다에서 공부했었구나. 처음 듣는 이야기였다.

"외국에서 공부한 적은 없어."

"그럼 외국에 나가본 적도 없어요?"

"일본이랑 베트남 다녀왔어. 일주일 정도 여행으로."

"…."

"실망했어?"

아이, 아니 나유가 책가방을 벗어 로비 의자에 내려놓았다.

"일주일 전에 할머니가 돌아가셨어요."

아이들의 이야기는 종종 끓는 기름처럼 사방으로 튀었다. 숙제를 설명하다 친구를 말했고, 날씨를 이야기하다 어제 먹은 매운 양념치킨 맛이 튀어나왔다. 하지만 앙다문 입술 사이로 죽음이 나올지는 전혀 생각지 못했다.

"솔직히 엄청 슬프거나 하지는 않았어요. 명절에만 보는 할머니라서요."

그러니 전혀 당황할 필요 없다는 듯 나유가 가볍게 어깨를 으쓱했다.

"병원에 입원하셨을 때 엄마 아빠랑 같이 갔었거든요. 할머니가 저한테 잘 살아라, 꼭 잘 살아라, 두 번이나 말했어요."

할머니는 한 해에 서너 번만 보는 관계였다. 용돈을 꼭 쥐여주는 손길은 거칠었고, 입맛에 맞지 않는 옛날 과자만 잔뜩 안겨주었다. 그러나 주름진 얼굴에 가득한 미소는, 봄볕처럼 포근하고 따뜻했다. 명절에 잠시 얼굴을 비추고는 서둘러 돌아가는 자식들을 보며 할머니는 사이드미러에서 한 점이 될 때까지 오랫동안 손을 흔들어 주었다. 돌아오는 차 안에서 엄마의 한숨은 언제나 깊고 무거웠다.

"그 말 들을 땐 아무 생각이 없었어요. 돌아가시고 난 뒤에도 할머니보다 엄마가 더 걱정됐거든요. 너무 많이 울어서 저러다 쓰러지면 어쩌나, 그 생각만 들었으니까."

나는 조금은 알 것 같다는 얼굴로 천천히 고개를 끄덕였다.

"그런데요. 어느 날 문득 그 말이 떠올랐어요. 할머니를 생각한 적 없고 할머니랑 관련된 무슨 사건도 없었는데 그 뒤로는 시도 때도 없이 그 말이 생각나요. 사실 오늘도 갑자기 수업 시간에 할머니가 한 말이 떠올랐어요."

"그래서 머리가 아팠어?"

'글쎄요?' 하고 되묻는 표정으로 나유가 고개를 갸웃거렸다.

"솔직히 조퇴할 만큼 머리가 아픈 건 아니었어요."

아이가 말을 멈추고 운동화 끝을 세워 바닥을 찍었다. 가벼운 콩콩 소리가 텅 빈 학원을 울렸다.

"처음에는 왜 자꾸 그 말이 떠오르지 하고 이유가 궁금했어요. 할머니가 마지막으로 한 말이라서 그런가 하는 생각도 들었고요. 그런데 시간이 지날수록…."

톡톡 바닥을 찍던 운동화가 멈췄다. 작은 두 어깨가 크게 한 번 들썩이더니 짧은 한숨이 흘러나왔다.

"그 말이 무슨 뜻인지 궁금해졌어요."

"뜻?"

내가 물었다. 나유가 습관처럼 텅 빈 교실을 바라본 후 다시 말을 이었다.

"잘 사는 게 뭔지, 어떻게 해야 하는지 그 답이 궁금했어요. 혹시 쌤은 잘 사는 게 뭐라 생각해요?"

복잡한 영어 해석을 설명하는 것보다 대답하기 어려운 질문이었다. 아마 평생을 걸쳐도 이 질문의 정확한 답을 찾지 못할 것이다.

"그건 사람들의 외모랑 비슷한 게 아닐까?"

내가 되묻자 나유의 두 눈이 왼쪽 허공을 바라보았다.

"각기 다 다르기도 하고."

"…."

"시간이 지나면 조금씩 바뀌기도 하니까."

잠시 생각에 잠겼던 아이가 호기심 가득한 시선으로 나를 보았다.

"쌤은 어때요?"

"잘 살고 있는지를 묻는 거라면. 솔직히 모르겠어."

삶은 파도타기처럼 오르내리기를 반복한다. 그 과정에서 중심을 잃고 몇 번이나 휘청거렸고 바다로 곤두박질친 적도 있었다. 하지만 여전히 내 위치가 어디인지 잘 모르겠다. 어둡고 추운 심해인지 아니면 그곳에서 조금씩 솟아오르는 중인지….

"그래도 완전 나쁘지는 않은 것 같아."

열세 살 아이에게는 조금 더 근사한 말을 해주어야 했을까. 아니면 알아듣기 쉽게 풀어서 설명했어야 했나? 내가 들어도 너무 멋없고 심심한 대답이었다.

"쌤은 잘하지도 못하고 잘 살지도 못하네요."

나유는 영리한 아이였다. 몇 번의 대화로 나를 정확히 파악했다. 아이의 말처럼 나는 똑 부러지게 잘하는 것도 없었다. 충분히 만족할 만한 삶도 살지 못했다.

"그래도 나쁘지 않다는 거잖아요."

최상은 아니지만, 최악도 아니다. 마냥 좋지 않지만, 그리 나쁘지도 않다.

"잘 사는 것에 정확한 답은 없는 것 같아."

발끝을 내려다보던 아이가 고개를 들더니 나를 향해 히죽 웃었다.

"갑자기 되게 배고파졌어요. 오늘 급식 안 먹었거든요. 편의점 가서 라면 먹고 올게요."

"네 이름 처음 들었을 때, 전혀 사투리로 들리지 않았어. 먼저 얘기해 줘서 그때 알았어."

의미를 알 수 없는 오묘한 표정을 짓고는 나유가 학원 문밖으로 사라져 버렸다. 그날 오후 화장실을 다녀온 사이, 책상에는 하트 모양으로 접은 쪽지와 알록달록한 젤리 한 봉지가 놓여 있었다.

이제 애들이 이름으로 놀려도 신경 안 써요.

진한 보랏빛 젤리는 습 소리가 나올 정도로 시고 달았다.

***

x월 x일

세상이 변했다. 내가 알던 삶의 기준이 시나브로 사라지고 있었다. 과거에 절대적 가치로 추구되었던 것들이 오래되고 낡은 사진처럼 색을 잃고 바래졌다. 대학 진학부터 전공까지 남편은 딸의 선택에 우려를 표했지만, 우리 세대가 종교처럼 신봉했던 법칙들은 시간이라는 먼지만 켜켜이 뒤집어쓴 채 이미 낡고 빛이 바래 있었다.

남편이 '이왕이면'이나 '되도록'으로 시작되는 잔소리를 늘어놓을 때면 나는 과감히 그의 말을 잘라버렸다. 습관처럼 내뱉는 '안정'이나 '전문직' 같은 소리에도 불편함을 숨기지 않았다. 설우는 남편의 주장에 단 한 번도 맞서거나 반기를 들지 않았다. 그저 "생각해 볼게요"라고 말했는데 나는 설우의 대답이 무엇을 의미하는지 알고 있었다. 설우는 지하실에서 방금 꺼낸 카펫처럼 퀴퀴한 남편의 이야기를 가장 빨리 멈추는 방법을 알고 있었다.

시간이 흐를수록 남편도 서서히 받아들이기 시작했다. 설우에게는 설우만의 세계가 있다는 사실을…. 부모로서 남편의 바람과 욕심을 모르는 바 아니지만, 그 사람도 모르는 게 하나 있었다. 시대가 변했든 그렇지 않든, 세상의 가치관이 달라졌든 아니든, 딸이 겪는 불안정한 상황이 나에게는 지엽적인 사실에 지나지 않는다는 것이다.

세상과 남편, 어쩌면 설우도 모르고 있었다. 내가 얼마나 불안했는지, 얼마나 두렵고 무서웠는지. 남은 한 아이마저 사라질까, 부풀어 오른 배가 바늘에 닿은 풍선처럼 터져버릴까, 하루하루 얼마나 마음 졸이며 살았는지 아무도 모를 것이다. 정말 오랜 시간이 지났음에도 나는 여전히 그날을 반복해 경험하고 있다. 그러나 이제 더는 슬퍼하지 않으려 한다. 간헐적으로 찾아오는 그 꿈을 악몽이라 생각지도 않는다. 오히려 내 안에서 사라진 아이가 여전히 나를 기억하고 있다는 증거라 믿고 싶다. 그리고 내 곁에는 무사히 태어난 설우가 있다. 그것만이 나에게 전부고 그것만으로 나는 충분했다.

***

"좀 생뚱맞기는 하네요."

한 원장이 가방을 뒤적이더니 밀폐 용기에 담긴 땅콩을 꺼냈다. 나는 원장 앞에 커다란 머그잔을 내려놓았다.

"무슨 땅콩이에요?"

"국숫집 언니가 볶아서 줬어요."

흑호 시장의 명물 국숫집 조카도 호호 학원에 다니고 있었다. 원생 보호자 중 몇몇은 흑호 시장에서 일했는데 장사가 잘되면 아이 돌보기가 힘들고, 안 되면 학원비 납부 기일이 빠르게 다가왔다. 한 원장이 밤늦게까지 아이들과 함께하는 이유는 모두 이 때문이었다. '한 원장 죽으면 여럿 곤란해져.' 나는 그제야 국숫집 주인의 말이 무슨 뜻인지 알 것 같았다.

"안 그래요?"

한 원장의 질문에 나는 땅콩 하나를 입에 넣고 오물거렸다. 우리는 진하고 고소한 땅콩을 먹으며 1층에 새로 생긴 책방을 얘기하는 중이었다.

"학원 1층에 책방이 생기면 좋지 않아요?"

"애들한테야 전혀 나쁠 게 없지. 그런데 이 동네에서 책방이 될까?"

"요즘 독립 서점 많이 생기잖아요."

"그것도 장소를 봐야지. 시장도 입소문 좀 탔겠다, 젊은 사람들 좀 오겠구나 싶어 덜컥 차린 모양인데, 터를 완전 잘못 잡았어. 생각해 봐요. 먹거리 시장 오는 사람들 눈에 책이 들어오겠어? 더욱이 저 아랫동네에 대형 서점이 있는데."

원장이 땅콩을 씹자 오독오독 재미있는 소리가 들려왔다.

"혹시 모르잖아요. 꼭 돈이나 생계를 위해 서점을 하는 게 아닐 수도…."

"카페, 디저트 가게, 동네 책방. 우아하고 고상해 보이죠? 향긋한 커피 냄새, 달콤한 설탕 냄새, 지적인 책 냄새 풍기면서 여유롭고 재미있게 장사할 것 같죠? 그게 다 허상입니다. 피 튀기는, 아주 살벌한 전쟁터야. 월세랑 재료비 감당은? 요즘 은행 대출 없이 시작하는 사람이 어디 있어? 다달이 나가는 이자는 또 어떻고? 사람이라도 써봐 인건비는 어디 한두 푼이야? 숨만 쉬어도 돈이 사방에서 나갑니다. 자아실현? 여유 가득한 워라밸? 건물주 배 불리는 소리만 하고 계시죠."

삭막하고 건조한 말들이 사방에 현실의 뿌연 흙먼지를 날리게 했다.

"원장님은 돈 많이 벌려고 학원 하세요?"

"그럼 당연하죠. 나 대한민국 영어 교육에 관심 없어요. 오로지 목적은 돈입니다. 나 돈 벌어서 건물 세울 거예요."

"그런데 왜 여기 계세요?"

"내가 워낙 도둑 심보잖아. 적게 일하고 많이 벌자. 정승같이 벌어 개같이 쓰자 주의거든요. 이게 내 신념이자 인생철학입니다. 그런데 전에 있던 바닥에선 죽을 만큼 일해야 해서 싫어요."

원장이 말을 멈추고 책상 위 교재를 펼쳤다. 중학 영어를 준비하는 6학년들의 문법책인데 어떤 녀석이 주인인지 틀린 문제가 태반이었다.

"그리고 가장 중요한 것. 제정신으로 일하자. 이것도 빠지면 안 되죠."

탁 소리와 함께 교재가 덮이고 원장이 가볍게 땅콩 두 알을 입에 넣었다.

"또 모르지. 돈 좀 있는 집안 도련님이 취미 삼아 고상하게 서점을 하는 건지도. 하긴 그 나이에 제 돈으로 냈겠어."

"도련님이요?"

"못 봤어요, 서점 주인?"

"그게… 저는…."

말끝을 흐리자 원장이 뒤늦게 '아 그렇지?' 싶은 표정을 지었다.

"단 쌤은 늘 뒷문으로 다니죠? 그래서 아직 못 봤겠구나."

집이 가까운 나와 달리, 원장은 늘 자차로 출퇴근을 했다. 건물 옆 주차장에 차를 세워야 하니 자연스레 서점과 카페, 세탁소를 지나치겠지만, 나는 카페에 들러 커피를 사거나 세탁소에 옷을 맡기는 경우를 제외하고는 특별히 1층을 둘러볼 일이 없었다.

"얼핏 보니 되게 젊은 것 같더라. 나도 오며 가며 슬쩍 보기만 했어요. 하긴 요즘 떡 돌리고 그런 시대도 아니죠. 이왕 자리 잡은 거 잘됐으면 좋겠지만 현실적으로 흑호동에서 서점은 힘들어. 아! 그러고 보니 상호가 '동네 책방'이더라. 서점 이름 하나는 좋네. 촌스러운 영어나 엉터리 불어 같은 상호보다 몇 배 세련됐잖아. 한글 간판이 얼마나 예쁜… 어머, 어제 국숫집에서부터 주섬주섬 집어먹었더니 갑자기 신호 온다."

서둘러 휴게실을 빠져나가던 그녀가 잠시 돌아서서 말했다.

"책 좋아하면 단 쌤도 한번 가봐요."

나는 대답 대신 땅콩 한 알을 입에 넣었다. 책을 좋아하는 편이지만 덕분에 주문만 해놓고 안 읽은 책이 거실 한쪽에 탑을 이뤘다. 솔직히 독립 서점은 썩 내키지 않는다. 대중적인 것과 명백한 선을 긋는, 마니아적이며 독특한 분위기를 지향하는 탓에 나처럼 보통과 평범을 추구하는 사람은 섣불리 문을 열고 들어가기 저어되니까. 하지만 다른 곳도 아닌 1층에 서점이 들어온다는 건 어쩐지 나쁘지 않은 소식이었다.

네가 이사 와서 그런가? 어째 여긴 죄다 따분한 것들만 모여? 진짜 재미없게.

소리 나는 쪽으로 고개를 돌리자 조가 창틀에서 반짝거렸다.

"서점이 따분하다는 건 괜한 편견이야."

어쨌든 네가 좋아하는 것들은 다 따분해. 그중 하나가 책이야.

"그중 최고는 아마 너겠지?"

나를 너무 좋아하지 마. 자칫 부작용이 생기거든.

조는 이 말을 끝으로 사라졌다. 덕분에 부작용은 이미 생겼다는 말은 하지 못했다. 나는 조가 사라진 허공을 향해 길게 기지개를 켰다. 3월도 어느덧 중순을 넘어가고 학원에서 일한 지도 석 달이 되어간다. 아이들과 함께하는 시간은 난해한 수학 문제처럼 어렵기만 하다. 아이들의 삶은 내가 예상했던 것보다 훨씬 더 복잡하고 미묘해서 종종 어른들의 세심한 배려가 필요했다. 예를 들어 수업 시간, 친구들이 모두 다 정답을 말하려 손을 들 때 혼자만 선생님의 시선을 피했거나, 급식에 나온 브로콜리를 혼자만 못 먹었거나, 그로 인해 다른 아이들에게 놀림을 당했다면, 학원에 들어오는 표정부터가 심상치 않아 가벼운 인사조차 쉽사리 건넬 수 없었다.

첫 수업이 시작되기 전, 나는 작은 우울과 그에 따른 침울한 얼굴을 먼저 만났다. 기분이 안 좋은 것 같다는 질문에 아이는 금방이라도 울 것 같은 표정으로 중얼거렸다.

"쌤 오늘 날씨는 sunny인데요. 제 마음은 rainy예요. 그냥요. 그냥 오늘은 그래요."

왜 마음에 비가 내리는지 묻기도 전에 작은 우울은 왈칵 울음을 터트렸다. 그럴 때 내가 할 수 있는 일은 그저 가만히 아이를 안아주는 것뿐이었다. 잠시 내 품에 안겨 울던 우울과 슬픔은 몇 번의 끅끅거림을 끝으로 이내 눈물을 닦았다. 작은 어깨가 큰 한숨으로 들썩였다.

"이제 괜찮아요."

왜 마음에 비가 내렸는지 묻고 싶었지만, 조용히 질문을 삼켰다. 여덟 살도 그냥 울고 싶은 순간이, 그 작은 몸이 슬픔에 잠식되는 날도 있겠지. 친구들이 오기 전에 눈물 자국을 말끔하게 닦아내고는 아이가 자리에 앉았다. 내가 조심히 다가가 책상 위에 초콜릿을 올려놓자 아이가 껍질을 벗겨 입에 넣었다. 초콜릿의 달콤함이 마음까지 닿기를 바라지만, 그건 생각보다 힘든 일이었다. 태어난 지 10년도 안 되었든, 30년이나 되었든, 사람들은 모두 갑자기 찾아온 슬픔에 힘없이 무너져 내린다.

잠시 뒤 수업이 시작되고 나는 아이들에게 습관처럼 하는 날씨 질문을 조금 바꾸었다.

"How's the weather in your mind today?"

때론 바깥 날씨보다 마음을 살피는 게 몇 배 더 중요할 테니까. 마음에 비가 내리면 달콤한 초콜릿 우산을 펼치거나, 비옷처럼 든든한 사랑하는 이의 목소리를 듣는 것도 좋은 방법이다. 나는 그렇게 첫 수업을 끝내고 가방에서 핸드폰을 꺼냈다. 몇 번의 연결음이 지나간 후 귓가에 익숙한 목소리가 스며들었다.

"그래, 딸."

"엄마. 바쁘지?"

"아무리 바빠도 우리 딸 전화는 받아야지."

언제 들어도 따뜻한 음성은 지친 마음을 가만가만 다독여 주었다.

"식당 일 힘들지 않아?"

"점심때만 잠깐 바쁘고 말지. 네 이모랑 놀면서 쉬면서 하는 거야. 그런데 왜?"

"그냥. 엄마 목소리 듣고 싶어서."

아무 이유 없이 그저 목소리를 듣고 싶었다. 살다 보니 '그냥'이라는 말이 사라진 관계가 시나브로 줄어들고 있었다. 그 생각이 또다시 마음 한구석을 건드렸다.

"별일 없는 거지?"

엄마가 물었다.

"없어."

나 역시 누군가에게 '그냥'으로 남을 수 없는 존재가 되었구나. 아주 잠깐 S가 떠올랐다. 순간의 기억은 날카롭게 찌르며 상처가 아직 아물지 않았음을 말해주었다.

"주방에선 항상 조심하고. 나 곧 수업해요."

엄마와의 통화는 그렇게 마무리되었다. 교실 문을 열기 무섭게 한 원장이 입가에 미소를 머금은 채 뒤돌아섰다.

"조금 전 말 취소. 요즘도 떡 돌리는 시대이긴 하네. 그것도 이렇게 세련되게."

그녀가 손에 쥔 종이 가방을 들어 좌우로 흔들자 '좋은 인연이 찰떡'이라는 문구가 허공에서 대롱거렸다. 1층 책방에서 개업 떡을 돌린 모양이었다. 나는 뒤돌아 교실로 돌아왔다.

2부

비雨

가끔, 어쩌면 생각보다 자주 떠올린다. 뱃속에서 사라진 존재가 나였다면 어땠을까. 죽음이 대체 왜 나를 남겨두고, 조를 선택했을까? 그 질문은 환절기 알레르기처럼 매해 나를 찾아왔지만, 누구에게도 이 공허함을 설명하지 못했다. 그럴 수 없다는 걸 본능적으로 감지했다.

아빠의 인생은 철저히 계획된 삶이었다. 그러나 그 신념을 끝끝내 스스로에게조차 이해받지 못했다. 덕분에 알게 되었다. 인간은 결코 자신을 완벽히 이해시킬 수 없다는 사실을. 늘 곁에 있는 조를 누구에게도 말할 수 없는 나처럼, 어쩌면 S도 조금 외로웠을지도 몰랐다. 퇴색되어 가는 감정에 스스로가 가장 힘들었을 테니까.

나는 굳게 닫힌 현관을 열고 좁은 거실을 바라보았다. 이곳에서 마지막 삶을 결정한 누군가도 마찬가지였겠지. 더는 설명할 상황이 아니었을 테고 결국 스스로조차 이해시킬 수 없었을 터다. 그를 가둔 건 결코 이 좁은 집이 아니었을 것이다. 사막 한가운데 홀로 떨어진 듯 너무 아득하고 황량한 무력감이었겠지. 오랜 시간 한 번도 환기된 적 없는 어두운 생각들과 지독히도 외로웠을 그의 마지막이 꿈의 흐릿한 잔상처럼 떠오르면, 나는 비가 오는 날에도 활짝 창문을 열어젖혔다. 그렇게 마주한 창밖 세상은 여름을 서둘러 부르며 나무의 초록 잎들을 살찌웠다. 이 햇살을 한 번 더 보고, 불어오는 바람을 조금 더 느끼고, 그 손길에 따라 밖으로 한 걸음만 내디뎠다면, 창문 틈새를 테이프로 막기 전에, 정말 마지막으로 그랬다면, 그 검고 끈적한 감정에서 잠시나마 나올 수 있지 않았을까.

"하루만, 아니 1시간, 단 10분이라도 다른 결정을 했다면 생각이 바뀌지 않았을까?"

네가 말했잖아. 많은 생각이 그를 잠식시켰다고.

"생각을 멈추고 대신 조금이라도 몸을 움직였으면 어땠을까?"

이미 알고 있었을 거야. 누군가도 너처럼 말해주었을 테니까. 밖으로 나가 햇볕을 쫴라. 몸을 움직여서 땀을 흘려라.

조는 벽시계의 초침이 한 바퀴 원을 그릴 동안 침묵한 후, 대수롭지 않다는 목소리로 말을 이었다.

쉽고 가볍게, 선의라 믿으며 건넨 말들이…. 오히려 상대를 찌르는 경우가 있지.

나는 그제야 조가 하려는 이야기가 무엇인지 알 것 같았다. 상대를 위한다는 마음은 때론 예리한 칼날이 되고, 이해한다는 한마디가 상대를 더욱 고립시킨다. 그는 자신에게 무엇이 필요한지 절대 모르지 않았을 것이다. 누구보다 가장 잘 알고 있었겠지.

"그래, 너무 쉽게 말했네."

나는 창틈에 두 팔을 걸치고 뜨거운 햇살을 빨아들였다. 겨울을 지나 봄을 건너온 계절은 조금씩 여름을 향해 걸어가기 시작했다.

태양이 활력을 찾을수록 옷차림은 가벼워지고, 가로수 잎이 무성해질수록 꼬맹이들은 에어컨 타령을 했다. "How's the weather today?"라는 질문을 하기 무섭게 사방에서 "It's hot. Very hot"이라는 볼멘소리가 터져 나왔다. 뜨거운 여름이 좁은 교실 안까지 바투 찾아들었다.

주머니 속 초콜릿처럼 녹아내리는 아이들을 간신히 달래서 겨우 수업을 끝냈다. 주인들이 떠난 교실 바닥에 사탕과 과자 봉지가 떨어져 있었다. 학교 문을 나선 아이들은 거북이 등껍질 같은 가방을 둘러멘 채 영어 학원 문을 열었다. 삶이 바쁜 꼬마들을 위해 내가 할 수 있는 건 미미했다. 고작해야 사탕과 젤리를 선물하는 것뿐이지만, 간식 하나에 환해지는 얼굴들과 마주할 때면 정작 내 피로가 먼저 사라졌다.

두 번째 수업을 겨우 끝내고, 굿바이 송을 부르며 아이들을 배웅하는데 누군가 "쌤"이라 불렀다. 어느덧 익숙해진 호칭에 몸을 돌리자, 긴 머리를 나풀거리며 웃는 얼굴이 가까이 다가왔다. 내 시선이 나유의 손에 들린, 학원 교재가 아닌 'EBS 예비 중1 영어'라 쓰인 책 한 권에 닿았다.

"중1 예비반 수업 듣잖아?"

나유가 긴 머리를 쓸어 넘기며 땀에 젖은 하얗고 말간 이마를 내보였다.

"저 아래 신도시 학교는 벌써 중3까지 끝낸 애들이 엄청 많대요. 중학교 때부터 다들 대입 준비한다고. 대입까지는 오버 같고, 어쨌든 중학 영어는 독해가 중요하다고 해서요."

갑자기 훅하고 뜨거운 열감이 느껴지는 건, 단순히 더운 날씨 때문만은 아니리라.

"그래서 너도 더 잘하고 싶어?"

"영어 좋아하니까. 중학 영어도 본격적으로 준비하면 좋을 것 같아서요. 친한 친구가 EBS가 기본이래요. 그런데 교재 사려고 인터넷 서점에 들어갔더니 품절이래요."

나유가 특유의 무심한 표정으로 제 손에 들린 교재를 내려다보았다. 그 교재는 어떻게? 눈으로 묻자 나유가 손가락으로 콕콕 바닥을 찍었다.

"아래 동네 책방이요. 거기 책 팔잖아요. 들어가 봤더니 있더라고요."

"1층 서점에서 샀다고?"

"왜요?"

"아니야. 잘됐네."

나는 땀에 젖은 나유의 머리를 조심히 귀 뒤로 넘겨주었다.

"다른 애들 얘기 들으면 초조해?"

"아니라면 거짓말이지만. 우선은 하고 싶은 것부터 차근차근 하려고요. 그러다 보면 잘하는 것도 발견하겠고…."

나유는 이렇게 말하며 회색 운동화를 곧추세워 콩콩 바닥을 찍었다. 말하고 싶은 것을 머릿속으로 정리할 때 나오는, 아이만의 습관인 것 같았다.

"그러다 보면 음… 또… 뭔가가… 어떻게 되겠죠?"

그것이 정답이 아닐까? 뭐든 하다 보면, 그렇게 하루하루 살다 보면, 쌓인 시간을 통해 알게 되겠지. 잘 사는 삶의 정의와 나에게 맞는 삶이 무엇인지를….

"최나유 왔어?"

한 원장의 인사에 나유가 "네"라 대답하며 빠른 동작으로 돌아섰다. 올해도 어김없이 아이들을 닮은 여름이 돌아왔다. 하늘에 내걸린 태양이 작열하자 세상은 금세 진초록으로 타올랐다. 자연이 오직 각자의 방식대로 살아가는 것처럼, 그 푸르름과 가장 많이 닮은 아이들 역시 자유롭게 성장했으면 좋겠다. 정작 매일같이 아이들의 영어 학습 그래프를 확인하는 나는 할 말이 없지만, EBS 교재가 부디 나유에게 초조함이 아닌 호기심이길 희망한다. 여느 날과 다름없는 그저 그런 날들 속에서 나는 또다시 열세 살이 고민하는 '잘사는 삶'을 생각해 본다.

***

그 주 토요일에는 혼자 영화를 보러 갔다. 좋아하는 감독의 신작이 개봉했는데 S를 통해 처음 알게 된 감독이었다. 이토록 섬세하게 빛을 다루는 사람이 있구나 하고 감탄했고, 이 감독의 작품을 사랑하겠구나 싶은 기분 좋은 예감에 휩싸였다.

'너 좋아할 줄 알았어.'

음료수를 사는 동안 내 주위로 S의 환청이 떠다니기 시작했다.

말도 안 되는 확률과 거짓말 같은 우연으로 또 마주칠까 괜스레 긴장했다. 그렇게 습관처럼 주위를 두리번거렸지만, 다행히 그런 사고는 벌어지지 않았다. 분명 S도 이 영화를 봤을 터였다. 감독이 얼마나 빛에 민감하고 음악에 진심인지, 누군가에게 기나긴 설명을 풀어냈겠지.

정말 오랜만에 본 영화였는데 이상하게 눈에 들어오지 않았다. 하지만 덕분에 알게 되었다. 깨끗이 닦아 내지 못한 미련 찌꺼기가 여전히 가슴 밑바닥에 찐득하게 눌어붙어 있다는 사실을…. 기분 전환으로 본 영화가, 결국 깔끔하지 못한 우울로 귀결되고 말았다.

거리로 나왔을 땐, 하늘은 빛에 민감한 감독의 영상처럼 진한 보랏빛으로 물들어 있었다. 지하철을 타고 다시 지상으로 올라오자, 역 앞에 파란 햇사과가 가득 쌓인 과일 트럭이 있었다. 보는 것만으로 입안에 침이 고이며 불어오는 바람 끝에 상큼한 사과향마저 실려 있는 듯했다. 지금부터 열심히 오르막길을 올라야 하는데 사과를 사는 건… 하지만 저렇듯 싱싱한데…. 과일 트럭을 보며 일어난 갈등은 결국 오래가지 못했다. 어둠이 서서히 노을을 밀어내자 트럭 주인도 슬슬 떠날 준비를 했고 "사과"라는 단발의 외침은 생각을 거칠 새도 없이 입 밖으로 튀어나왔다. 동시에 햇볕에 그을려 거뭇해진 얼굴에 사과 향을 닮은 시원한 미소가 번졌다.

"오늘 마지막 손님이시네. 싸게 드릴게, 한 봉지 가져가세요."

나는 묵직한 사과 한 봉지를 품에 안고는 언덕길을 올랐다. 토요일 밤, 거리는 화려했고 나와 사과를 스쳐 가는 사람들은 모두 달뜬 표정이었다. 단순히 영화 한 편을 본 것뿐인데 이상할 정도로 기분이 가라앉았다. 사과를 괜히 샀나? 썩기 전에 다 먹을 수 있을까? 죄도 없는 사과에 엉뚱한 원망을 투사할 때쯤 드디어 눈앞에 빨간 벽돌 건물이 나타났다. 2층은 모두 불이 꺼져 있었지만, 주말이 휴무인 세탁소와 목요일에 쉬는 카페는 환하게 불을 밝히고 있었다. 그 옆에 자리 잡은 '동네 책방'은 정확히 언제 처음 문을 열었는지조차 알 수 없었다.

집으로 가는 지름길은 건물 반대쪽에 있었다. 나는 건물 안으로 들어서다 주춤 멈춰 서서는, 사과를 품에 안은 채 잠시 생각했다. 살다 보면 가끔 그런 순간이 있었다. 갑자기 엉뚱한 무언가가 섬광처럼 머리를 스쳐 지나가는 일. 하얗게 빛나는 책방 간판을 보자 문득 나유가 들고 있던 EBS 교재가 떠올랐다.

책방에서 EBS 교재를 판매하는 건 전혀 이상할 리 없지만, 그곳이 독립 서점이라면 조금 다르지 않을까? 갑자기 동네 책방이 궁금해진 까닭이, EBS 교재 때문인지, 무거운 사과를 잠시 내려놓을 곳이 필요해서인지는 알 수 없었다. 나는 사과를 품에 안은 채 뒤돌아 동네 책방으로 걸어갔다.

유리문을 열자 맑고 은은한 풍경 소리가 들려왔다. 밖에서 봤을 때보다 안이 넓었는데 전체적으로는 환한 느낌이었다. 사방이 책으로 둘러싸여 있고 널찍한 판매대도 책들로 가지런했다. 카운터에 앉아 책을 읽는 남자는 이곳의 주인인 듯싶었다. 서점을 찾은 또 다른 손님이 나를 곁눈질하고는 다시금 책을 살폈다.

사과 봉지를 조심스레 바닥에 내려놓는 사이, 경쾌한 구두 소리가 카운터로 걸어갔다. 여자의 손에는 방금 선택한 책 한 권이 들려 있었다.

"감사합니다. 책갈피 마음에 드시는 것으로 하나 고르세요."

낮지만 또렷한 그리고 반가움이 섞인 목소리가 들려왔다.

"파란색 예쁘다. 저 이거요."

"파란색이 제일 선명하고 예쁘죠."

"제 친구도 책 좋아하거든요. 여기 꼭 오라고 해야겠다."

"그러시면 친구분 책갈피도 하나 더 고르세요."

"어머, 그래도 돼요?"

"대신 홍보 잘 부탁드립니다."

여자가 돌아가자 또 한 번의 맑은 풍경 소리가 책방에 퍼져 나갔다. 나는 좁은 통로를 걸으며 찬찬히 진열된 책들을 보았다. 여행 관련 책과 베스트셀러 소설까지는 그럭저럭 고개가 끄덕

여졌다. EBS 수능 특강 교재에서는 어, 진짜 있네 싶었고, 모 정치인의 에세이집을 봤을 땐 한 번 더 카운터를 흘깃거렸다. 전혀 다른 의미에서 개성이 충만한 독립 서점이라고나 할까. 잠깐의 고민 끝에 나는 인터넷 서점에 담아놓았던 소설 한 권을 집어 들었다. 이왕 책방에 들어왔고 더욱이 같은 건물의 이웃이 된 이상, 그냥 나가는 건 너무 매정한 일이지 않은가.

카운터로 다가가자 책을 읽던 남자가 몸을 일으켰다. 마른 몸에 키가 컸는데 전체적으로 날카롭고 창백한 인상을 풍겼다. 책을 계산하는 하얀 손등에 푸른 정맥이 도드라져 있었고, 가까이에서 본 얼굴은 날카로운 인상 속에서도 감출 수 없는 앳된 모습이었다. 한 원장이 왜 도련님이라고 했는지 알 것 같았다.

"감사합니다. 책갈피 마음에 드시는 것으로 하나 고르세요."

그는 조금 전 손님에게 건넨 이야기를 나에게도 똑같이 반복했다. 바구니엔 단순하지만 깔끔하고 귀여운 디자인의 책갈피들이 가지런히 놓여 있었다. 꽃이 들어간 건 분홍색이었고, 구름은 파란색, 은행잎은 노란색이었으며, 네 잎 클로버는 초록색이었다.

잠시 고민하다 나는 노란색을 집어 들었다.

"노란색이 눈에 확 띄는 게 제일 예쁘죠?"

앙증맞은 은행잎을 책 사이에 끼우며 서점 주인이 말했다. 누군가 네 잎 클로버나 화려한 분홍색 꽃을 고른다 해도, 남자의 입에서는 분명 "제일 예쁘죠"가 나올 것이다. 그것이 흔히 말하는 장삿속인지는 모르겠지만, 그 빤한 능청이 나는 오히려 재미있었다.

"책갈피 감사합니다."

"저야말로 감사합니다. 안녕히 가세요."

가방에 책을 넣고는 뒤돌아 서점을 나섰다. 독특한 콘셉트와 주인장의 과한 개성이 드러나지 않은 책방이라 부담이 없었다. 별다른 취향 없이 순간순간의 느낌으로 책을 고르는 나 같은 독자에게 어울리는 서점이라고나 할까. 이런 생각들을 하며 다시 건물 안으로 들어서려는데 등 뒤에서 "손님" 하고 부르는 목소리가 들려왔다. 몸을 돌리자 등 뒤에는 책방 주인이 서 있었다. 내 시선이 자연스레 그의 손에 들린 사과 봉지에 닿았다.

"이거."

어쩐지 몸이 가뿐해진 것 같더라니, 그 사실을 조금 더 일찍 눈치챘어야 했는데.

"죄송합니다."

나는 서둘러 사과하고는 건네받은 봉지에서 사과 두 알을 꺼내 서점 주인에게 건넸다.

"아닙니다."

"전에 떡 잘 먹었어요."

'떡이요?' 하고 묻는 듯한 그의 눈빛을 보며 나는 나유가 그랬듯 손끝으로 콕콕 2층을 가리켰다.

"호호 영어 학원. 아이들 가르치고 있어요."

"아! 2층 학원 선생님이셨군요."

창백하리만큼 하얀 얼굴에 다소 놀란 듯한 표정이 어렸다.

"인사가 늦었네요."

"저야말로 잘 부탁드립니다."

가벼운 인사를 끝으로 남자가 돌아섰다. 나도 건물 안으로 발길을 옮겼다.

너만큼이나 심심하고 재미없는 곳이네. 사과도 무겁다면서 책까지 사는 건 너무 미련한 짓이야.

어느 틈에 나타난 조가 눈앞을 파랗게 비추며 말했다.

"대신 책 무게만큼 사과를 줬잖아."

나는 이렇게 말한 뒤 재게 발을 놀렸다. 내 주위를 푸른빛이 어지럽게 날아다녔다.

처음부터 들어가지 않았으면 됐잖아. 네가 언제부터 그렇게 이웃을 챙겼다고?

나는 서둘렀던 걸음을 멈추고 허공에 떠 있는 조를 응시했다. 오랜 시간을 함께 지내다 보면 이따금 상대를 세밀하게 느낄 수가 있는데, 조의 목소리에는 단순한 투덜거림이나 비아냥 그 이상의 것이 담겨 있었다. 다만 그 이상이 무엇인지까지는 눈치챌 수 없었다.

"왜 그래? 뭐가 문제야?"

내 목소리 역시 부드럽게 나오지 못했다.

내게 문제 될 게 하나밖에 더 있어? 바로 너지.

조는 허공에 한 차례 큰 원을 그리고는 멀리 네온사인 속으로 스며들었다. 나에게 문제가 있다는 건 인정하지만, 그 많은 문제 중 조를 건드린 것이 정확히 무엇인지는 알지 못했다.

"너 혹시 노란색 책갈피가 마음에 들지 않았어?"

설마 싶으면서도 또 정말 그럴 수도 있다는 생각에 헛웃음이 나왔다. 나는 여름 햇사과를 품에 안은 채 집을 향해 걸음을 옮겼다.

***

이 동네 최고 맛집은 단연 흑호 시장 국숫집이다. 여름 한정 메뉴로 열무국수를 출시했는데 다른 사람에게는 절대 알려주고 싶지 않을 정도였다. 사장님이 직접 담근 열무김치가 동이 나면 더는 먹을 수 없으니까. 또 다른 맛집은 빌라 근처에 있는 미진 샌드위치다. 간단하게 한 끼 먹자는 생각으로 문을 연 곳에서 인생 샌드위치를 만나게 될 줄 누가 상상했을까. '미진'은 사장님 이름이라 했다. '아름다울 미美'를 '맛 미味'로 바꿨지만, 이름 걸고 하는 장사인 만큼 미진 씨는 자신의 샌드위치에 자부심이 상당했다. 그녀의 샌드위치는 이름처럼 아름다운 맛을 간직하고 있었다.

오후 8시가 지나면 흑호 시장도 마감 세일을 한다. 행사가 시작되면 나는 서둘러 수제 도넛집부터 찾아간다. 조금만 늦어도 다 팔려서 살 수가 없다.

어떻게 너와 이 동네는 먹거리로만 연결되어 있어?

"나는 너와 달리, 관리가 필요한 육체를 가지고 있거든."

육체를 지닌 존재에게 음식의 가치는 절대적이다. 정갈한 식당을 발견하고 입맛에 맞는 음식을 맛보는 건 삶에서 가장 큰 기쁨 중 하나다. 인간은 살기 위해 먹는다고 하지만, 먹기 위해 사는 삶을 살아보면 그 나름의 행복이 얼마나 큰지 알게 된다.

내가 흑호동에 터를 잡은 것도, 결국 시장의 국수 한 그릇 때문이었다. 그곳에서 한 원장을 만나지 않았다면, 지금쯤 전혀 다른 곳에 있었겠지. 우연이 인연으로 이어져 새로운 삶이 되기까지 국수 한 그릇이면 충분하다니. 우리네 세상은 생각보다 단순하지 싶다.

너는 옆에서 보기 따분할 정도로 현실과 적당히 타협하면서 살아. 그런데 한편으로는 아무 계획도 없이 매우 즉흥적이고 기분 따라 사는 것도 같거든.

"지극히 현실적이면서도 자유롭다는 뜻이잖아. 그거 엄청난 칭찬인 거 알지?"

문제는 네가 좀 자유롭기를 바랄 때 주춤거리고, 제발 물러났음 좋을 상황에 겁 없이 돌진한다는 거지.

"대체 그 기준이 뭔데?"

내 질문에 조는 대답하지 않았다. 처음부터 명확한 기준 따위 없었겠지. 덕분에 나 역시 조에게 침묵할 수 있었다. 나는 매 끼니를 찾아 먹어야 하고, 추우면 옷을 입어야 하며, 해가 떨어지면 돌아갈 집이 필요했다. 이렇듯 생존을 위해 손이 많이 가는 인간이지만 어쩌면, 정말 어쩌면, 이토록 재미없고 따분하며 무의미한 한 삶을, 조는 한 번쯤 경험해 보고 싶지 않을까. 그런 의미라면 나 역시 다르지 않았다. 작은 빛 덩어리가 되어 어디든 날아다니고 현실과 적당히 타협할 필요 없는, 조의 이런 자유로움이 때론 못 견디게 부러우니까. 어쩌면 우리 둘은 재미없는 현실과 환상적인 이상의 결합인지도 모르겠다.

그 잘난 현실의 시간이 흘러가잖아. 수업은 안 들어가? 돈 안 벌 거야? 그래야 네가 죽고 못 사는 국수랑 샌드위치랑 커피도 사 먹을 수 있잖아.

그렇다고 조마저 너무 현실적으로 변하길 바라는 건 아니다. 우리는 각자의 모습에 맞게 세상을 살아가는 것이 가장 어울릴 테니까.

"I can speak English. I can not speak English. 'can not'을 줄여서 'I can't speak English'라고도 말할 수 있어."

조동사 'can'과 'can't'를 설명하는 날이다. 이제 막 알파벳을 끝낸 1학년 아이들은 파닉스와 함께 간단한 회화를 배우기 시작했는데 아직은 조동사 뒤에는 반드시 동사 원형이 따라 붙는다는 법칙도, 'can'과 'be able to'의 차이도 설명할 필요는 없었다. 교재에 나온 몇 가지 예문을 반복하자, 한 아이가 빙긋이 입가에 웃음을 그려 넣었다.

"이거 외웠다가 말해줘야지. I can not speak English."

"누구에게 말해줄 건데?"

궁금한 마음에 은근슬쩍 물어보니 녀석이 의미심장한 표정으로 대답했다.

"엄마 아빠요. 맨날 물어봐요. 영어 배운 것 좀 해보라고."

"바보냐. 그걸 영어로 하면 더 해보라고 하지?"

옆자리 짝이 이렇게 충고하고는 정말 좋은 생각이 아니라는 듯 도리질까지 했다.

"그래도 잘 못한다는 건 영어로 하고 싶어. 영어로 하면 엄마 아빠한테 덜 미안하잖아."

아이는 자신이 생각해도 민망했는지 작게 소리 내어 웃었다. 그 웃음이 슬며시 가슴을 건드리고, 나는 고개를 들어 교실에 앉아 있는 동그란 얼굴들을 살펴보았다.

외국어는 감정이 곧바로 전달되지 않아서. 해석이라는 막을 한 번 더 거쳐야 해서. 그럼 조금 덜 미안할 것 같고 듣는 상대가 조금 덜 상처받을 것 같아서. 이런 이유로 아이들은 할 수 없다는 이야기를 영어로 하려 했다. 아직 꼬맹이들인데 그 한마디를 입 밖으로 내뱉기가 쉽지 않은 모양이었다. 너무 일찍 '할 수 없다' '안 하겠다'라는 말들을 잃어버린 아이들 앞에서 나는 오디오 버튼을 클릭해 〈I Can Speak English〉 송을 틀었다.

"얘들아, can과 can't 우리 노래로 한번 배워보자."

그 즉시 교실 가득 삐악거리는 목소리가 차올랐다. 나는 그렇게라도 가라앉은 분위기를 바꾸려 했다. 어쩌면 추락한 내 기분을 끌어올리고 싶은지도 몰랐다.

수업이 끝나자 아이들이 빠져나간 텅 빈 교실에, 과자 봉지와 구겨진 색종이, 반으로 쪼개진 지우개와 끝이 뭉툭해진 연필이 떨어져 있었다. 쓰레기는 휴지통에 버리고 학용품은 영원히 주인이 나타나지 않는 보관함에 넣은 후, 나는 밖으로 나와 휴게실 문을 열었다. 간단한 목 스트레칭을 하며 정수기에서 물을 따르는데 버튼 위에 푸른빛이 반짝거렸다.

세상에 태어난다는 건, 정말이지 여러모로 힘든 일이야.

"그래서 너는 참 다행이지. 안 그래?"

입에서 말이 아닌 칼날이 튀어나왔다. 태어나지 않아서 다행이라는, 세상에서 가장 잔인한 악담을 퍼부어 버렸다. 내 실수처럼 조 역시 전혀 그런 의도는 아니었을 터다. 그런데도 어쩐지 아이들의 삶을 부정적으로 보는 것 같아, 신경이 날카로워졌다.

어느 면에서는 아마도?

조는 이렇게 말하고는 창문 밖, 하얗게 쏟아지는 햇살 속으로 사라졌다. 손에 들린 빈 컵을 내려다보다, 나도 모르게 헛웃음이 흘러나왔다. 태어나지 않아 다행이라는 말이 악담이 되는 건, 오직 태어난 자들 사이에서만 해당했다. 조의 말처럼 태어나지 못한 게 오히려 행운일 수도 있을 테니까. 나는 쓴웃음을 머금은 채 정수기 버튼을 눌러 물을 따랐다.

***

"미안해요. 하필 오늘 저녁 약속이 있어서."

원장은 내가 당황할 만큼 난처한 표정을 지어 보였다. 어쩌면 처음 있는 일이라 더욱 그런지도 모르겠다. 생각 없이 저녁 약속을 묻는 게 아니었는데 뒤늦게 실수라는 사실을 깨달았다.

"아니에요. 저도 그냥 갑자기 나온 말이에요."

그냥 둘러대는 말은 아니었다. 문득 술 생각이 났고 한 원장을 보는 순간, 나도 모르게 그 마음이 여과 없이 튀어 나와버렸다.

"단 쌤 혹시 오늘 무슨 일 있었어요?"

생각해 보니 지금까지 먼저 저녁을 제안한 적이 없었다. 사생활이 중요시되는 개인주의 시대라지만 너무 무심했구나 싶은 생각이 들었다. 나는 원장을 향해 싱겁게 웃었다.

"일 없어요. 다음에는 미리 말씀드리고 제가 저녁 사드리겠습니다."

"내가 웬만한 약속이면 취소하겠는데…."

"먼저 가보겠습니다. 내일 봬요."

이럴 땐 빨리 사라져 주는 게 서로를 위해 좋은 일이다. 나는 교실에 남아 공부하는 아이들에게 손을 흔들고는 서둘러 학원 문을 열어젖혔다.

오늘따라 시원한 맥주 한 잔과 유행에 두어 걸음 뒤처진 선술집 분위기가 그리웠다. 덕분에 한 원장만 난처하게 만들었지만….

알코올 대신 카페인으로라도 만족하자는 생각에 1층 카페 문을 열었다. 나는 그렇게 얼음이 가득 담긴 아이스 아메리카노 한 잔을 손에 든 채 밖으로 나왔다. 해가 마천루 뒤로 조금씩 기울어지는데도 여름은 여전히 뭉근한 열기를 품고 있었다. 해거름이 길어진 하늘에 조금씩 어둠이 내려앉기 시작했다. 둥지로 돌아가려는지 서둘러 하늘을 가로지르는 새들을 보며 문득 학원 꼬맹이들이 떠올랐다. 아이들의 시간은 느리고 더디 흐른다. 마냥 지루하게 흐르는 시간을 추월하려는 듯, 아이들은 모든 것이 빠르다. 걷기보다 뛰기를, 가만히 있기보다 움직이기를 선호한다. 그러다 어느 순간 알게 되겠지. 시간을 추월하려, 빨리 어른이 되려 질주했던 삶에서, 시간에 쫓기는 진짜 어른들의 고단할 삶이 무엇인지를….

카페인 한 모금에 긴 한숨이 흘러나왔다. 무심코 고개를 돌린 곳에 동네 책방 간판이 하얗게 빛을 내뿜고 있었다. 원장의 말처럼 너무 꾸밈없는 이름이긴 한데, 튀지 않으면 살아남기 힘든 시대이니 혹여 저 평범함이 독특함을 노린 역발상이 아닌가 싶었다.

'그런데 책방은 정확히 언제 쉬는 날인지 모르겠어요. 지난달에는 월요일에 닫더니, 또 언제는 수요일에 닫을 때도 있고, 2, 3일 연달아 쉴 때도 있다니까? 자영업의 기본 중 기본이 바로 성실과 신용인데….'

원장은 어쩐지 동네 책방이, 더 정확히는 그곳 주인의 경영 방침이 마음에 들지 않는 모양이었다.

'집에서 제발 이거라도 해라' 하고 강제로 차려준 거 아니면 그렇게 퐁당퐁당으로 일하겠어? 아무리 좋게 보려고 해도, 그냥 좀 사는 집 도련님 같아.'

커피를 한 모금을 홀짝이고는 나는 서점을 향해 움직였다. 책방 주인이 무슨 의도로 저런 간판을 붙였는지, 그의 집안 재력이나 경영 철학 또한 나와는 전혀 상관없지만, 어쨌든 가까운 곳에 서점이 있다는 건 분명 마음이 풍성해지는 일이다.

특별한 목적 없이 쇼핑을 즐기듯 별다른 이유 없이 서점에 간다면, 콘서트장처럼 서점이 사람들로 가득 찬다면, 세상이 조금 더 나아지지 않을까? 이렇듯 기분 좋은 상상을 하며 나는 힘 있게 동네 책방의 문을 열었다. 유리문에 매달린 풍경이 맑게 울리고 처음 이곳에 왔던 날처럼 서점 주인은 카운터에 앉아 책을 읽고 있었다. 책들의 공간을 넓게 둘러본 후 나는 천천히 판매대 사이를 지나갔다. 한 권 한 권 제목과 저자를 살피는데 가방 속 핸드폰이 울렸다. 나는 들고 있던 일회용 플라스틱 컵을 내려놓고는 핸드폰을 꺼냈다.

반찬 좀 보내고 싶은데 날씨가 점점 더워져서 상할까 걱정이야. 한번 올라갈게.

엄마다. 안 그래도 먹는 것이 삶의 낙이자 기쁨인데, 그런 딸의 끼니를 걱정하는 분은 기어이 음식을 바리바리 싸 들고 그 먼 길을 오려 했다.

집 근처가 시장이야. 맛있는 반찬 가게도 있어. 나 너무 잘 먹어서 탈일 정도야.

전송을 누르기 무섭게 답장이 날아왔다.

제발 부탁이다. 잘 좀 챙겨 먹고 다녀.

슬쩍 아빠의 안부로 화제를 돌리자 엄마에게선 놀라운 대답이 돌아왔다.

요즘 네 아빠 요령만 늘었다. 어제도 덥다고, 일하다가 네 이모부 살살 꾀어서 대낮부터 막걸리 마시더니 초저녁부터 잠들었어. 어제 못 한 것까지 하려면 오늘은 늦게까지 고생 좀 할 거야.

아빠가?

나도 놀랐잖아.

문득 그런 생각이 들었다. 아빠는 사실 계획과 원칙과는 거리가 먼 사람이었던 게 아닐까. 단지 그럴 수밖에 없는 환경에 놓였는지도…. 아주 긴 세월, 오랜 시간 동안.

보기 좋네.

내 말이. 누가 아니라니.

아빠는 비로소 스스로에게 이해받는 삶을 살아가는지도 모르겠다. 당신의 말처럼 세상은 '어떻게'가 중요하고 아빠는 조금 늦게 그 해답을 찾은 건지도….

 몇 번의 안부가 오고 간 후, 메시지는 그렇게 끝났다. 나는 뒤돌아 시집 코너로 이동했다. 시를 마지막으로 읽은 게 언제인지조차 기억나지 않았다. 하루에 짧은 시 한 편 읽지 못하는 삶이라니. 그것은 바쁨과 피곤함을 빙자한 게으름일 터다. 몇 권의 시집을 뒤적이다 그중 한 권을 선택해 카운터로 걸어갔다. 책을 읽던 주인이 자리에서 일어나 엷은 미소로 인사했다.

 "오늘은 커피네요?"

 그가 이렇게 말하고는 손을 들어 서점 중앙을 가리켰다. 내 시선이 돌아선 곳에 주인을 잃어버린 일회용 컵이 놓여 있었다.

 "죄송해요. 나 진짜 왜 이러지?"

 지난번에는 사과더니 이번에는 커피냐는 뜻이겠지만, 사실 그때까지도 상상하지 못했다. 잠시 뒤 내게 벌어질 무서운 재난 같은 상황을….

 나의 첫 번째 실수는 책 판매대에 떡하니 커피를 올려놓는 개념 없는 짓을 저질렀다는 것이고, 두 번째는 그 컵을 집으려 너무 서둘렀다는 것이다. 급하게 움직이다 보니 걸음이 뒤엉켜 휘청이다 그만 얼음이 가득 담긴 컵을 쓰러뜨리고 말았다. 뚜껑까지 분리된 일회용 용기는 곧바로 흑갈색 커피를 토해 내기 시작했다. 재빨리 컵을 세워봤지만 이미 늦어버렸다. 얼음과 함께 쏟아진 커피가 사냥감을 발견한 뱀처럼 빠르게 책들 사이를 파고들고, 커피가 한 권, 또 한 권 책들을 먹어치우는 사이 카운터를 벗어난 서점 주인이 아직 젖지 않은 책들을 재빨리 다른 곳으로 옮기기 시작했다.

눈대중만으로도 대략적인 피해 금액이 파악 가능했다. 커피에 제대로 젖은 책만 열 권이 넘었고 커피 방울이 튄 책까지 더한다면…. 더는 계산하고 싶지 않았다. 그저 다음 달 생활비가 대폭 축소되리라는 현실만 또렷이 자각될 뿐이었다.

"죄송해요. 정말 너무 죄송합니다. 젖은 책은 제가 다 보상을…."

"그래서 사과였군요?"

고개를 돌린 곳에 창백하리만큼 새하얀 얼굴이 있었다.

"여기 처음 오신 날, 햇사과 주셨잖아요. 미리 사과하신 거 아녜요?"

그날 품에 안고 있던 게 하필 사과라서, 그걸 또 바보처럼 책방에 두고 나와서, 나는 얼떨결에 서점 주인에게 사과 두 알을 건넸다. 하지만 그 사과가 이런 식의 사건을 몰고 올 줄은 전혀 상상하지 못했다. 물론 누구도 그런 미래를 예측할 수 없겠지만, 어쨌든 그렇게 반쯤 사색이 되어 넋 빠진 상태로 서 있는데 유리문에 달린 풍경이 맑게 울렸다. 서점 안으로 들어서던 손님이 주춤거림을 멈추고는 "끝났나 보네" 하고 혼잣말하며 총총히 뒤돌아 나갔다. 그렇게 또 한 번 유리문의 풍경이 가볍게 흔들렸다. 덕분에 나는 한순간 멀쩡한 책들 위에 커피를 쏟고, 애써 찾아온 손님까지 돌아가게 만드는 진상이 되어버렸다. 고작 두어 모금밖에 마시지 않았는데 독한 카페인이 모두 심장으로 스며드는 기분이었다. 심박수가 당황스러울 정도로 높아졌다.

"최악이네요. 손님까지 쫓아버렸으니."

"괜찮습니다. 안 그래도 슬슬 배가 고파서, 오늘은 일찍 문 닫으려고 했어요."

서점 주인이 부지런히 새 책들을 옮기고, 젖은 책들을 바닥에 내려놓고, 커피에 얼룩진 판매대를 정리할 동안에도 나는 현관에 던져놓은 우산처럼 멍하니 한자리에 못 박혀 있었다.

"피해 금액을…."

내가 묻자 서점 주인이 손끝으로 관자놀이를 긁적였다.

"꽤 될 텐데요?"

나는 미진 샌드위치와 열무국수, 시장 도넛과 간식들을 잊으려 했다. 영화 예매와 장바구니에 담아놓은 물품들도 머릿속에서 빠르게 비워 냈다. 내가 커피를 손에 쥔 채 책방에 들어선 순간, 그것들은 이미 내 삶에서 깨끗하게 사라져 버렸으니까.

"시간이 필요할 것 같네요. 젖은 상태에 따라 완전히 폐기해야 할 것도 있지만, 잘하면 대폭 할인 행사로 판매할 수 있거든요."

여기까지 말한 책방 주인이 흘낏 나를 곁눈질했다.

"원하시면 지금 분류할 수도 있어요."

'시작할까요?'라고 묻는 듯한 그의 눈짓에 나는 빠르게 도리질했다. 지금은 어떻게든 이 서점을 속히 벗어나고 싶은 마음뿐이었다.

"혹시나 해서 말씀드리는데, 다른 멀쩡한 책 일부러 젖게 해서 끼워 팔 생각 없습니다. 걱정 안 하셔도 돼요."

조의 경고처럼 나는 진짜 대책 없는 인간이었다. 그런데 이 멍청한 표정을 서점 주인은 전혀 다른 의미로 해석한 모양이었다.

"그… 그런 의미가."

최대한 웃으려 노력했지만 사실 내가 어떤 얼굴이 되어 있는지는 알 수 없었다. 전혀 알고 싶지도 않았다.

"퇴근이신가 보네요. 피곤하실 텐데 오늘은 아무 생각 하지 마시고 그냥 돌아가 쉬세요."

내 근무지를 알고 있는 한 따로 연락처를 물을 필요는 없을 것이다. 설마 책 몇 권에 멀쩡한 직장을 그만둘 리 없을 테니까. 물론 배상할 책이 몇 권이냐에 따라서 다르겠지만….

"오늘은 저도 일찍 문을 닫아야겠습니다."

"그럼 내일 다시 오겠습니다."

살다 보면 문득 그런 날이 있다. 아주 독한 술을 마시고 큰 소리로 노래를 부르고 싶은 날. 마주친 낯선 이에게 살뜰한 인사를 건네고 누군가에게 꽃 한 송이를 선물하고 싶은 날. 아무 이유도 특별한 까닭도 없이 그냥… 정말 그냥… 평소의 내가 아니고 싶은… 그런 이상한 날. 조가 늘 비아냥거리는, 하루쯤 아무 생각도 대책도 없이 행동하고 싶은 날. 그날이 과연 오늘인지는 알 수 없지만, 문으로 향하던 발걸음을 멈춘 채 나는 다시금 책들을 향해 돌아섰다.

"아까 배고프다고 하셨는데…."

서점 주인이 고개를 들어 나에게로 눈을 돌렸다.

"그럼 저녁 같이 드실래요?"

그의 손에는 반쯤 젖은 책 한 권이 들려 있었다.

***

넓은 홀에는 고소한 기름 냄새가 떠다녔다. 나는 맥주 한 모금을 달게 마신 후 노릇하게 튀겨 낸 치킨 한 조각을 앞접시에 담았다. 색색의 조명이 반짝이고 한쪽 벽면을 가득 채운 화면에는 이름 모를 가수의 뮤직비디오가 반복 재생되고 있었다. 사방이

빛으로 흘러넘치는 공간에서 사람들의 웃음과 이야기들이 비눗방울처럼 가볍게 떠다녔다.

"재미있는 곳이에요."

서점 주인이 재미있다고 한 곳이 오래된 이곳 주점인지, 이 동네 전부를 가리키는지는 알 수 없었다. 뭐 아무렴 어때 싶어 나는 혼자서 맥주잔을 기울였다. 조 이외에도 재미를 찾는 사람이 많구나 하고 생각하는 사이, 그가 곁들여 나온 감자칩을 먹었다.

"여긴 맛있는 곳이죠. 흑호동은 숨은 맛집이 많은 동네예요."

"고래 분식 김밥도 괜찮던데."

고래 분식이라면 다른 의미로 유명했다. 학원 근처라 출근길에 김밥을 포장해 온 적이 있었는데 원장이 대번에 고개를 내저었다.

'단 쌤. 거긴 먹을 게 순대밖에 없어. 순대는 공장에서 주문해서 팔거든.'

그 말이 무엇을 의미하는지는 김밥 한 개를 먹는 즉시 알게 되었다. 웬만해선 맛없는 식당을 찾기 힘든 동네가 흑호동이다. 그러나 이곳에도 예외는 존재했고 그 증거가 바로 고래 분식이었다.

"고래 분식은 아닙니다. 절대 아녜요."

"나름 괜찮지 않아요?"

혹여 또 모를 일이다. 보통 사람과 맛의 기준이 다르거나 독특한 김밥 취향을 가지고 있다면 고래 분식의 음식이 입에 맞을지도. 나는 심각한 표정으로 검지를 세워 좌우로 흔들었다.

"괜찮은 것 말고 맛있는 거 드세요."

"괜찮기만 해도 다행 아닌가요?"

서점 주인이 맥주를 마시자 툭 불거진 목울대가 꿈틀거렸다. 정말 부잣집 막내 도련님일까? 당장에 책의 손해배상부터 조목조목 따지고 들어도 모자랄 판에, 상대는 놀랄 만큼 여유작작이었다. 아무리 생각해도 한 원장의 예상이 빗나간 건 아닌 듯싶었다. 그래서 다행인지 불행인지는 알 수 없지만, 나는 그만 잊자 생각하며 맥주잔을 기울였다. 커피에 젖은 책들을 떠올려 봤자 지금 할 수 있는 일이 없었다. 전적으로 내가 아닌 돈이 해결할 문제니까.

"문학을 좋아하시나 봐요."

어쩌다 보니 처음 동네 책방에서 고른 책이 소설이었고, 이번에는 하필 시집이었다. 덕분에 서점 주인의 질문은 제법 타당성이 있지만, '내가 정말 문학을 좋아하나?' 하고 나는 잠시 자문했다.

"안 행복한 이야기를 좋아해요."

말끄러미 나를 보는 까만 눈동자 속에는 '안 행복?'이란 질문이 들어 있었다.

"소설에서 주인공이 처음부터 끝까지 마냥 행복한 이야기는 없잖아요."

김빠진 맥주 같은 밍밍한 대답을 들으며 서점 주인이 천천히 잔을 기울였다.

"이야기가 다 그렇잖아요. 행복했던 주인공이 안 행복해지고. 원래도 안 행복했던 인물이 더더욱 안 행복해지고."

"불행을 즐기시나 봐요?"

나는 어깨를 들썩이며 한숨을 내쉬었다. 온몸 구석구석까지 퍼져 나간 알코올에 기분이 몽롱하고 나른했다.

"불행을 즐기는 게 아니라, 안 행복의 안이 줄어드는 과정을 지켜보는 게 좋다고요."

왼쪽으로 살짝 고개를 기울이는 서점 주인의 얼굴이, 어쩐지 호기심 많은 고양이처럼 보였다. 테이블 위에 팔꿈치를 세워 턱을 괴자 내 얼굴도 비슷한 각도로 기울어졌는데 술기운이 올라오면 습관처럼 나오는 버릇…이라고 오래전 누군가 한 말이 떠올랐다.

'턱 괴는 것을 보니 슬슬 술이 오르시는군.'

과연 언제쯤 S의 이 지독한 환청에서 벗어날 수 있을까? 나는 혼자서 속웃음을 삼켰다.

"행복하지 않다고 모두 불행한 건 아니잖아요. 다만 안 행복할 뿐이지. 소설을 읽으면 그런 생각이 들어요. 주인공이 '안 행복의 안'을 조금씩 줄여가고 있다는 느낌. 행복하지도 않지만, 완전한 불행으로 곤두박질치지도 않는 삶. 그저 안 행복의 안이 커졌다 작아지기를 반복하는 그 과정 말이에요."

나는 감자칩을 우물거리며 말을 이었다.

"그렇다고 이 세상에 영원히 안을 잃어버리는 주인공은 없어요. 설령 그들이 동화 속 인물이라서 'They lived happily ever after'라고 마지막을 끝내도 말이죠."

서점 주인이 테이블 위에 두 팔을 세워 올렸다. 지금까지 거칠고 힘든 일이라고는 통조림 뚜껑 따기나 택배 상자 뜯기가 전부인 것 같은 곱디고운 손가락들이 기도하듯 교차해 깍지를 꼈다.

"소설은 그렇다 치고. 그럼 시는요?"

그가 시선을 옮긴 곳에 빛바랜 가죽의 낡은 가방이 놓여 있었다. 그 안에는 내가 동네 책방에서 산, 몹시 비싼 시집 한 권이 들어 있었다.

"시는⋯."

시는 삶의 속도가 너무 빨라 그 흐름에 제동을 걸고 싶을 때 펼쳐보는 책이다. 단어 하나 문장 한 줄을 곱씹다 보면, 일상 속 짜증 나는 물음표도, 지친 마침표도 아닌, 고요한 쉼표를 찍는 기분이랄까?

"가성비 최고잖아요."

그 대답이 재미있다는 듯 서점 주인이 웃음을 터트렸다. 그는 조금 먹고 조금 마셨다. 내가 연거푸 잔을 비울 동안에도 그의 맥주는 좀처럼 줄지 않았고 앞접시에 놓인 바삭했던 치킨 조각은 이미 눅눅하게 변해 있었다. 하지만 내가 들려주는 재미없는 이야기에는 자주 웃었는데 그 모습을 보자 문득 그가 굶주린 건 어쩌면 이야기가 아닐까 싶었다. 만약 내 예감이 정답이라면 그가 서점 주인으로 제법 잘 어울린다고 생각했고, 이런 재미없는 생각이 든다는 건 결국 시간이 지날수록 알코올에 젖어드는 건 오직 나뿐이란 의미였다.

"삶이 행복 추구가 아닌, 안 행복의 안의 크기를 조금씩 줄여 나가는 거라면."

연거푸 술잔을 비운 사람은 따로 있는데, 서점 주인이 취한 듯 느긋한 목소리로 말했다.

"음식 맛은 그럭저럭만 돼도 괜찮은 것 아닙니까?"

나는 대답 대신 맥주를 마지막 한 방울까지 알뜰하게 삼켰다. 테이블에 탁 소리가 나게 빈 잔을 내려놓자, 서점 주인이 벨을 눌러 종업원을 불렀다.

"모르시네. 맛있는 음식을 먹는 것만큼, 안 행복의 안을 가장 빠르고 간단하게 줄이는 방법이 없다고요."

그사이 또 한 잔의 맥주가 눈앞에 나타나더니, 새하얀 거품이 가라앉기 시작했다. 나는 감자칩 하나를 집어 들고는 마치 무기인 듯 서점 주인을 향해 겨눴다.

"때론 맛있는 국수 한 그릇 덕분에 충분히 삶이 달라질 수도 있으니까."

유치한 한마디에 그가 맥주 거품 같은 가벼운 웃음을 터트리고는 다시 물었다.

"그럼 이 흑호동에서 가장 빨리 안 행복의 안을 줄이는 방법은 뭡니까?"

고래 분식도 괜찮다는 상대를 보고 있자니, 가슴 깊은 곳부터 어떤 의무감이 샘솟기 시작했다. 진짜 맛있는 음식이 무엇이며 어디에서 먹을 수 있는지, 기필코 알려주겠다는 사명감 같은 것 말이다.

"흑호 시장 국숫집은 아시죠?"

"아니요."

충분히 예상한 대답이라 나는 그 즉시 가방에서 핸드폰을 꺼내 검색창에 흑호 시장을 입력했다. 그러고는 줄줄이 쏟아지는 국숫집 리뷰들을 서점 주인에게 보여줬다.

"여기서 딱 10분만 걸어가면 전국에서 사람들이 찾아오는 그

유명한 국수를 먹을 수 있죠."

"되게 유명하네요."

왜 그래야 하는지도 모른 채, 그럴 필요 전혀 없는데도, 나는 흑호동 맛집에 관한 브리핑을 제법 상세히 시작했다. 미진 샌드위치에서는 꼭 계란샌드위치를 맛봐야 하며, 미니 와플도 함께 주문해야 하는데 와플에는 초콜릿 시럽보다 수제 딸기잼이 더 어울린다고 덧붙였다. 흑호 시장 찹쌀 도넛은 저녁 8시 이후에 사는 게 이득이며 일주일에 한 번씩 오는 순대 트럭 장소도 알려주었다. 그때마다 서점 주인은 고개를 끄덕이거나 그렇구나 하고 추임새를 넣었는데, 별것 아닌 이야기에 집중하는 서점 주인의 진지한 표정이 자꾸만 나를 취하게 했다.

"흑호동에서 오래 살았나 봐요?"

그가 물었다.

"오래 살았냐고요?"

습관처럼 테이블 위에 턱을 괴었다. 무거워진 머리가 오른쪽으로 조금 더 기울어졌고 입에서는 푸 바람 빠지는 소리가 흘러나왔다.

"올 초까지 흑호동이 어디에 붙어 있는지조차 몰랐죠. 검색해보니 다행히 우리 집… 아니, 이젠 우리 엄마 아빠 집이라고 해야겠다."

밤이 깊어갈수록 홀은 사람들로 붐비기 시작했다. 밤이 술을 부르는지, 술이 어두운 밤을 더 깊게 만드는지 알 수 없지만, 긴장이 풀려 흐느적거리는 주위의 모든 것이 마냥 편안하게 느껴졌다. 아니, 세상은 고정되어 있고 흐느적거리는 건 오직 한 사람뿐일 테지만, 그건 또 그것대로 괜찮은 것 같았다.

"뭐 어쩌다가 덜컥 독립하게 되고, 또 어쩌다가 이 동네에 자리 잡게 됐어요."

"그 어쩌다가를 물으면 실례겠죠?"

턱을 괸 얼굴이 조금 더 오른쪽으로 기울어졌다. 기우뚱한 시선으로 나는 마주 앉은 서점 주인을 바라보았다. 정말 어쩌다가 여기까지 왔을까? 기억을 되짚어갈수록 싱거운 웃음만 흘러나왔다. '어쩌다 보니.' 이 말의 덧없음 탓일까? 아니, 오히려 그 말의 힘 때문인지도 모르겠다. 지난 몇 달간의 일이 감자칩 한 개의 무게보다 가볍게 느껴진 건.

"죄송합니다. 제가 괜한…."

"말 그대로예요. 정말 어쩌다 보니 모든 일이 그렇게 흘러갔어요. 한 해가 시작되는 1월에 출근하자마자 권고사직을 당했고 같은 날 저녁에는…."

나는 서점 주인을 향해, 초콜릿을 선물로 받은 아이처럼 히죽 웃었다.

"결혼 얘기까지 오갔던 남자 친구에게 이별 통보를 받았어요. 뭐 나름 스펙터클한 서른하나의 시작이라 할 수 있죠. 그렇게 국수 한 그릇 사 먹겠다고 찾아온 흑호동에서 계획에도 없는 학원 취업을 하게 되었고 살 집도 찾고, 그러다가 서점에서 시원하게 커피도 쏟고, 덕분에 이렇게 참회의 술도 마시고, 어쩌다 보니."

또 한 번의 무거운 한숨이 터져 나왔다. 내가 왜 이런 이야기를 서점 주인에게 하고 있을까? 어쩌면, 정말 어쩌면 이야기가 고팠던 건 오히려 내 쪽이었는지도 모르겠다.

"맞아요. 정말 어쩌다 보니 여기까지 왔습니다."

너무 많은 사건이 한꺼번에 일어난 것 같았는데, 사실 몇 마디로 깔끔하게 정리될 일들이었다. 인간의 일생이란 결국 이게 전부였다. 비석에 새길 몇 줄로 충분히 갈무리되는 삶.

"그래서 지금 '안의 크기'는 어때요?"

조금 더 고개를 기울였다가는 테이블과 충돌할 것 같았다. 나는 비스듬한 상체를 세우고는 '안이요?' 하고 되묻는, 나른한 시선을 던졌다. 얌전한 고양이처럼 앉아 있는 서점 주인이 고개를 끄덕였다.

"안 행복의 안, 그 안의 크기를 묻는 겁니다."

권고사직과 이별이 내 삶에 아무런 영향도 끼치지 않았다면 거짓말일 테고, 힘껏 숨을 불어넣은 풍선처럼 안 행복의 안을 부풀린 것도 사실이다.

"컵에 따라놓은 물과 같아요."

빙글빙글 맥주잔을 돌리자 황금빛 물결이 넘칠 듯 출렁거리며 싸한 알코올 향이 온몸으로 기분 좋게 스며들었다.

"예전에 컵에 물을 따라두고 외출한 적이 있어요. 밤늦게 돌아왔더니 컵의 물이 줄어들었더라고요. 여름이라서 그런지 쉽게 증발해 버렸어요."

새가 물을 마시듯 조금씩 목을 축이고 있는 서점 주인은 확실히 술과는 거리가 멀어 보였다. 하지만 나는 이상할 정도로 이 분위기가 어색하거나 불편하지 않았다. 만약 서점 주인의 저 편안한 미소가 잘 가공된 마스크가 아니라면, 그 역시 이 자리가 나쁘지 않다는 뜻일 터다.

"안 행복의 안도 마찬가지예요. 내버려두면 자연스레 줄어들긴 해요."

컵의 물과 다른 점이라면, 아무리 시간이 흘러도 완벽히 줄어들지 않는다는 것이다. 하나의 안이 사라지면, 또 다른 안 행복의 조건들이 인생의 물컵을 채울 테니까.

"문제는 그 과정을 어떻게 견디느냐죠."

서점 주인의 한마디에 내가 덧붙였다.

"그 과정을 반복해서 견디는 게 삶이죠."

그런 의도는 아니었는데 나도 모르게 훈계조의 말투가 튀어나왔다. 사람을 몽롱하게 만드는 건 비단 알코올만은 아닌 모양이었다. 시간과 세월이 때때로 사람을 우습게 만드는데, 그건 술에 취해 횡설수설하는 것보다 몇 배 더 지독한 짓이었다.

"미안해요. 나 방금 되게 재수 없었죠?"

"틀린 말은 아니었습니다."

서점 주인이 이렇게 말하고는 항복하듯 두 손을 들어 보였다.

"제 말은, 앞서 하신 얘기요. 재수 뭐 그런 게 절대 아니라…."

서점 주인이 말끝을 흐리며 얼굴을 붉혔는데, 그 모습은 마치 질문에 틀린 답을 내놓고 귓불까지 빨개지는 우리 반 어떤 녀석과 비슷했다. 나는 당황하는 그를 위해 주제를 다시 책으로 돌렸다.

"뭐 아무려면 어때요. 자, 그럼 이제 내 차례입니다. 책을 좋아하시나 봐요?"

이보다 멍청할 수 없는 질문임에도 그는 선뜻 대답하지 못했다. 다만 조용히 맥주잔만 바라보았는데 어떻게 얘기해야 할지 고민하는 것 같기도, 내가 책을 좋아하나 하고 자문하는 모습으로도 보였다.

"그냥 저도 어쩌다 보니, 책과 친해지게 되었네요."

"그 '어쩌다 보니'를 물으면 실례겠죠?"

서점 주인이 가볍게 웃고는 의자 등받이에 상체를 기댔다.

"어려서부터 끈질기게 붙어 다니는 녀석이 있어요."

"형제? 아니면 친구?"

그가 어깨를 들썩이며 두 손바닥을 내보였다.

"글쎄요. 어느 틈에 친구가 된 것 같기도 하네요."

"그사이 정이라도 든 모양이죠?"

의미 없는 한마디에 서점 주인이 큭큭 소리 내며 웃었다. 독특한 입맛만큼이나 웃는 포인트도 남들과는 다른 모양이었다.

"몰랐네요? 내가 이렇게 사람 웃기는 재주가 있는지."

"아니요. 그냥 좀…. 서점을 하면 어떨까 하고 생각한 적이 있어요. 책과 사람이 있는 공간이 참 좋을 것 같아서. 물론 생각보다 사람은 없더라고요."

"대신 이상한 사람은 있었죠."

"덕분에 오늘 제 안 행복의 안이 조금 줄어들었네요."

서점 주인이 김빠진 맥주잔을 들어 내 잔에 부딪히자 유리잔이 맑은 마찰음을 터트리며 공기를 뒤흔들었다.

"하고 싶으면 더 늦기 전에 해보래요."

"어느 틈에 친구가 된 것 같은 분이?"

"제가 다른 사람 말은 안 들어도, 그 친구 이야기는 늘 경청하거든요."

"그럼 친구보다 더 가까운 관계 아닌가요?"

"그럴지도 모르죠."

이 말을 끝으로 서점 주인은 맥주 한 모금을 천천히 삼켰다. 서점을 하기에 일반적인 나이가 있을 리 없겠지만 도련님이라는 어느 분의 표현처럼 젊다 못해 어려 보이는 외모였다. 서점을 운영하기보다 날씨 좋은 주말에 서점 데이트를 하는 것이 몇 배 어울릴 만한 모습인데, 이런 쓸데없는 생각들이 머릿속을 채운 건 서서히 밀려드는 취기로 인한 주제넘은 오지랖일 테니 더는 괜한 궁금증을 키우지 않는 게 좋을 터다. 하지만 나는 여전히 서점 주인에게 몇 가지 묻고 싶은 게 있었다. 친구가 된 것 같은 사람과는 대체 어떤 관계라는 건지, 인생에서 도전이 가장 어울릴 나이에 왜 늦었다는 표현을 썼는지…. 하지만 제멋대로 벌어지려는 입을 막기 위해 한 박자 빠르게 술잔을 기울였다. 나는 고작 이 정도로 취할 만큼 약하지 않은 내 주량에 감사하며 마지막 한 방울까지 달게 마셨다.

***

늦은 밤, 하늘과 가까운 동네는 곤한 잠에 빠져들었다. 발아래 도시는 화려한 불빛으로 타올랐다. 술보다 독한 삶에 취한 이들이, 술기운을 빌려야만 목소리를 높일 수 있는 쓸쓸한 인생들이, 금방이라도 부딪힐 듯 비틀거리며 밤거리를 지나가고 있었다. 바람이 불어와 가늘고 힘없는 머리숱을 헝클어뜨리고 허리춤에서 삐져나온 구겨진 셔츠 자락을 너풀거리게 했다. 안쓰럽고 위태롭지만, 어딘가 굳건해 보이는 뒷모습들이 조금씩 멀어져 갔다. 술집을 빠져나와 나와 서점 주인이 서로를 향해 마주 섰다. 즐거웠다는 인사를 끝으로 먼저 돌아서는데, 발소리가 바투 다가와 옆에 섰다.

"바래다드리는 게 불편하시면 가겠습니다."

서점 주인의 시선이 몇몇 취객에게로 날아들었다.

"불편한 건 없어요. 그런데 불안해서 동행하자는 거 아니에요?"

'불안이요?' 하고 되묻는 듯 서점 주인이 두 눈을 느리게 끔뻑였다.

"집까지 알아둬야 안심이 된다는 뭐, 그런 이유."

"그럼 집 말고 다시 서점으로 돌아갈까요? 지금부터 밤새 한 권, 한 권 같이 확인하는 것도 괜찮을 것 같은데."

"사양합니다. 그냥 사는 곳을 알려드리죠."

서점 주인의 웃음소리가 여름밤의 공기처럼 가볍게 귓가를 스쳤다. 나쁘지 않은 밤이었다. 여전히 열기를 품은 미적지근한 바람이 부드러웠고 별것도 아닌 말에 실없는 웃음이 터져 나오는 안온한 시간이 흘러가고 있었다.

　더딘 걸음에 맞춰 서점 주인도 나란히 발길을 옮겼다. 누군가와 같은 속도로 함께 걸은 게 얼마 만인지 기억나지 않았다. 바로 어제 일 같기도, 까마득한 옛일처럼도 느껴졌다. 술은 팍팍한 현실을 지워주지만, 그 대가로 잊고 싶은 과거의 한 날을 제멋대로 불러들였다. 하여 누군가는 말했다. 신의 위로와 악마의 장난이 뒤섞인 게 바로 한 잔의 술이라고.

　불 꺼진 은행과 미용실, 정육점과 카페, 문구점과 철물점을 하나둘씩 등 뒤로 보냈다. 노래방과 편의점을 지나 좁은 골목으로 들어서는 동안에도 서점 주인과 나는 침묵했다. 평소 다니는 길보다 두 배는 먼 길을 돌아왔지만, 발끝만 보며 걷던 시간이 그리 지루하지 않았다. 몽롱하고 나른한 고요가 편안했다.

　"더 갈 필요 없어요. 동 호수도 말해줘야 진짜 안심하시려나?"

　나는 걸음을 멈춘 채 손가락을 세워 빌라 입구를 가리켰다.

　"네. 이제 매우 안심이 되네요."

　두 손을 허리춤에 얹으며 서점 주인이 '매우'와 '안심'에 강세를 넣어 말했다. 잠시 빌라를 건너다보던 그의 시선이 나에게로 돌아왔다.

　"오늘 즐거웠습니다. 그만 가보겠습니다."

　"곧바로 주무시지 마시고, 계산기 열심히 두드려 보세요. 저는 내일 오전에 은행 들러서 대출이 되는지 알아볼 테니까."

내가 건넨 농담에 서점 유리문을 지키는 풍경처럼 맑은 웃음이 되돌아왔다.

"네, 기대하세요."

"무서운 말을 너무 해맑게 하시네요. 조심히 가세요."

서점 주인이 돌아선 뒤 나도 빌라를 향해 몸을 돌려세웠다.

"저 스물아홉입니다."

등 뒤에서 날아든 목소리가 발길을 붙잡았다. 흐릿한 가로등 아래 서 있는 서점 주인이 마치 모노드라마를 시작하는 무대 위 배우처럼 느껴졌다. 나는 어둠 속 관객이 되어 멍하니 그를 바라보았다.

"서른하나라고 하셨잖아요. 저도 알려드려야 할 것 같아서요."

그 말을 끝으로 오후 그림자 같은 긴 모습이 어둠 속으로 사라졌다. 나이를 먼저 말해주었으니 그 정도는 해주겠다는 뜻일까? 아직 통성명조차 나누지 않은 사이인데 그깟 나이가 뭐가 그리 중요할까 싶은 유치한 생각이 들었다. 하지만 서로의 이름 따위 몰라도 대화를 나누는 데는 전혀 지장이 없었다. 나에게 그는 서점 주인이었고, 그에게 나는 2층 초등 영어 학원 선생이었다. 빛 웅덩이가 고인 가로등 밑에는 유리문 풍경을 닮은 서점 주인의 목소리만이 아스라이 남아 있었다.

'덕분에 오늘 제 안 행복의 안이 조금 줄어들었네요.'

"아마도 나는 그 반대가 되겠죠."

씁쓸하고 진한 커피 같은 밤길을 따라 느적거리는 두 다리가 천천히 방향을 돌렸다.

현관을 열기 무섭게 작은 빛 덩어리가 어지럽게 날아들었다.

당당히 독립했으니 앞으로는 정신 똑바로 차리고 살아야 한다며? 혼자 산 지 1년도 안 된 것 같은데, 한 10년은 산 것처럼 여유 가득한 모습이다. 이렇게 비틀거리면서 들어올 정도로 좋은 일이 있었어?

"하나는 맞고 하나는 틀렸어. 비틀거리면서 들어올 정도의 사건은 있었지. 그런데 말이야, 그게 결코 좋기만 한 게 아니거든."

대신 그렇게 실실 웃을 정도는 되는 일인가 보네?

"솔직히 취해서 청승맞게 우는 것보다 약간 미친 듯 웃는 게 낫지 않을까?"

알긴 아네. 본인이 미쳤다는 걸.

한발 늦게 현관 센서에 불이 들어왔다. 동시에 조의 모습도 희미해졌다. 한 원장과 저녁을 먹으며 반주를 한 적도, 혼자 영화를 보며 캔맥주를 마신 적도 있었다. 하지만 이렇게까지 기분 좋게, 어쩌면 제법 취할 정도로 술을 마신 건 S와 헤어진 후 처음이었다.

"알지 그럼. 내가 얼마나 자기 객관화를 잘하는데. 그래서 나

파산할지도 몰라. 당분간 외식은커녕 편의점에서 세일 행사하는 캔맥주도 마시기 힘들어."

어깨를 짓누르는 가방을 바닥에 던져놓고 냉장고에서 보리차를 꺼내 마셨다. 정수기 렌털비조차 부담스러운 상황에 매달 생수를 주문할 수도 없는 노릇이었다. 조금이라도 절약하려는 마음에 한여름에도 보리차를 끓여 마시는데 커피 한 잔이 30만 원 빚으로 돌아오게 생겼으니, 입에서는 저절로 끙 소리가 흘러나왔다.

"책값도 올랐으니까."

얼핏 미술 관련 도서를 본 기억이 났다. 올 컬러로 두껍고 반짝이는 책. 정가를 보지 못한 게 뒤늦게 마음에 걸리지만 한편으로는 안 봐서 오히려 다행이란 생각이 들었다. 적어도 지금까지는…. 생각해 봤자, 애써 마신 술만 깰 테니까.

그래, 완전히 미치지 않고서야 그 사람을 이곳까지 데려올 리 없겠지. 나는 그렇게 믿고 싶어.

냉장고에 물통을 넣으려다, 나는 조를 향해 고개를 돌렸다.

"술은 내가 마셨는데, 왜 네가 헛소리를 해?"

깊게 숨을 들이마시자 비강 가득 익숙한 냄새가 스며들었다. 건조대에 널려 있는 마른 빨래와 욕실의 목욕용품, 거실의 화분에서 풍기는 흙냄새와 좌식 테이블 위의 화장품까지. 이 작고 좁고 낡은 곳에는 나와 조, 우리만의 시간이 오롯이 고여 있었다.

지금까지 내가 너를 쭉 지켜본 결과, 아무래도 엄마한테 다시 돌아가는 게 좋을 것 같아.

서서히 밀려드는 취기에 헛소리가 들리는 건지, 조에게 어떤 문제가 생긴 것인지, 아니면 둘 다인지는 알 수 없지만, 어쨌든 내겐 오늘 하루가 너무 길었고 이제 그만 자고 싶었다.

"조, 말해두지만, 내가 퇴근 후 돌아올 곳은 여기뿐이야."

나는 허공에 손가락을 세워 바닥을 가리켰다. 그 간단한 동작에도 자꾸만 몸이 비틀거렸다.

네가 언제부터 그렇게 독립적이었을까? 그래, 잔뜩 취해서도 이 사연 많은 네 집에 잘 찾아왔네. 나는 정말이지 너를 이해할 수 없어. 내가 말했지. 너는 정작 신중해야 할 때 대책 없이 과감해진다고.

조가 정확히 무엇 때문에 화가 났는지 알 수 없지만, 지금 내 상태로는 그 누구의 말도 들어줄 수 없었다. 그냥 아무 곳에나 쓰러져 자고 싶었다.

"안 그래도 나 지금 아주 어지럽고 산만해. 지구 자전 공전 다 느끼는 중이니까 굳이 너까지 더 보태지 않아도 돼."

허공에 휘휘 손짓하고는 나는 욕실로 걸어가 문을 열어젖혔다. 지독한 취기가 커다란 누름돌이 되어 눈꺼풀을 내리눌렀다. 물론 조가 느끼기에 재미와는 점점 더 멀어지는 삶이 지독히도 답답해 보이겠지. 하지만 세상에 태어난 건 조가 아닌 나이기에, 재미없고 궁상맞은 이 삶은 모두 다 내 선택의 결과물이다. 앞으로 어떻게 될지 알 수 없지만, 당분간은 이 심심한 생활을 유지하기에도 벅찰 것 같았다. 나는 넘어지지 않게 최대한 두 다리에 균형을 유지하며 옷을 벗어 던졌다. 그런 후 쏟아지는 물줄기에 흐느적거리는 몸을 맡겼다. 복잡하고 피곤한, 우습고 황당한 그리고 대단히 어지러운 하루가 끝나가고 있었다.

***

청양고추까지 썰어 넣은 매운 라면 한 그릇을 식탁에 내려놓았다. 창으로 스며든 햇살과 천장의 조명을 제외하면 그 어디에도 반짝이는 형체를 찾아볼 수 없었다.

"당분간 허리띠 졸라매야 해. 전처럼 맥주는 고사하고 커피조차 힘들어."

나는 손에 쥔 젓가락으로 라면 그릇을 가리켰다.

"채소가 이렇게 비싼지 몰랐어. 전에는 그저 그런 월급을 받았지만, 지금은 그저 그렇고 그런 월급을 받잖아. 버는 돈은 쪼그라들었는데 들어가야 할 지출은 더 늘었다고."

분명 집 안 어딘가에 조가 있을 것이다. 모습을 드러내지 않는 것을 보니 화가 난 모양인데 내가 자신의 말을 무시했다고 생각했을까? 취한 사람을 상대로 논쟁을 벌일 만큼 조는 어리석지 않았다. 그런데도 왜 그리 감정적으로 반응했는지, 엄마에게 돌아가라는, 어린아이 같은 말을 내뱉었는지. 가벼운 추측 정도는 가능했다. 내가 외로워 보였거나, 불안해 보였을 테지. 아니면 그 둘 다라 생각했거나.

나에게 기억이라는 것이 형성되기 전부터, 엄마는 내가 집에 돌아올 때까지 단 한 번도 거실의 불을 끈 적이 없었다. 환하게 불을 밝힌 채 식구들의 늦은 귀가를 기다렸다. 조는 내가 평생을 따뜻하게 지냈던 그 온기 속으로 다시 돌아가길 바라는 걸까? 그럼 지금보다 덜 외롭고 불안해 보이려나? 어쩐지 스스로조차 책임지지 못하는 어설픈 인간이 된 것 같아 씁쓸한 기분이 들었다.

"이런 말 우습겠지만, 나도 혼자 사는 나에게 적응하는 중이야. 그러니 시간이…"

나는 말을 멈추고 피식 헛웃음을 터뜨렸다.

'시간이 필요할 것 같네요. 젖은 상태에 따라 완전히 폐기해야 할 것도 있지만, 잘하면 대폭 할인 행사로 판매할 수 있거든요.'

누군가의 말처럼 시간이 좀 필요할 뿐이었다. 지금 내 선택이 잘못되었는지, 아니면 생각보다 괜찮은 결정이었는지는 시간을 들여 찬찬히 그리고 꼼꼼하게 들여다봐야 할 일이다.

"그래, 시간이 지나면 이 생활에 익숙해지겠지. 너랑 나, 우리 둘 다."

어딘가로부터, 또는 무언가로부터 떨어져 나온 존재들은 늘 불안하기 마련이다. 알을 깨고 나온 새처럼, 이제 막 허물을 벗은 갑각류처럼 위태로워 보인다. 엄마가 나에게 건넸던 따뜻한 미소와 안쓰러운 눈빛들이 사라진 집 안의 시린 냉기에, 우리 둘 모두는 서서히 적응할 것이다.

청양고추의 맵고 알싸한 맛이 쓰린 속을 자극했다. 나는 다 먹은 그릇을 정리한 후 방으로 돌아왔다. 가방에서 영작 숙제를 꺼내는데 툭 소리와 함께 책 한 권이 바닥으로 떨어졌다. 어제저녁 동네 책방에서 데려온 친구였다. 생각보다 아주 비싸게 산 시집을 나는 책꽂이 가장 잘 보이는 곳에 꽂아두었다. 창으로 들어온 햇살이 환하게 방을 밝히며 새로운 하루의 시작을 알렸다. 이제 슬슬 출근 준비를 할 시간이었다.

1층 복도에 멈춰서 기웃이 서점 쪽을 살폈다. 동네 책방을 잠시 들를까 하다 그냥 계단으로 올라섰다. 혹여 또 모를 일이다. 책값 정산이 생각보다 길어질지도….

학원 문이 열린 것을 보니 한 원장이 출근한 모양이었다. 흘낏 바라본 원장실 너머로 낯선 뒷모습이 보였는데 새하얀 은백색 머리가 시선을 붙잡았다. 학원 등록을 위한 방문이겠지만 지금껏 조부모가 상담을 온 적은 처음이었다.

교실로 들어가 노트북을 열고는 반별로 아이들 학습 진도를 검사했다. 대부분 착실하게 그날그날의 복습과 예습을 했지만 그중 몇몇은 여전히 지난달 단원에 머물러 있었고, 아직 배우지도 않은 곳까지 앞서간 아이도 있었다.

나는 상체를 의자 등받이에 기댄 채 잠시 화면에 시선을 두었다. 제각각의 학습 그래프를 보고 있자니 묘한 기분이 들었다. 일정하게 그래프가 상승하는 아이들은 성실한 걸까. 늘 제자리인 아이들은 게으른 걸까. 혼자 앞서가는 그래프의 주인공은 영특한 걸까.

그래프 상황만 봐서는 분명 그럴 터였다. 적어도 이곳에서만큼은…. 훗날 이들의 삶의 그래프가 어떻게 변할지. 결과는 나와 아이들 누구도 알 수 없다.

수업할 내용을 한 번 더 확인하는데 밖에서 노크 소리가 들렸다. 빠끔하게 열린 문틈으로 한 원장이 얼굴을 내밀었다. '바빠요?' 하고 묻는 입 모양을 보며 나는 대답 대신 몸을 일으켰다. 새 학생 등록으로 의논이 필요한 듯 보였다.

문을 열자 휴게실 가득 강한 커피향이 느껴졌다. 쌉싸름한 향기에 문득 어젯밤 일이 떠올라 저항 없이 웃음이 터졌다.

"왜요. 무슨 좋은 일 있어요?"

한 원장이 머그잔 가득 커피를 따르며 물었다.

"좋은 일이 있었으면 좋겠네요."

"그래요. 좋은 기대가 멋진 현실을 만들죠."

내가 지난밤 얼마나 멍청한 짓을 저질렀는지 알 리 없는 원장은, 내가 기대할 일이란 고작해야 변상해야 할 책값이 조금이라도 적어지길 바라는 수준이라는 걸 전혀 예상하지 못할 것이다.

잠시 뒤 책상 위에 커피 두 잔이 놓이고 빙긋이 웃던 원장의 얼굴에 난처한 표정이 번졌다. 그녀 역시 썩 유쾌하지 않은 하루를 시작한 모양인데, 나는 원장의 이야기를 기다리며 조용히 머그잔을 들어 올렸다.

"아까 보셨죠?"

"학원 등록 상담인가 봐요."

간혹 조부모 손을 잡고 학원에 오는 친구들이 있었다. 밖에서 손주들의 수업이 끝나기를 기다리는 할머니 할아버지 들도 계셨다. 그러나 한 번도 조부모가 학원 상담까지 하러 온 적은 없었다. 적어도 내가 이곳과 연을 맺은 후로는 그랬다.

"올해 일흔다섯이라고 하시네."

원장실에 뒷모습으로 앉아 있던, 세월이 하얗게 내린 은발이 떠올랐다. 일흔다섯이면 손주들도 얼추 성인이지 싶은데⋯.

"손주죠? 몇 학년이래요?"

"손주 입학 상담이 아니라…."

한 원장이 말끝을 흐리고는 손으로 이마를 매만졌다.

"본인이 등록할 수 있냐고."

아직 숙취가 남은 걸까? 나는 원장의 말을 잘못 이해했다고 믿었다.

"죄송해요. 잘못 들었어요. 누가 등록한다고요?"

원장이 들릴 듯 말 듯 끙 소리를 내뱉으며 입술을 달싹였다.

"잘 들은 거 맞아요. 손주가 아니라 본인이 이 학원에 등록해서 영어를 배우시겠대."

일흔이든 여든이든 영어를 시작하는 데 전혀 문제가 없겠지만 다만 배우려는 곳이 초등 영어 학원이면 이야기가 달라진다.

"주민 센터에서 시니어 영어 교실 운영하지 않아요? 복지관에서도 하는 것 같은데."

"신청자가 없어서 개설이 안 됐나 봐요."

"일반 어학원은?"

한 원장이 아무 말 없이 머그잔을 기울였다. 나는 그제야 그녀의 무거운 침묵을 눈치챌 수 있었다. 흑호동에서 영어를 배울 수 있는 곳은, 초등 영어 학원과 중고생들의 보습 학원이 전부였다. 성인들을 위한 곳은 지하철역과 대학가 주변에 몰려 있었는데 대부분 토익과 토플처럼 시험을 위한 어학원뿐이었다.

"재활용을 버리러 나오시다가 같은 빌라에 사는 애기 엄마를 만났대요."

애기 엄마 손에 들려 있던 게 호호 학원 초급반 영어 교재였다. 작년에 배운 오래된 교재를 버리러 나왔는데 마침 같은 동 할머니를 만나게 된 것이다.

'그 책 내가 좀 봐도 될까요?'

책은 판형이 컸다. 큼지막한 글자에 알록달록한 그림까지 들어 있었다.

'첫째 학원 교재였어요. 한참 전에 배웠던 거라.'

'딸아이 학원이 어디에 있는데요?'

'시장길로 쭉 내려가다 보면 3층 빨간 벽돌 건물이요. 1층에 세탁소 있는 그 건물 2층에 호호 영어 학원이라고….'

검버섯이 핀 손으로 들춰본 책은 모든 것이 마음에 들었다. 커다란 글자가 시원시원했고, 그림만 봐도 대략적인 상황이 이해되어 반가웠다. 이렇듯 친절한 교재로 영어를 배울 수 있다면 안성맞춤일 텐데, 때마침 그런 학원이 흑호동에 있다고 했다.

"그래서 이 학원에 등록하신다고요?"

내가 묻자 한 원장의 시선이 책장 가득 꽂힌 색색의 교재에 닿았다.

"막무가내로 등록하시겠다는 건 아녜요. 꼬맹이들만 다니는 곳이라 안 되는 거 알지만 그래도 혹시나 해서 물어만 보시는 거래요. 많이 곤란한 거 알고 있다면서…."

난감해하는 원장을 보며 나는 핸드폰에 설치된 외국어 관련 어플을 떠올렸다. 기술의 발전은 인간의 삶을 향상시킨다는데, 안타깝게도 모든 인간의 삶은 아니었다.

"초등 영어 학원이 뭐지?"

원장이 머그잔을 빙글빙글 돌리자 잔 안의 커피가 쏟아질 듯 넘실거렸다. 그 모습이 흡사 요술 항아리를 휘젓는 마법사처럼 보였다. 원장은 혹여 저 빨간 머그잔 속에서 연기와 함께 팡 하고 어떤 정답이 튀어나오길 기다리는 게 아닐까.

"초등 영어 학원은 초등학생들만 다니는 곳인가?"

그 질문의 명확한 답은 모르지만, 그저 내가 대답할 필요가 없다는 건 알 수 있었다.

"아니면 초등학생들도 배울 수 있을 정도로 쉽게 영어를 가르치는 곳인가?"

그녀가 빙글빙글 돌리던 머그잔을 내려놓았다. 빨간 요술 항아리가 어떤 답을 보여줬을지는 오직 그녀만이 알 수 있을 터다. 한 원장이 천천히 잔을 기울여 식어버린 커피 한 모금을 삼켰다.

***

학원과 집, 집과 학원 그리고 다시 학원과 집. 도돌이표 같은 동선은 내게 똑같은 일과를 던져주지만, 찬찬히 하루를 되짚어 보면 그날만의 특별함을 발견할 수 있었다. 아이들이 평소보다 적극적으로 수업에 참여했거나, 서먹했던 두 꼬맹이의 관계가 좋아졌거나, 결석생이 있었거나, 한 번도 질문한 적 없는 친구가 용감히 손을 들었거나, 'My name ○○○, I eight years old'처럼 'be 동사'와 거리를 두던 녀석이 'is'와 'am'을 자연스럽게 구사했거나 하는, 소소하지만 즐거운 순간을 찾아볼 수 있었다. 이런 의미에서 세상에 똑같은 하루는 존재할 수 없다고 믿지만, 오늘은 특별히 평소보다 지출을, 그것도 아주 많이 하게 될 날이라고 생각하며, 나는 힘 있게 동네 책방의 문을 열었다. 그 즉시 맑은 풍경 소리가 울리고 책에서 벗어난 서점 주인의 시선이 말끄러미 나를 바라보았다.

"진짜 오셨네요."

"설마 배상하기 싫어서 도망이라도 간 줄 알았어요?"

나는 흘러내리는 가방을 추켜올리고는 카운터로 걸어갔다.

"불안해서 사는 곳까지 몸소 확인하셨으면서, 그렇게 말씀하시면 안 되죠."

"그게 또 그런 의미가 되나요?"

물론 농담이지만 누군가 불안한 건 사실이겠고, 그 대상은 아마도 서점 주인보다 나일 확률이 높았다.

"대신 저녁 사주셨잖아요."

책 한두 권에 커피를 쏟았다면 그럭저럭 '대신'이란 말이 통하겠지만 어제는 누가 봐도 법을 운운할 만큼의 큰 사고였다.

"그래서 제가 배상해야 할 책들과 가격은 다 알고 계시죠? 밤새 한 권, 한 권 확인하셨을 텐데."

'한 권, 한 권'에 유독 힘주어 말하는 나를 보며 서점 주인이 희미하게 웃었다. 그 미소가 어쩐지 나를 더 불안하게 했다.

"설마 아직도 확인하고 있는 건 아니죠? 그 정도로 많은 책이 젖었다고는 생각하고 싶지 않은데."

내가 묻자 그가 멋쩍은 표정으로 목덜미를 쓸어내렸다.

"어떤 책이 얼마만큼 젖었는지는 압니다."

"그래서 총액이 얼마인지…."

나는 말끝을 흐리며 빠르게 주위를 살폈다. 지난밤의 악몽은 흔적 없이 말끔히 사라졌지만, 그 잔상은 여전히 내 눈에 남아 있었다.

"솔직히 제가 좋아서 진열해 놓긴 했는데 과연 팔릴 수 있을까 싶은 책들이 대부분이라…. 정말 원하는 주인을 만났으면 기뺐을 테지만, 그렇다고 이렇게 반강제로 떠넘기는 것도 썩 달갑지는 않네요."

처음부터 높은 수익을 원했다면, 상권마저 최악인 동네에 다른 것도 아닌 책방을 열진 않았을 것이다. 비록 그렇다고 해도, 눈앞의 남자가 이렇게까지 책에만 진심인 사람인지는 미처 몰랐다. 물론 그걸 안다는 게 더 이상하겠지만….

"모든 게 제 책임이죠. 반강제이긴 해도 덕분에 다양한 분야의 책은 접할 수 있잖아요. 물론 책들이 책장을 넘길 수 있을 만큼만 손상을 입었다는 가정하에 말이죠."

그러니 안심하라는 의미로 나는 가방에서 지갑을 꺼내 들었다. 한참을 물끄러미 내 손에 쥔 카드를 바라보다가 서점 주인이 싱긋이 웃었다.

"어쨌든 다양한 분야의 책은 접하고 싶으신 건 맞죠?"

서점 주인이 생존이 걸린 팍팍한 현실보다 고매한 꿈과 이상에 가치를 두는 사람이라는 사실을 알지 못했듯, 그의 미소가 무엇을 의미하는지도 파악할 수 없었다. 그래서 내가 할 수 있는 일이라고는 여전히 카드를 손에 쥔 채 어색하게 따라 웃는 것뿐이었다. 유리문 밖은 오후 햇살이 찬란히 빛나는데 내 마음속에는 추적추적 비가 내리기 시작했다. 나에게도 달콤한 초콜릿 우산이 필요한 날이었다. 아주, 몹시도 간절히….

***

열두 살의 어느 날이었다. 오후가 되자 맑았던 하늘에서 예고도 없이 굵은 빗줄기가 쏟아졌다. 학교 수업이 모두 끝난 후, 나는 빗속을 달려 집에 도착했다.

'우산은?'

온몸이 젖은 딸을 보며 아빠가 놀라 물었다. 그날 집에 왜 엄마가 아닌 아빠가 있었는지는 기억나지 않지만, 내 가방에는 늘 우산이 있었고 그 사실을 아빠도 알고 있다는 것은 또렷이 기억한다.

'친구 줬어.'

'왜?'

'오늘 새 옷 입고 왔대. 새 옷 젖으면 속상하잖아.'

아빠는 이런 나를 적잖이 불안한 시선으로 바라보았다. 친구가 실수로 찢은 체육복을 가져온 날도, 아픈 친구를 병원에 데려가느라 그냥 돌아온 소풍날도, 조별 과제를 혼자 도맡아 하던 날도, 아빠는 불편한 심기를 숨기지 않았다. 시간이 흐르고 나는 결국 아빠의 불안함이 무엇인지 깨닫게 되었다. 제 것 하나 야무지게 챙기지 못하는 아이. 남에게 이용만 당하는 물러터진 성격.

'그렇게 살면 안 돼. 너만 바보 되는 거야.'

이 말을 정확히 누가 했는지는 기억에서 사라졌다. 아빠? 아니면 주위 친구들? 아르바이트하던 카페 사장님? 어쩌면 정 과장이었는지도 모르겠다. 하지만 30대가 되어서도 나는 크게 달라지지 않았다. 회사에서 하루아침에 밀려났음에도 왜냐는 질문조차 하지 못했으니까.

권고사직에 아무 말이 없었던 건 어쩌면 이미 회사에서 마음이 떠났기 때문인지도 몰랐다. 그래서 그렇게 순순히 부당한 결정을 받아들였는지도…. S와의 이별도 별반 다르지 않았다. 그가 조금씩 멀어지고 있음을 오래전부터 느꼈으니까. 내가 무르거나 바보 같은 게 아니었다. 단지 쓸데없는 감정 낭비와 에너지 소모는 필요 없다고 생각했다. 이렇듯 남들이 불안해하는 성격은 나뿐인가 싶었는데, 엉뚱한 해프닝으로 굳건했던 그 믿음에 살짝 실금이 갔다.

그 서점 주인 말이야. 자신이 대단히 독특하고 관대한 사람이라고 어떻게든 내세우고 싶은 모양인데 나는 그냥 다 유치해 보여.

"언제부터 지켜봤던 거야?"

푸른빛의 조가 떨어지는 꽃잎처럼 살포시 내 가방 위에 내려앉았다.

새삼스럽게 그런 걸 왜 물어봐? 아무튼 썩 좋은 인상은 아니야. 그냥 책값 다 배상하고 발길 끊는 게 좋겠어. 사실 너도 좀 찝찝하잖아?

어쩌면 조의 말이 맞는지도 모르겠다. 하지만 찝찝하다는 표현엔 상당한 어폐가 있었다. 그저 조금 이상하다는 느낌만 받았을 뿐이니까.

'판매를 할 수 없는 책은 총 열두 권입니다. 어차피 젖지 않았어도 찾는 사람이 없다면 언젠가는 폐기 처분될 겁니다. 그러니 이렇게 하는 게 어때요? 앞으로 매달 책방에 있는 책 중 마음에 드는 한 권을 데려가 주세요. 그렇게 열두 번만 하면 됩니다.'

결국 한 달에 한 번 서점에 들르라는 소린데 나같이 계산이 무른 사람조차 이해할 수 없는, 전혀 셈이 맞지 않는 거래였다. 열두 권의 책을 파손시켰는데, 새로운 열두 권을, 그것도 내가 원하는 새 책으로 구매한다? 커피에 젖어 엉망이 된 고가의 책들을 떠올리면 서점 주인에게는 100퍼센트 손해다.

'아니, 그러면….'

입술을 달싹이는 순간 책방 문이 열리더니 누군가 안으로 들어섰다. 동시에 서점 주인도 살뜰히 인사를 건네며 손님을 맞이했다. 손님이 문의한 책을 찾기 위해 바삐 움직이는 서점 주인을 보며 나는 문득 그런 생각이 들었다. 사람은 누구나 자신만의 셈법이 있고 그걸 꼭 타인에게 이해받을 필요는 없을 거라고….

"조, 다시 생각해 보면 전혀 이상하지 않아."

굳이 서점 주인의 셈법을 유추해 보자면, 단골을 만들겠다는 제안일 수도 있었다. 뭐가 되었든 한 가지는 분명했다. 나에게는 전혀 나쁘지 않은, 어쩌면 가장 좋은 거래라는 사실이다.

"이 동네에 터를 잡은 이상, 길게 보면 서점 주인에게도 꼭 밑지는 장사는 아닐 거야. 내가 열두 권을 살지 스물네 권을 살지 모르잖아."

길게 볼 수 있을지는 누구도 알 수 없지. 터를 잡은 것인지도 아직 확실치 않고. 현실적으로 서점이 오래갈 수 있는 시대는 아니잖아.

"오직 수익 창출이 목적이라면 애초에 서점은 안 했겠지. 그런 의미라면 오히려 더 오래가지 않을까?"

그래서 유치하다는 거야. 뭔가 그럴싸하게 보이려 하는 것 같다고. 네 말대로 수익 창출이 목적이 아니라면, 잘됐네. 보아하니 아이들 영어 단어 책도 있던데, 열두 권 한꺼번에 사서 반 아이들 선물로 주면 좋잖아. 깔끔하네. 손해배상도 하고, 아이들 교육에도 좋고.

"그건 아닌 것 같아."

왜?

그 질문에 명확한 답을 내놓을 수는 없었다. 다만 내가 계산대에 열두 권의 책을 내려놓고 카드를 건넨다면, 서점 주인이 썩 달가워하지 않을 것이다. 무엇보다 그런 행동은 내 쪽에서 원치 않았다.

'책과 사람이 있는 공간이 참 좋을 것 같아서요.'

서점 주인이 원하는 건, 책과 사람이었다. 이왕이면 그 사람들이 많이 왕래하거나, 그것조차 힘들다면 익숙한 사람이나마 자주 오기를 바라는 게 아닐까.

"엄연히 학원 교재가 있는데, 다른 책을 선물하라고? 동네 책방이 없어지기 전에 내가 먼저 호호 학원에서 잘리지 않을까?"

뭐 그것도 나쁘진 않겠네.

"지독한 악담이야."

아무튼 부탁이니 저 이상한 서점 주인과는 제발 엮이지 마. 너는 그 잘난 커피가 문제야. S와의 관계도 결국 커피가 도화선이 되었잖아.

"그건 저 도련님에게 악담이고."

가볍게 말했지만 진한 에스프레소를 삼킨 듯 마음이 씁쓸했다. 오래전 여름, 얼음이 녹아 밍밍해진 커피 한 잔을 도서관 책상에 올려놓지 않았다면, S와는 영원히 타인으로 지냈을까? 그랬다면 혹여 또 모를 일이다. 지금쯤 전혀 다른 사람과 더 비참한 끝을 보았을지도. 물론 이것 역시 쓸데없는 허황한 공상에 불과하겠지만….

네가 입버릇처럼 말하는 그 잘난 '인간'이 가장 위험할 때가 언제인지 알아?

나는 걸음을 멈추고 어깨에 멘 가방을 내려다보았다. 봄의 벚꽃잎과 가을 낙엽 그리고 겨울 눈송이처럼, 반짝이는 작은 빛,

나만의 조가 이곳에 있었다.

 나름 이런저런 경험을 했고, 그 덕에 인생을 좀 안다고 생각하는 바로 그때야.

그 말을 끝으로 나의 조는 가볍게 떠올라 햇살 속으로 스며들었다. 나는 멍하니 한자리에 서서 빛이 사라진 허공을 응시했다.

"아니, 인간의 하루하루는 늘 위태롭고 위험하지."

올 초, 고작 하루 사이에 나에게 무슨 일들이 일어났는지 벌써 잊은 걸까. 육체가 없는, 작은 빛으로 존재하는 조를 내가 이해하기란 불가능했다. 조 역시 인간의 몸으로 태어난 나를 완벽히 이해하지 못할 테지. 단순히 지켜보는 것과 그 삶을 살아내는 건 전혀 다른 차원의 일이니까.

"그래서 어른들은 그랬지, 말은 쉽다고."

계절은 부지런히 여름을 향해 움직이고 있었다. 나는 집에 도착하기 무섭게 샤워를 한 후 냉장고에서 시원한 보리차를 꺼내 마셨다. 젖은 머리를 선풍기로 말리다 눈을 들어 거실에 설치된 에어컨을 쳐다보았다. 벽지에 묻은 얼룩을 발견하듯, 코트 주머니에서 잃어버린 액세서리를 찾듯, 뜻하지 않은 시간, 생각지도 못한 순간에, 습관처럼 이곳에 살던 전 사람이 떠올랐다. 그가 지냈던 여름은 어땠을까. 지금보다 더워지면, 아직은 견딜 만해서, 에어컨 대신 나처럼 선풍기 앞에 앉아 어린아이처럼 '아~'

하는 장난을 쳤을까. 이곳에서 그가 생활했을 평범한 하루를 떠올리면 아직 다 마르지 않은 머리카락처럼 마음이 축축해지곤 했다. 힘없이 돌아가는 선풍기 날개는 이내 뜨거운 열기를 내보내고 나는 방으로 돌아와 책꽂이에 꽂힌 시집을 바라보았다.

'그 시집은 잘 있죠?'

'네. 아주 비싼 시집이라, 귀하신 몸 책꽂이에 얌전히 모셔두고 있습니다.'

목을 타고 흘러내리는 물기를 수건으로 닦는데 핸드폰이 울렸다. 화면에 한 원장에게서 온 메시지가 깜빡거렸다.

단 쌤 기초 꼬맹이들 반에 신입생 한 명 들어올 것 같아요.

젖은 손을 한 번 더 수건에 문질러 닦고는 키패드를 입력했다.

좋은 소식이네요.

고마워요.

그것이 한 원장이 보낸 마지막 메시지였다. 나는 어둠이 찾아온 진한 회색빛의 여름밤을 향해 시선을 돌렸다. 창에서 흘러나온 환한 불빛에 매미가 여전히 힘겹게 울었다. 사라져 버린 조는 아직 돌아오지 않았다.

***

x월 x일

처음에는 회사에서 잘렸다고 했다. 사귀던 남자 친구와도 헤어졌다고 덧붙였다. 설우는 "점심으로 중식 먹었어" 하고 말하듯 담담한 목소리로 이야기했다. 처음에는 장난이라고 믿었지만, 내 딸 설우는 그런 재미없는 농담을 할 성격이 아니었다. 권고사직과 이별보다 몇 배 더 충격적인 건 바로 설우의 독립이었다. 온전한 날개로도 불안할 텐데, 딸아이는 상처 입은 날개로 기어이 둥지를 떠나겠다고 했다. 왜 하필 지금…. 입안에서 맴도는 말은 결국 밖으로 꺼내지 못했다. 만약 설우가 권고사직을 당하지 않았다면, 남자 친구와 좋은 관계를 유지했다면, 나는 덜 불안했을까? 좋은 짝을 만나 결혼했다면 그때는 안심했을까? 아니, 딸이 언제 어떤 모습으로 집을 떠나도, 나는 두렵고 불안했을 것이다. 결국 알게 되었다. 설우가 불안한 게 아니었다. 딸을 떠나보내는 내 마음이 두려운 것이다. 남편은 언제나처럼 현실적인 문제를 가장 먼저 입에 올렸다. 설우가 일하게 된 학원이 영 탐탁지 않은 모양인데, 그렇다고 달라질 것은 없었다. 이제 남편도 알게 되었으니까. 세상에 영원한 것은 없고, 어느덧 딸은 자랐으며, 설우에게는 설우만의 인생이 있다는 진리를….

시간이 지날수록 남편은 달라지기 시작했다. 한때는 명함이 사라진, 그렇게 증명할 길이 없는 자신을 빈껍데기라 여겼다. 그러나 시간은 그의 뾰족해진 공허함마저 둥글게 마모시켰고 남편은 그 껍질에서 스스로 벗어날 수 있었다. 나 역시 이제는 생각을 바꿔야 할 때가 온 것 같았다. 설우를 보며 불안해하고 초조해하는 마음에서 그만 벗어나야 했다. 내 딸이 뭐든지 잘해내고, 언제나 현명하게 대처하리란 기대는 할 수 없었다. 세상 그 누구도 완벽한 삶을 살아내지 못할 테니까. 다만 오래전 설우와 함께했던 그 아이에게 간절히 부탁한다. 설우를 곁에서 보살펴 주고 늘 함께하기를….

***

"누구 할머니예요?"
"교실 말고 밖에서 기다려야 하는데."
"원장 쌤은 여기 없어요."

몇몇 녀석이 용감히 나서는 사이, 나머지 꼬마들은 새 학생을 곁눈질했다. 교실에 앉아 있던 은발의 학생은 무엇을 어떻게 말해야 할지 도통 모르겠다는 난감한 얼굴이 되었다.

사실 무엇을 어찌 설명해야 할지 모르는 건 나도 마찬가지였다. 잠시 안을 살피다가 모른 척 교실 문을 열자, 꼬맹이들이 느릿느릿 자리로 돌아가 앉았다.

"쌤…."

"여러분도 알다시피. 오늘 우리 반에 새로운 친구가 오셨… 아니, 왔어요."

친구란 말에 동그란 눈들이 두 배로 커졌다.

"할머닌데?"

"여기는 초등학생들만 다니는 학원이잖아요."

"어른들 배우는 영어 학원 있는데. 우리 삼촌도 어른 영어 학원 다니는데."

아이들은 종종 자신의 솔직함이 무례가 될 수 있다는 사실을 모른다. 상대의 감정보다 내 궁금증이 몇 배 더 중요하니까. 하긴 어른이라고 해서 상대에게 늘 예를 갖추지는 않지만….

"여기는 초등학생들이 영어를 배우는 학원이 맞아. 그런데 초등 영어부터 차근차근 배우고 싶은 분도 얼마든지 다닐 수 있다고 생각해."

"그런데 왜 우리 반이에요? 고학년 반도 있잖아요."

맨 앞자리에서 볼멘소리가 터져 나왔다. 영어 진도 그래프가 가장 높은 아이. 노골적인 적의를 드러내는 동그란 눈이 내 눈빛을 피하지 않았다. 절대 그럴 수 없다는 결의에 찬 얼굴이다.

"말했잖아. 영어는 기초가 중요하다고. 처음부터 차근차근 잘 배워야지. 너희처럼."

부러 환하게 웃어보지만 아이는 못마땅한 얼굴로 입술을 앙다물었다. 교실의 까맣고 동그란 시선들이 새 학생을 흘낏거리고는 자기들끼리 소곤거렸다. 다른 몇몇은 그새를 못 참고 장난치느라 바빴고 나머지는 전혀 관심 밖이라는 심상한 얼굴들이다. 그리고 새 학생은 큰 죄라도 지은 듯 좀처럼 고개를 들지 못했다. 과연 괜찮을까? 걱정하는 사이 짜증 섞인 목소리가 귓속을 파고들었다.

"학원이라고 돈만 내면 누구나 올 수 있나 봐?"

나는 한 번 더 앞자리로 시선을 던졌다. '내 말이 틀렸어요?' 하고 묻는 듯한 표정으로 아이는 꼿꼿하게 얼굴을 들었다. 나는 여전히 웃으며 두 손을 맞부딪쳤다.

"맞아. 여긴 영어 학원이야. 누구든지 초등 영어부터 배우고 싶은 사람은 올 수 있어. 바로 이해하는구나. 역시 똑똑한데?"

그 말을 끝으로 나는 수업을 시작했다. 아이들이 영어를 배우는 특별한 목적 따윈 없었다. 부모님 손에 이끌려서, 친구가 함께 다니자고 해서, 방과 후에도 딱히 갈 곳이 없어서. 이렇듯 영어와는 상관없는 이유로 온 경우가 많았다. 하지만 시작이 어떻든 간에 시간이 지날수록 조금씩 영어와 가까워졌다. 낯섦이 익숙해지다 친숙한 것으로 바뀌는 과정. 나는 그 변화를 아이들과 함께 경험하는 일이 즐거웠다. 낯선 세대와의 만남도 크게 다르지 않을 것이다. 처음은 어색하겠지만 머지않아 금세 가까워질 것이다.

모든 수업이 끝나고 꼬맹이들이 각자만의 'Good bye 인사'를 건네며 우르르 교실을 빠져나갔다. 오직 단 한 명만이 교실에 남아 느린 동작으로 몸을 일으켰다.

"선생님."

쌤이 아닌 선생님. 그 평범한 한마디가 묵직하게 들려왔다. 나는 부러 담담한 듯 "네"라고 대답했다.

"아무래도 제가…."

"온라인 학습까지는 힘드시죠? 책에 있는 내용을 아이들이 재미있게 공부할 수 있도록 만든 컴퓨터 프로그램인데 사실 별거 없어요. 책으로 충분히 하실 수 있으니까 온라인 학습은 당분간은 안 하셔도 돼요."

새 원생의 표정만으로 눈치챌 수 있었다. 꼬마들이 어떤 반응을 보일지 충분히 예상했던 것처럼. 하지만 수업은 평소처럼 재미있게 끝냈고, 크게 문제 될 건 없었다.

"수업은 어떠세요?"

내 질문에 새 원생은 수줍은 듯 작은 목소리로 대답했다.

"무슨 말인지 모르겠지만, 앞으로 부지런히 배우겠습니다."

"금방 적응하실 거예요."

"…."

"반 아이들도 곧 적응할 거고요."

"원장 선생님이 우선 일주일 다녀보라고 했어요. 그 뒤에도 괜찮으면 등록하라고 해서…."

"모든 학원생은 일주일의 임시 등원 기간을 거쳐요. 일주일 동안 충분히 다녀보시고 그 뒤에 정식 등록을 하시면 되세요."

아이들의 학원 등록은 전적으로 보호자에 의해 결정되는데, 일주일 임시 등원 기간을 다 채우는 경우는 많지 않았다. 길어야 3일 안에 학원을 다닐지 판단을 끝내니까. 하지만 보호자가 본인인, 이런 특수한 상황에서는 조금 더 신중한 선택이 필요할 것이다.

"감사합니다."

새 원생이 천천히 고개를 숙이고, 동시에 나도 깊게 허리를 굽혔다.

"선자 님. 내일 봬요."

선자 님이 한 번 더 고개를 숙인 후 교실을 빠져나갔다. 나는 책상 사이를 지나며 바닥에 떨어진 쓰레기들을 주워 휴지통에 넣었다. 교실 밖으로 고학년들의 시원한 웃음소리가 들려왔다. 한 원장의 수업은 늘 재미있고 유쾌했다.

새로운 학생에게 뭘 물어보고 싶었던 거야?

고개를 돌리자 화이트보드에 푸른빛이 반짝였다. 나는 잠시 밖을 확인하고는 조용히 교실 문을 닫았다. 조가 민들레 홀씨처럼 날아와 맨 앞자리 책상에 앉았다.

"뭐가?"

너 머뭇거렸잖아. 상대에게 뭘 물어보고 싶을 때, 바로 그 표정이야.

"너는 좋겠다. 내 표정도 읽을 수 있어서."

만약 조에게도 육체가 있었다면, 나도 표정을 읽을 수 있었을까. 지금 조가 무슨 생각을 하며 어떤 감정인지를? 우리는 쌍둥이였을 테니 아마 더 쉽게 느꼈겠지.

새로운 원생에게 쌤은 대체 뭐가 궁금하셨나요?

조의 질문에 나는 화이트보드에 쓴 알파벳과 파닉스 발음을 하나둘 지워나갔다.

"영어 공부를 왜 시작하려는지."

물어보면 되잖아.

"실례잖아."

내가 대답하자 책상에 있던 조가 가볍게 떠올라 눈높이에서 반짝였다.

그게 실례야?

"응. 그 질문은 실례야."

왜?

"솔직하게 답하기 어려울 수도 있잖아."

입학 상담을 할 때마다 원장은 아이들에게 물었다. '왜 영어 공부를 하고 싶어?' 그 질문에 가장 많이 돌아온 대답은 '엄마가 하래요'였고 '몰라요'가 그 뒤를 따랐다. 그 모습을 보며 나는 '왜?'라는 질문에 머뭇거리는 건 오히려 어른들이라는 생각이 들었다. 왜 그 일을 선택했는지, 왜 계속 이어가는지, 왜 그런 결정을 내렸는지, 그리고 왜 하필 그 사람인지…. 이렇듯 자신의 결정에 더는 타인의 평계를 댈 수도, '몰라요'처럼 무책임한 대답을 할 수도 없는, 그 잘난 어른이 되면 깨닫는다. '왜'라는 질문에 답을 하기가 점점 더 어려워진다는 사실을. 그러니 상대에게 함부로 물음표를 던져서는 안 된다.

***

삶이 힘든 건 기쁘고 행복한 순간보다 불쾌하고 야속한 날들이 빈번하고, 혹시나 하는 좋은 예감보다 설마 싶은 불길함이 현실이 될 확률이 높기 때문이다.

전화를 받던 한 원장의 얼굴이 눈에 띄게 굳어갔는데 무엇 때문인지 얼추 짐작되었다. 통화를 끝낸 후 그녀는 애써 웃었지만 이미 늦어버렸다. 내가 생각하는 그 일이 아니길 바라면서도 또렷이 느낄 수 있었다. 현실의 추는 이번에도 안 좋은 예감 쪽으로 기울어지기 시작했다.

"무슨 일이에요?"

"그게….".

한 원장이 말을 멈추고 두 손으로 머리를 쓸어 넘겼다.

"내가 너무 단순하게 생각했나 봐."

그녀가 말한 '단순한 생각' 역시 짐작 가능했다. 그럼 주어는 '나'가 아니라 '우리'가 되어야 하지 않을까? 나는 시선을 돌려 벽에 쓴 '호호 영어 학원에 오신 걸 환영합니다' 문구를 바라보았다. 아직은 작은 맹수들이 들이닥치기 전이라, 원장의 그 단순한 생각을 들을 시간은 충분했다. 내가 휴게실을 향해 걸음을 옮기자 등 뒤에서 또각또각 원장의 슬리퍼 소리가 들려왔다.

"초등 영어 학원에서 왜 나이 든 할머니를 받느냐는 거야. 아이가 창피해서 학원 다니기 싫다고 했나 봐."

"누구예요?"

잠시 내 눈치를 살피던 원장이 조심스레 입을 열었다.

"단 쌤네 똘똘이."

원장이 우리 반에서 '똘똘이'라 부르는 아이는 한 명뿐이었다. 가장 많은 단어를 외우고, 가장 멀리까지 간 그래프의 주인공.

"아이가 당연히 그럴 수 있지. 내가 잘못한 거야."

"I가 아니라 we죠."

주어를 정정하자 그녀가 씁쓸하게 웃었다. 학원 뒷자리에 웬 낯선 할머니가 앉아 있는데 선생님은 태연히 새로운 반 친구라 소개했다. 어젯밤 분명 여러 말들이 오갔겠지만, 이런 노골적인 항의 전화를 받을지는 미처 생각지 못했다.

"저희 반 학부모님들에게 단체 문자 보내도 되죠?"

한 가지 분명한 사실은 우리가 안일했다는 것이다. 아이들을 통하기 전에 이쪽에서 먼저 새 원생을 공지했어야 했는데 미처 그러지 못했다.

"괜찮을까요?"

한 원장이 미간에 주름을 새기며 걱정스레 물었다.

"결과를 봐야죠."

결과를 도출하는 과정은 단순했다. 그냥 있는 사실 그대로를 공지하고 그에 따른 사람들의 의견을 통합하는 게 전부였다. 그 후의 일은… 그때 다시 생각해 보면 될 것이다.

이 녀석이 대체 무슨 소리를 하는 건가 하고 그냥 흘려들었는데 할머니가 왔다는 말이 그 뜻이었네요. 할머니가 문제가 아니라, 제 아들 녀석이 문제죠. 왜 이렇게 공부를 안 하는지.

오히려 아이들에게 좋은 교육이 되지 않을까요? 배움에는 나이가 없다고 하잖아요. 저희 아이는 크게 상관없을 것 같아요.

저는 몰랐습니다. 아이가 말을 안 했어요. 오늘 한번 물어볼게요. 그런데 워낙 남에게 무심한 성격이라 크게 신경 안 쓸 거예요. 그랬으면 벌써 말했겠죠. 그나저나 우리 딸 수업은 적극적으로 참여하나요?

물론 모든 학부모가 긍정적인 의견만 전한 건 아니었다.

아니, 왜 굳이 초등 영어 학원에서… 다른 곳에서 배울 수 있잖아요.

아이는 재미있어하는데 솔직히 저는 썩 달갑지는 않습니다. 선생님은 안 불편하세요? 여러모로 수업에 지장이 있을 것 같은데요?

한 달 정도라면 괜찮아요. 오래 다니실 거 아니죠?

초등 영어 전문 학원이니 학부모들의 걱정과 염려는 당연했다. 그러나 원장의 우려와 달리 긍정적인 답변이 많았다. 썩 내키지 않지만 아이만 좋다면 그냥 넘어가겠다는 유연한 반응도 있었다.

"똘똘이는 반을 바꾸면 돼요. 워낙 잘하는 아이라 언니 오빠들하고 해도 충분하니까. 사실 월반을 시켜야 하나 전부터 고민하고 있었거든요."

시작이 다소 삐걱거렸지만 결국 무사히 반을 꾸리게 되었다. 늘 앞서가는 똘똘이는 월반을 했고, 선자 님은 기초반 학생이 되었다. 나는 처음으로 보호자와 학생란에 같은 이름과 연락처를 기록하는, 어쩐지 기분이 오묘해지는 경험을 하게 되었다.

어린아이들은 물과 같아서 쉽게 스며들고 가볍게 모양을 바꿨다. 처음에는 어색해하던 선자 님에게 허물없이 다가갔고, 가끔은 자신들이 즐겨 먹던 사탕과 젤리를 새 원생에게 건네는 따뜻하고 예쁜 마음도 보여주었다.

"그런데요. 이거 어디서 샀어요?"

"시장에서 팔아요?"

"얼마예요?"

수업이 시작되기 전 작은 손가락들이 색색의 헝겊 필통과 파우치를 가리켰다.

"이거? 산 거 아닌데?"

선자 님이 눈가에 웃는 주름을 만들자, 사방에서 질문들이 날아들었다.

"선물 받았어요?"

"아니면 누가 사줬어요?"

"누가 사준 게 아니라, 내가 만들었지."

선자 님의 한마디에 동그란 눈들이, 손에 쥔 막대 사탕만큼이나 커졌다.

"어떻게 만들어요? 진짜 만들었어요?"

"되게 예쁘다."

아이들은 선자 님의 오방색 파우치와 필통을 궁금해했다. 그 외에는 모두 관심 밖이었다. 선자 님의 정확한 나이와 영어를 배우는 목적과 자신들과 같은 학원에 다니는 이유 따위 묻지 않았다. 혹여 어른이 된다는 건 삶의 너무 많은 물음표를 지니게 되는 게 아닐까? 아이들을 보며 나는 문득 씁쓸한 생각이 들었다.

다음 날, 선자 님은 반 친구 모두에게 손수 만든 필통과 파우치를 선물했다. 교실은 단번에 축제 분위기가 되었고 와자지껄한 소란이 학원 전체를 들썩이게 했다.

"애기들 것 만들다가, 선생님이랑 원장님도 생각나서요. 젊은 분들은 이런 거 촌스러워서 싫어하시겠지만…."

주름진 손에 들린 고운 비단 파우치를 나는 선뜻 받지 못했다.

"이 귀한 것을…."

"귀하기는 무슨. 미싱 몇 번 돌리면 되는 걸. 혹시 더 필요하시면 말해요."

선자 님이 내 손에 꼭 쥐여준 파우치는 한여름 들꽃처럼 곱고 영롱한 빛깔로 반짝였다. 반 아이들 모두의 손에는 그 고운 빛과 따뜻한 온기가 들려 있었다.

"어머 세상에, 너무 예쁘다. 어쩌면 이렇게 곱게 만드셨을까? 색 조합 봐봐. 돈 주고도 못 구할 진짜 명품이네."

원장의 말처럼 단순한 파우치가 아니었다. 비단의 색감과 문양, 액세서리 하나까지 정교한 계산 끝에 탄생한 하나의 작품이었다.

"그러게요. 예술 작품이 따로 없네요."

"세상에 이걸 단 쌤 반 아이들 모두에게 선물로…."

순간 휴게실 밖이 소란스러웠다. 나와 한 원장의 시선이 돌아선 문밖에서 몇몇 아이들이 비단 파우치를 흔들며 소리치고 있었다.

"이거 우리 반 할머니가 만들어 줬다. 되게 예쁘지? 우리 엄마

줄 거야."

"너도 우리 반에 있었으면 받았을 텐데."

"할머니 싫다고 갔잖아. 쟤는 못 받아."

"맞아, 너 할머니 싫어했지."

아무래도 똘똘이에게 좋지 않은 문제가 생긴 모양이었다. 선물을 자랑할 목적인지, 상급반으로 가버린 친구가 얄미운 것인지 알 수 없지만 어쨌든 아이들은 말려야 했다.

"됐거든. 난 그렇게 촌스러운 거 싫어."

똘똘이의 암팡진 목소리와 동시에 벌컥 한 원장의 교실 문이 열렸다.

"야, 너희 반 할머니가 친구 놀리라고 선물 주셨겠냐? 할머니 서운해하시겠다."

그 한마디에 꼬맹이들이 나유의 눈치를 살피더니 슬금슬금 반으로 돌아갔다. 아이들에겐 그들만의 질서가 존재했고 그 세계에선 때론 어른보다 선배의 영향력이 훨씬 더 강했다. 나유가 똘똘이의 머리를 쓰다듬고는 벌컥 휴게실 문을 열어젖혔다.

"쌤, 저 깜빡하고 학교에 영어책 두고 왔어요. 오늘 단원만 복사해 주세요."

"너는 또…."

가볍게 눈을 흘기면서도 한 원장은 순순히 자리에서 일어나

복사기 버튼을 눌렀다.

"이거 어때?"

나유의 시선이 내가 건넨 비단 파우치에 닿았다.

"예뻐요."

"자, 그럼 네가 써."

"선물 받은 걸 그렇게 함부로 주면 안 되죠."

"나 손 떨리는 거 안 보여? 동생들 중재 잘해준 게 고마워서 그래."

"됐어요. 나는 그렇게 예쁜 건 부담스러워서 못 쓰겠어요. 주려거든 아까 그 꼬맹이 주세요. 말은 그렇게 해도 되게 갖고 싶어 하는 눈치…. 아, 쌤 감사합니다. 오늘 단원은 책에 다시 옮겨 적을게요."

이 말을 끝으로 나유가 뒤돌아 유유히 휴게실을 빠져나갔다.

"단 쌤, 나는 어른스럽다는 말이 절대 좋게 들리지 않아."

"…."

"내가 어른이 되어보니까. 그 말 점점 별로더라."

한 원장이 입술을 비죽이며 문으로 걸어갔다. 곧 수업이 시작될 것이다.

***

마지막 수업까지 모두 끝내고 자리에 앉아 노트북을 열었다. 오늘 진행했던 수업 일지를 적는데 밖에서 노크 소리가 들려왔다. 무심코 고개를 돌린 곳에 선자 님이 서 있었다.

"혹시 두고 가신 것 있으세요?"

학원에서 주인을 잃어버린 물건이라고 해봤자 낡은 지우개가 전부였다. 잠시 머뭇거리던 선자 님이 들고 있던 가방을 열었다.

"다른 반으로 간 그 애기한테 전해주세요. 사실 한 번에 다 같이 만들기는 했는데… 아이고! 선생님께 이런 것까지 부탁하고 참 주책없는 짓이네요."

나는 손톱이 반쯤 사라진 엄지와 그 손에 들린 비단 필통을 바라보았다.

"직접 주시죠?"

"내가 주면 안 받을 것 같아서…."

새 원생은 이미 알고 있었다. 똘똘한 그 아이가 어떤 성격인지. 그러나 그 암팡진 표정으로도 숨길 수 없는 부러움과 서운함까지. 선자 님은 아이의 속마음마저 훤히 꿰뚫고 있었다.

"안 바쁘시면 차 한잔하실래요?"

"늙은이가 바쁠 게 뭐 있나요. 선생님 귀한 시간 빼앗는 게 죄송스럽죠."

"저희 영어만 가르치지 않습니다."

"…."

"학생들 상담도 자주 해요. 그 시간이 영어 가르치는 것보다 훨씬 중요하거든요."

잠시 뒤 책상에 놓인 두 개의 머그잔을 보며 선자 님은 교무실에 불려 온 학생처럼 긴장했다. 타인을 이해하는 건 타국의 언어를 배우는 일만큼 오랜 시간이 필요했고, 그 평범한 진실을 나는 이 작은 영어 학원에서 알게 되었다. 어색한 공기를 거둬 내려 애써 웃음을 보이자 선자 님이 조심히 입을 열었다.

"거짓말이었어요."

'네?' 하고 묻는 듯한 눈빛을 비치자 선자 님이 눈가에 웃는 주름을 만들었다.

"그 애기 필통은 처음부터 안 만들었습니다. 우리 반 애기들 것만 만들었어요. 그 애기 것은 수업 끝나고 집에 돌아가서 부랴부랴 새로 만들었죠. 이 나이 먹고도 심보가 간장 종지보다 작으니 어쩔까요?"

"저라도 그랬을 거예요."

그 아이는 똑똑한 게 아니라 영악하다고 생각했다. 대체 뭐가 창피하고 뭐가 문제란 말인가. 교실 뒤에 있는 듯 없는 듯 조용히 수업만 듣겠다는데 그게 얼마나 큰 방해가 된다고 그 소란을 피웠을까. 얄미웠고 괘씸했다. 그 아이를 떠올릴 때마다 무례하게 느껴졌다.

내가 나유에게 선물을 건넨 건 바로 이런 이유에서였다. 나 대신 그 아이를 지켜주어서 고맙고 대견했다. 나는 그렇듯 온화한 눈빛으로 아이를 볼 수 없을 테니까. 덕분에 티스푼보다 작은 마음속에 가득 찬 치졸함을 들키지 않을 수 있었다. 원장의 한탄처럼 어른스럽다는 말 너무 별로라 생각했다.

"웬 늙은이가 교실에 앉아 있으니 충분히 싫어할 만해요."

"오히려 아이들에게 좋은 교육이 될 것 같다는 분들도 있었어요."

모두 같은 마음은 아니라 해도, 분명 그렇게 말해준 사람은 있었다.

"사는 게 하도 빡빡해서 마음도 철 수세미처럼 거칠고 뾰족하게 변했나 봐요."

마음이 거친 사람은 자신을 거부한 상대를 위해 재봉틀을 돌리지 못한다. 마음이 뾰족한 이는 자신의 마음이 송곳 같다고 느끼지 못한다.

"수업은 어떠세요?"

화제를 돌리자 선자 님의 얼굴에 금세 민망함이 번졌다.

"사실 영어는 고사하고 한국말로도 날짜 요일이 생각 안 나요. 이 나이 되면 당최 기억력이 딸려서요."

"잘하고 계세요."

"잘하기는요"라고 말하며 선자 님은 두 손으로 살포시 머그잔을 감쌌다.

"선생님은 왜 안 물어보세요?"

"…."

"처음 상담할 때 원장 선생님도 안 물어보시더니, 선생님도 안 물어보시네요. 다 늦은 나이에 왜 영어 공부를 하는지."

나는 조용히 선자 님을 바라보다 커피 한 모금을 마셨다.

"아이들은 어쩔 수 없이 학원에 오는 경우가 대부분이에요. 그런데 선자 님은 아니시잖아요. 답은 그것으로 충분하다고 생각합니다."

그럴싸한 거짓이었다. 선자 님이 학원을 등록한 이유를 알고 싶었고 몇 가지 가능성을 생각한 적도 있었다. 하지만 어디까지나 추측일 뿐이었다. 그리고 나의 이 어설픈 연극을 눈이 깊은 선자 님은 정확히 읽어 냈다.

"선생님, 그래도 이상했죠?"

"이상하게 생각한 적 없습니다. 다만 조금 궁금하긴 했어요."

"왜 아니겠어요."

선자 님이 머그잔을 들어 가만히 목을 축였다.

"칠십 넘을 때까지 늘 쓸모 있는 일만 했어요. 바느질을 배워 한복을 만들었고, 미싱 배워서 공장에서 일했어요. 큰 식당에서 어깨너머로 요리를 배워서 밥집도 차렸고요. 시장에서 반찬 가게도 했네요. 그렇게 한시도 쉬지 않고 동동거리며 살아왔어요. 어쩌겠어요. 남편은 일찍 세상을 떴는데 어린 세 아이는 누가 키워요. 일이 없으면 불안했고, 뭐라도 하지 않으면 죄인이 된 듯 마음이 무거웠어요. 그렇게 살다 보니 어느덧 이 나이가 돼버렸더라고요. 다행히 아직 기력이 남아서, 조각보 이어 붙여 손가방도 만들고 얇은 이불도 만들고 해요. 요즘은 또 그런 것만 찾는 사람이 있다나? 인터넷으로 공예품인가 뭔가를 파는 가게가 있는데, 거기 젊은 사장이 내가 만들기만 하면 다 쓸어 가요. 눈이 침침해져서 그렇지, 아직 벌이는 있어요. 하긴 이 짓도 얼마나 더 하겠어요?"

한 원장의 수업도 끝났는지 교실 밖이 시끄러웠다. 늘 하루가 바쁜 아이들은 징검다리를 건너듯 폴짝거리며 이 학원에서 저 학원으로 넘어갔다. 저 아이들도 세상에 쓸모 있는 것을 배우기 위해 분투하는 것일까. 쓸모 있는 존재가 되려 노력하는 것일까.

잠시 교실 밖으로 시선을 두던 선자 님이 나를 향해 고개를 돌리고는 가만가만 말을 이었다.

"나는 남들처럼 바다 건너 남의 나라 가는 것도 싫어요. 태어나서 비행기는 제주도 갈 때 몇 번 타본 게 전부네요. 남들은 효도 관광이다, 계 모임이다, 비행기 타고 곧잘 해외도 가지만, 나는 딱 싫어요. 그런데 영어 배운다고 하면 다들 약속한 것처럼, 해외 가서 써먹으려고 그러는 줄 알아요. 치매 예방하는 거냐고 하는 사람도 있고."

선자 님의 '다들' 속에는 나도 포함되어 있었다. 일흔이 넘은 나이에 영어를 배운다고 했을 때, 제일 먼저 든 생각은 여유로운 노년의 삶과 해외여행이었다.

"나는 아마 죽을 때까지 해외는 나가지 않을 거예요. 외국 사람을 만날 일도 없고. 외국말을 알아듣지도 못할 거예요. 영어로 쓴 책을 술술 읽지도 못할 겁니다. 영어 공부는 얼마 남지 않은 제 인생에서 가장 무용한 일이 될 거예요."

주름진 눈가가 반원을 그리더니 고운 시선이 머그잔 속으로 떨어졌다.

"선생님. 나는 그걸 꼭 한번 해보고 싶었어요."

"…"

"쓸모없는 일이요. 배워봤자 제대로 써먹지도 못할 일. 잘할 수도 없고 잘하지 못해도 되는 완벽하게 무용한 것을 배우고 싶었어요."

"…"

"죽기 전에 그걸 꼭 한번 경험해 보고 싶네요."

쓸모없고 무용한 일. 잘하지 못하고 잘할 수도 없는 것들에 바치는 시간. 그것들이 완벽히 사라진 삶을 우리는 과연 무엇이라 부를까. 눈앞으로 세월에 마모된 진회색 눈동자가 여리게 흔들렸다.

"주책이 따로 없네요. 선생님 앞에서 괜한 소리를. 아무튼 잘 부탁드려요. 열심히 외우는데 돌아서면 금방 잊어버리네요. 머리가 굳어서 당최…."

"열심히 하지 마세요. 이제 열심히 안 하셔도 되세요. 그냥 대충대충, 설렁설렁 하고 싶은 만큼만 하세요."

충분히 고귀한 삶이었지만, 동시에 너무 고단한 인생이었다. 그러니 그만 열심히 살고 그만 쓸모 있고 싶었을 터다. 이제는 충분히 쉬면서 무용한 시간을 보내고 싶었겠지. 그것이 죄책감이 아닌 진짜 삶이라는 사실을 선자 님도 조금씩 알게 될 것이다.

"그래도 되세요."

교실 밖에서 게임을 하던 아이들이 왁자지껄한 소란을 피웠다. 다음 학원으로 이동하기 전 그 짧은 시간, 꼬맹이들은 약속처럼 핸드폰을 꺼내 들었다. 자투리 시간이 아니면 놀 수 없을 테고 저녁이면 핸드폰을 빼앗길 테니까. 시간은 모두 공평하다고 하지만, 무용한 시간과 여유를 가질 수 있는, 그래도 되는 사람들은 지극히 소수에 불과했다.

의자에서 몸을 일으키는 선자 님을 따라 나도 가뿐히 자리를 털어 냈다.

"용기 내기를 잘했네요."

새 원생이 정중히 고개를 숙였다. 나도 깊게 허리를 굽혔다.

다음 날 오후 나는 똘똘이를 휴게실로 불렀다. 아이는 뒷짐을 진 채 운동화로 쓱쓱 바닥을 밀어냈는데 시선은 고집스레 발끝에 묶여 있었다.

"우리 반 원생이 너한테 주는 거야. 네 것도 만들었는데 깜빡하고 못 가지고 왔대."

'이걸 왜요?' 하고 묻는 표정을 보며 나는 선자 님이 그랬듯 아이의 손에 살포시 비단 필통을 쥐여주었다.

"같은 반이었잖아."

두 사람이 함께한 날은 오직 이틀뿐이었다. 교실 맨 앞자리에 앉은 아이와 가장 끝에 앉은 선자 님의 거리는 두어 걸음밖에 되지 않았다. 하지만 두 사람 사이에는 그보다 먼 세월의 강이 흐르고 있었다.

"네가 꼭 받아줬으면 좋겠대."

아이는 더는 아무것도 묻지 않았다. 그저 한참을 제 손에 들린 필통만 쳐다보더니 조용히 뒤돌아 휴게실을 빠져나갔다. 아이가 다시 찾아온 건, 첫 수업이 끝난 후 휴게실에서 수업 자료를 준비하던 때였다.

"이거요."

나는 물끄러미 작은 손에 들린 막대 사탕을 내려다보았다. 그것이 무엇을 의미하는지 누구를 위한 건지 굳이 물을 필요는 없었다.

"그리고,"

아이는 내게 종이를 반으로 접고 그 반을 다시 접어 작아진 쪽지도 건넸다.

"이게 뭔데?"

내가 묻자 까만 두 눈은 또 한 번 고집스레 제 발끝만 쳐다보았다.

"할머니한테 전해주세요. 있잖아요… 틀린 건 선생님이 고쳐주세요."

그렇게 막대 사탕 두 개와 쪽지를 건넨 후 아이가 도망치듯 휴게실을 빠져나갔다. 나는 그제야 꼬깃꼬깃하게 접고 또 접은 종이를 조심히 열어보았다.

Hello. My name is Crystal. I'm 8 years old.

Your pencil case is very very beautiful. Thanks for giving me a present.

You are such a good grandmother. and I'm sorry.

마지막 한 줄 위에 내 시선이 오랫동안 머물렀다. 단순히 실력을 뽐내기 위해 영어로 쓴 것은 아니리라. 미안한 감정을 이렇게라도 에둘러 표현하고 싶었겠지. 아이는 분명 오늘 일을 오랫동안 기억할 터다. 삶과 시간, 나이 듦을 생각할 때마다, 어릴 적 학원 교실에 앉아 영어를 배우던 할머니를 떠올릴 터다. 선물을 받았을 때의 그 오묘한 기분을, 할머니에게 삐뚤빼뚤한 글씨로 영어 편지를 썼을 때의 그 미안한 마음을 결코 잊지 못할 터다. 그것이 진짜 선물이었음을 지혜로운 아이는 알게 되겠지. 그리고 또 한 사람, 넓고 거친 시간의 강을 건너온 그녀의 삶은 앞으로는 조금 다른 빛깔과 향기로 채워질 것이다.

나는 이곳에서 아이들에게 영어를 가르치고, 그보다 훨씬 다양한 언어를 그들에게서 배우는 중이다.

3부
그리고 서점 주인

두 눈을 끔뻑이는 엄마를 보며 나는 괜스레 얼굴을 쓰다듬었다. 뭐가 묻었으면 진즉에 손이 먼저 다가왔을 테다. 피부가 퍼석한 건 아침저녁으로 부는 쌀쌀한 바람 탓이겠고, 눈밑이 어두운 건 어젯밤 잠을 설쳤기 때문이다.

"이제 집에 간다는 말이 아주 자연스럽다?"

"난 또 뭐라고."

더 늦기 전에 집에 간다고 했는데, 그 한마디가 엄마의 심기를 건드린 모양이다.

"네 아빠도 집에 오면 이틀을 못 참고 다시 내려가 버린다. 답답하다나? 사람이 어떻게 그렇게 180도로 변할 수 있니?"

"변한 게 아니라 원래 모습으로 돌아간 것일 수도 있어."

엄마가 허탈한 웃음과 함께 고개를 끄덕였다.

"다 떠나가네."

"떠나간 게 아니라, 엄마에게 비로소 자유가 돌아온 거야."

"그 자유 만끽하라고 기어이 가겠다는 거야?"

엄마에겐 미안하지만, 내가 쉴 곳은 더는 이 집이 아니었다. 높고 좁고 시끄러운 빌라가 어느덧 세상에서 가장 편안한 안식처가 되었다.

"다음 주 수업 준비도 해야 하고, 하반기 수업은 또 어떻게 진행할지 고민해야 해."

시간이 늦저녁 태양처럼 한 해의 마지막을 향해 기울어진 탓에, 당장에 끝내야 할 일과 앞으로 계획해야 할 일들이 등 뒤에 그림자처럼 길게 따라붙었다.

"너희 동네 시장 국수가 그렇게 맛있다는데. 젊은 애들도 SNS에 올리고 아주 난리라며? 어떻게 알았는지 이모가 다음에 올라오면 꼭 맛봐야겠다더라. 하긴 요즘처럼 입소문이 무서운 세상도 없지."

엄마가 이렇게 말하고는 끙 소리를 내며 자리를 털어 냈다.

"뭐 챙겨주려거든 괜찮아. 나 이제 알아서 잘 먹어."

"그럼 과일이라도 좀 가져갈래?"

혼자 살면서 깨달은 것이 하나 있는데 과일과 채소는 부지런해야 먹을 수 있다는 사실이다. 지금까지 사놓고 방치해 버린 과일과 채소들을 생각하면, 죽어서 나태 지옥에 떨어지고도 남을 양이다.

"나 시장이 코앞인 동네에 살아. 요일별로 메뉴 바꿔가며 아주 잘 먹는다고. 엄마야말로 혼자 있다고 대충 때우지 말고 잘 드세요. 나 그만 갈게. 나오지 말아요."

택시를 부르겠다는 엄마를 만류하고 서둘러 현관을 벗어났다. 박봉의 월급으로 매일같이 아이들과 씨름하지만, 통장에 찍힌 숫자는 한없이 초라했다. 높은 언덕 위 좁고 낡은 빌라에 살며 여전히 뚜벅이로 다닌다. 믿는 구석도 내세울 것도 하나 없는 인생인 탓에 불편보다 불안이 앞서는 하루하루를 버티면서도, 삶의 야망이 갓난쟁이 주먹보다도 작아서 딱 그만큼의 욕망만을 움켜쥔 채 살아가고 있다. 솔직히 그것만큼 행운도 없지 않나 싶지만….

인생의 매섭고 시린 겨울이 지나가자, 그럭저럭 견딜 만한 봄이 찾아왔다. 유독 다산했던 여름도 어느덧 과거의 그림자 속으로 사라져 버렸다. 모든 사계엔 그 계절에만 누릴 수 있는 기쁨과 그 시절에는 반드시 감내해야 하는 어려움이 있다. 나 역시 내 삶에 순환하는 즐겁고 힘든 시간의 반복을 나름의 방식으로 잘 만끽하며 꿋꿋이 견뎌내고 있다.

눈을 들어 바라본 가로수는 잎을 모두 떨군 채 앙상한 가지로 남았다. 한 해가 너무 빠르고 아득하게 흘러가고 있었다. 한 걸음, 또 한걸음에 아쉬움을 느끼며 나는 지하철 계단을 내려갔다.

마냥 높게만 보이던 오르막길이 어느 틈에 익숙해졌다. 아무 생각 없이 경사진 길을 오르자 레고 블록을 닮은 빨간 건물이 눈앞에 나타났다. 건물 1층에 어깨를 나란히 하는 카페는 목요일, 세탁소는 일요일에만 간판 불이 꺼졌는데 서점은 지난 한 주 내내 불이 꺼져 있었다.

'내 말이 정확하죠? 부잣집 막내 도련님이 취미 삼아 반쯤 놀면서 하는 거라니까.'

책들에 커피를 쏟은 지도 벌써 3개월이 지났다. 그사이 나는 약속대로 동네 책방에서 세 권의 책을 샀고 서점 주인에게 시장표 도넛을 선물했다. 답례로 그는 커피를 내주었는데, 무슨 의도냐는 내 의미심장한 농담에는 그저 싱거운 웃음만 터트렸다. 서점을 조용히 채우던 이야기들은 도넛처럼 고소했고 식은 커피처럼 부드러웠다. 서점 주인은 자신만의 쉼표를 간직한 사람이었다. 이야기의 흐름이 끊겨도, 침묵이 찾아와도, 어색해하거나 불편해하지 않았다. 여전히 통성명조차 하지 않는, 서로가 서로에게 서점 주인과 2층 영어 학원 선생일 뿐이기에. 우리의 대화는 오히려 더 편안하고 풍성했다.

약속한 열두 권 중 아홉 권의 책을 더 사야 한다는 거래를 제외한다면 나와 서점 주인 사이에 알아야 할 것도 물어야 할 질문도 없었다. 동네 책방의 휴일이 제멋대로인 이유는 알 수 없지만, 어쨌든 그가 서점을 여유롭게 운영한다는 사실만은 충분히 눈치챌 수 있었다.

아직 갚아야 할 책이 아홉 권이나 남았고 책방이 또 언제 문을 닫을지 알 수 없기에 나는 차오르는 숨을 길게 내뱉고는 환하게 빛이 새어 나오는 서점을 향해 걸어갔다. 문을 열자 언제나처럼 맑은 풍경 소리가 손님을 맞이했고 그보다 한 템포 늦게 카운터에 앉아 있던 서점 주인이 고개를 돌렸다.

"안녕하세요."

나는 서점 주인의 인사를 모른 척하며 책들로 시선을 옮긴 채 대답했다.

"오랜만이네요."

"제가 손님에게 해야 할 인사를 오히려 듣게 됐네요."

그래서 쑥스럽다는 건지, 아니면 재미있다는 건지 알 수 없었다. 그의 서점 운영 방식이 얼마나 자유로운지는 내가 관여할 바는 아니나, 손님으로서 불편한 건 사실이었다.

"월요일에 퇴근하고 내려왔었어요. 이번 달 약속드린 책 사려고요."

내가 이곳에서 책을 고르는 한 가지 원칙이 있는데 원하는 책을 미리 알아보지 않는다는 것이다. 진열된 책 중 제목이든 표지든 끌리는 게 있으면 즉흥적으로 샀다. 그 원칙은 내게 새로운 책을 만나는 설렘을 안겨주었다. 지금까지 그렇게 소설과 시집을 선택했고, 철학과 미술사에 관한 책을 구매했다.

"이번 달 책이라… 다소 의무적으로 들리네요."

서점 주인의 심상한 목소리에 제목을 훑어가던 눈길이 카운터로 돌아섰다.

"원래 삶 자체가 다 의무적 아녜요?"

"아닌 사람도 있지 않을까요?"

서점 주인이 가볍게 어깨를 들썩였다. 물론 세상에는 삶이 의무가 아닌 사람도 있을 테지만, 그 무한한 자유로움이 어떤 느낌인지는 나처럼 평범한 인생이 알기는 어렵다.

"다른 일로 바쁘셨나 봐요?"

책에 시선을 둔 채 묻자 그가 마른 수건으로 상자에 담긴 책갈피들을 닦았다. 주인이 없는 사이 색색의 책갈피에 먼지가 쌓인 모양이었다.

"여행 좀 다녀왔습니다."

조금 피곤해 보인다 싶었지만, 어디를 다녀왔느냐는 질문은 생략했다. 원할 때 훌쩍 떠날 수 있는, 삶이 의무가 아닌 자들의 여유로움 또한 나와는 거리가 멀 테니까.

"한심하죠? 요즘 같은 불경기에 손님도 없는데 이렇듯 방만 경영이라니."

"그것도 나름의 능력이죠."

나는 느린 걸음으로 책들 사이를 거닐며 중얼거렸다. 수많은 책 속에는 아득한 시간이 고여 있지만, 정작 이 책을 지키는 주인은 그 시간에 구애받지 않았다. 내가 이 작은 동네 책방을 편안하게 느끼는 건, 이곳에는 알 수 없는 나른함이 고여 있기 때문이었다. 유리문에 매달린 맑은 풍경 소리처럼 이곳의 시간은 조금 더디게 흐르는 기분이었다. 나는 책 한 권을 집어 들고는 카운터로 걸어갔다.

제목을 읽던 서점 주인의 시선이 천천히 나에게로 옮겨 왔다.

"네 번째 책이네요."

"여덟 권 남았죠?"

"오늘은 카드 대신 다른 것으로 책값을 주시면 안 될까요?"

생각지도 못한 질문에 가방을 열던 손이 멈췄다. 동시에 내 시선도 서점 주인에게로 향했다.

"현금이요? 많이 없을 텐데…."

"진짜 그렇게 생각하는 겁니까?"

현금을 원한다는 뜻이 아니라는 걸 알고 있음에도 왜 보란 듯

이 지갑을 꺼냈을까. 그의 말처럼 나는 부러 그랬다.

"온종일 청소하느라 먼지만 잔뜩 마셨습니다. 점심도 간신히 김밥 한 줄로 때웠어요."

"고래 김밥은 아니죠?"

빙고를 외치는 듯한 표정을 보니, 더는 묻고 싶지 않았다.

"카드 대신 나한테 시간을 내주면 어때요?"

"…."

"맥주 한잔해요."

서점 주인이 카운터 쪽으로 상체를 숙이자 피곤한 얼굴이 조금 더 가까이 다가왔다. 그 순간 내가 왜 마음에도 없는 유치한 연극을 했는지 조금은 알 것 같았다. 어쩌면 나는 일주일 만에 불을 밝힌 동네 책방과 카운터에 앉아 있던 서점 주인에게 조금 서운했는지 모르겠다. 그리고 그 서운했던 마음만큼 조금은 반가웠는지도….

***

문을 열기 무섭게 텅 빈 홀이 나타났다. 손님의 등장이 의외라는 듯 어리둥절한 표정의 주인을 보며 나는 굳이 그 까닭을 물을 필요가 없을 것 같았다. 복고풍을 지향하는 인테리어라 하기엔 내부는 너무 낡았고, '세계 맥주'라는 간판이 무색하게 메뉴는 온통 평범한 맥주들뿐이었다.

"이곳의 주인도 어떤 분과 경영 철학이 비슷하신가 보네요."

"말에 뼈가 상당합니다."

서점 주인이 조용히 웃는 사이, 주문한 나초와 맥주가 테이블에 놓였다. 그가 먼저 가볍게 입술을 축였다.

"술 못하죠?"

"좋아합니다."

그는 짧게 대답하고는 맥주잔을 내려다보았다.

"어떻게 해석해야 하죠?"

"잘해야만 꼭 좋아할 수 있는 건 아니다. 그렇게 해석하면 됩니다."

현명한 대답이었다. 동시에 내 질문이 멍청했다는 뜻이기도 했다. 나는 빈 잔 가득 술을 채웠다.

"아직 여독이 안 풀렸나 봐요."

"그래 보입니까?"

마치 그렇게 하면 피곤함을 지울 수 있다는 듯이 서점 주인이 두 손으로 얼굴을 쓸어내렸다.

"혹시 그 친구와 함께 가셨나요?"

"…"

"다른 사람 말은 안 들어도 그 친구 말은 경청한다면서요. 이번에는 여행을 제안했나요?"

김빠진 맥주처럼 밍밍한 서점 주인의 웃음을 보며 나는 눅눅해진 나초 한 개를 입에 넣었다.

"글쎄요. 제안한 건 맞지만. 같이 갔는지, 가야 하는지 잘 모르겠네요."

"저는 과거 시제로 물어봤는데 대답은 미래 시제네요."

"영어 선생님다우십니다."

그가 맥주를 한 모금 마셨고 나도 따라 잔을 기울였다. 여행 얘기를 그만하자는 걸까. 친구에 관해서는 말하고 싶지 않다는 뜻일까. 어쩌면 둘 다일지도 모른다는 생각에 더는 묻지 않기로 했다.

"안의 크기는 괜찮으십니까?"

그사이 물음표는 다시 서점 주인에게로 옮겨 갔다.

"안의 크기가 불변하는 사람은 없죠."

내부의 고뇌든, 외적인 문제든, 안의 크기는 공기를 가득 빨아들인 폐처럼 부풀어 오르다, 놀란 심장처럼 단숨에 쪼그라든다. 매 순간 호흡하고 심장이 뛰듯 삶도 계속해서 움직일 수밖에 없다.

"서점 위가 영어 학원이라 EBS 교재를 들여놓은 건 아니죠?"

여행을 묻는 대신 대화의 방향을 책으로 틀었다. 굳이 상대가 저어하는 이야기를 계속할 이유는 없으니까.

"서점에 EBS 교재가 있는 게 이상한가요?"

"이상할 건 없지만, 독립 서점에서 쉽게 볼 수 있는 책은 아니라는 거죠."

"그런가요?"라고 되물으며 서점 주인이 흐리게 웃었다.

"그래도 몇 권 팔았습니다."

"한 권은 우리 학원에 다니는 친구가 샀을 거예요. 예비 중학 영어 교재."

누군지 기억난다는 눈빛으로 서점 주인이 고개를 끄덕였다.

"지난번에 도넛 사러 시장 갔었는데 다 팔렸더라고요."

"너무 늦게 가면 한 개도 못 건져요."

서점 주인은 도넛 대신 호두과자를 샀다며 그 특유의 고양이 같은 눈을 반짝였고, 사과는 생각보다 맛이 없었다는 실망감도 내비쳤다. 별다른 것 없는, 너무 평범해 지루하기까지 한 이야기들이 늦가을 바람처럼 게으르게 우리 두 사람을 스쳐 지나갔다. 내가 웃고 떠들며 연거푸 잔을 비우는 사이, 테이블에 빈 맥주병이 늘어갔고, 처음부터 눅눅했던 나초는 더는 누구도 손대지 않았다.

"오이가 맛있어 보여서 얼마냐고 물었더니, 할머니가 대뜸 '엄마가 오이 몇 개 사 오래?' 하시더라고요. 순간 당황해서 '전화로 물어볼까요?'라고 했는데 갑자기 아들놈들은 심부름 하나 야무지게 못 한다고 얼마나 뭐라 하시던지. 그 말씀에 옆에 계신 할머니가 '누구처럼 사업 말아먹은 아들보다야 심부름 못하는 아들이 낫지' 하며 혼잣말을 하시는 통에 곧바로 허공에 오이 당근 날아다니고, 아주 박진감 넘쳤죠."

서점 주인의 이야기에 입 밖으로 뿜어져 나오려던 맥주를 나는 간신히 삼켰다.

"학생으로 봤나 보다."

"설마요. 내일모레 서른인데."

나는 사과 봉지를 손에 쥔 채 호두과자를 먹는 그를 상상해 보았다. 마른 몸에 키가 큰, 주전부리하며 주위를 두리번거렸을 모습은, 엄마 심부름으로 시장에 온 남학생이라 해도 크게 문제 되지 않았을 터다.

"그래봤자 고등학교 졸업한 지 겨우 10년밖에 안 됐잖아요."

"저 고등학교 졸업 못 했습니다. 정규교육을 제대로 못 받았어요. 검정고시로 간신히 자격만 갖췄습니다."

'그랬나요?' 하고 아무렇지 않게 말해야 하는데, 생각은 늘 감정보다 한 걸음 더디게 찾아왔다. 순간적으로 굳어버린 얼굴은 바로 풀었지만 이미 늦어버렸다. 왜 정규교육을 받지 못했는지 솔직하게 묻는 게 자연스러울까, 아니면 별일 아니라는 듯 다시금 화제를 돌리는 게 좋을까. 내가 이런 바보 같은 고민을 하는 사이, 문밖에서는 오토바이의 거친 엔진음이 고요한 밤공기를 찢었다. 동시에 톡톡 손가락으로 테이블 두드리는 소리가 내 멍한 정신을 깨웠다. 맥주잔 속에 고여 있던 시선을 들자 서점 주인이 의아한 눈빛으로 물었다.

"내 말 못 들었죠? 무슨 생각을 그렇게 해요?"

"미안해요. 뭐라고 했는지…."

나는 여전히 바보 같은 생각에 사로잡혔고, 그는 의미를 알 수 없는 눈빛으로 건조하게 웃었다.

"그만 가죠."

의자가 바닥을 긁는 마찰음과 함께 껑충한 몸이 자리를 털고 일어났다. 계산을 끝낸 서점 주인이 사라진 후에야 반쯤 얼빠진 정신이 돌아왔다. 뭔가 계속해서 한 박자씩 놓치는 기분을 느끼며 나는 의자에서 일어났다. 밖으로 나오자 주머니에 손을 찔러 넣은 채 밤하늘을 올려다보는 뒷모습이 있었다. 가까이 다가가는 나를 향해 서점 주인이 느린 동작으로 몸을 돌려세웠다.

"밤바람이 차네요. 곧 겨울이 오겠어요."

그가 혼잣말처럼 내뱉고는 오르막길로 방향을 잡았다. 어느 틈에 이렇듯 자연스러워졌을까? 두 사람이 나란히 밤거리를 걸는 일이…. 그 대답은 서점 주인과 나 그 누구도 알 수 없었다. 싸늘한 가을바람이 마른 가지를 스쳐 지나가고, 아직 10시도 되지 않았는데 거리가 한산했다. 둥글게 차올랐다 서서히 야위어 가는 달이 가까이에서 머무는 동네였다. 그러나 그보다 밝은 네온사인을 쫓아 사람들이 아래로 더 아래로 내려가는 사이, 검은 호랑이가 살았던 흑호동은 노곤한 잠에 빠져들었다.

하늘에 걸린 달이 창백하게 빛나는 밤, 편의점에서 새어 나온 불빛이 바닥에 하얗게 얼룩을 그려 넣었다. 고개를 들자 익숙한 가로등이 커다란 눈을 권태롭게 끔뻑이며 제 아래를 굽어보고 있었다. 발소리에 놀란 길고양이가 어둠 속으로 몸을 숨겼다.

"오늘 시간 내주셔서 감사합니다."

"덕분에 목 안의 먼지를 씻어 낸 사람은 따로 있는 것 같네요."

"피곤하실 텐데 들어가 쉬세요."

그가 뒤돌아 등을 보인 순간, 가슴 한가득 이유를 알 수 없는 초조함이 밀려들었다. 뒤늦은 생각과 그보다 먼저 고개 든 감정이, 투명한 손이 되어 그의 옷깃을 붙잡았다. "저기요." 멋대로 튀어나온 한마디에 서점 주인이 걸음을 멈춰 세우고는 나를 향해 몸을 돌렸다. 성급한 걸음으로 다가가자 그와의 거리는 테이블이 가로놓였던 텅 빈 홀보다 조금 더 가까워졌다.

"혹시라도… 괜한 오해하지 마세요."

"뭐를요?"

막상 내뱉기는 했는데 무슨 말을 어떻게 해야 할지 알 수 없었다. 조급한 마음과 달리, 느긋한 머릿속은 아무것도 정리되지 않았다.

"졸업은… 정말 별 얘기 아닌데."

이런 말이 훨씬 더 불쾌할 수도 있겠지만 뭐든 말해야 했다. 문제는 정작 그게 정확히 무엇인지 나조차도 알지 못한다는 사실이다.

"겨우 그 생각에 골몰했던 거예요? 그래서 내가 물어봐도 못 들을 정도로?"

"단지 말할 타이밍을 놓쳤을 뿐이에요. 혹시 불쾌했다면 사과할게요."

"전혀요."

한 걸음 가까이 다가오는 서점 주인을 보며 나는 물러서지 않았다. 가로등 아래 새하얀 얼굴이 잡히지 않는 환영이 되어 아른거리고 얼음처럼 차가운 손이 부드럽게 내 얼굴을 스쳤다.

"그럴 필요 없습니다."

거짓말처럼 사람들이 모두 사라진 주말 밤이었다. 상점들이 일찍 문을 닫고 길고양이들이 온기를 찾아 헤매는 늦가을, 술에 취하고 싸늘한 밤공기에 취해서, 달의 어스름에 취하고 가로등의 몽롱한 불빛에 취해서, 그렇게 소리도 향기도 없이 다가오는 누군가의 얼굴을, 그 입술을 나는 그저 가만히 바라보고 있었다. 찰나의 순간 서늘하고 뜨거운 감정이, 낯설고도 익숙한 감각이 머릿속을 어지럽게 헤집어 놓는 사이, 뭉근한 열기가 가슴속 깊이 퍼져 나가며 내 어깨를 붙잡은 손가락의 미세한 떨림이 느껴졌다.

"내가 아까 무슨 말 했는지 정말 기억 안 나요?"

빗소리를 닮은 음성에 감았던 눈을 떴다. 내 앞에 서점 주인의 엷은 미소가 있었다.

"시장에 유명한 국숫집 같이 가줄 수 있냐고 물었는데."

겨우 국수 한 그릇을 얘기하려 그리 심각했었구나. 하지만 절대 '겨우'라 말할 수 없었다. 얼음이 녹아 밍밍해진 커피와 불어 터진 국수 한 그릇과 눅눅해진 나초 한 조각 같은, 이렇듯 맛도 멋도 없는 것 속에서 때론 기묘한 인연의 싹이 튼다. 그러니 인간의 삶에 겨우라 말할 수 있는 순간은 없다.

"금요일 저녁 괜찮아요?"

내가 대답하자 고양이 같은 눈을 반짝이며 그가 고개를 끄덕였다. 작열하던 태양도 힘을 잃고 무거운 초록의 외투를 벗어 던진 산과 들은 차분히 겨울을 기다렸다. 세상은 어지러운 색들을 지워 내며 또 한 번 새하얀 눈의 계절을 맞이할 준비가 한창이다. 창백한 달이 구름 뒤로 스며드는 사이 누군가의 뒷모습도 흐릿한 어둠 속으로 조금씩 사라지고 있었다.

***

너는 S랑 헤어질 때도 끔찍할 정도로 이성적이었지? 그토록 도도하신 현실주의자께서 어제는 왜 뇌는 사라지고 오직 심장만 남은 이상주의자처럼 행동했을까?

"네가 아무리 자유로운 존재라 해도, 남의 사생활을 마음껏 염탐할 자격은 없을 텐데. 그건 대단히 치졸한 범죄거든."

작은 푸른빛이 날아와 의자 등받이 위에서 반짝였다. 결코 적응할 수 없는 월요일이 다시 돌아왔지만, 우선은 쓰린 속부터 달래야 했다. 학원 수업 준비는 뇌를 재부팅시킨 후에 시작해도 늦지는 않을 테니까.

대체 왜 그래? 그 잘난 육체는 머리로는 도저히 제어가 안 되니? 그렇게 아무 곳에서 아무나 하고….

"말조심해. 나 너한테 그런 말 들을 이유 없으니까."

어쩌지? 나는 너한테 듣고 싶은 말이 참 많은데? 너 그 남자 이름이라도 아니?

정말 알고 싶은 건 서점 주인의 이름이 아니었다. 그가 갑작스럽게 그런 행동을 한 이유도 아니었다. 우리는 취했고 두 사람을 스치는 바람이 서늘했다. 어두운 밤 모든 것이 뒤섞여 이지러지던 공간에서 그에게 먼저 다가간 건 바로 나였다. 그래서 알고 싶었다. 돌아서는 그를 불러 세울 만큼 나는 뭐가 그렇게 초조했는지. 단순히 술기운을 핑계 삼아야 할까? 아니면 거짓말처럼 인적이 사라진 주말 밤을 탓해야 할까?

"그게 중요해?"

두 사람은 단지 서점 주인과 학원 선생일 뿐이었다. 이름도 연락처도 몰랐다. 만약 그가 누구인지, 내가 어떤 사람인지, 서로에 대해 자세히 알게 된다면 문제는 그때부터 시작되지 않을까? 누군가를 알아간다는 건, 때론 그 사람의 단점에 초점을 맞추게 되고, 그 과정에서 자신과 다른 상대에게서 느끼는 이질감을 종종 잘못과 오류로 받아들이게 되는 법이었다.

참 쿨한 관계네. 너는 대체로 누구에게나 친절하지만 웬만해선 사람에게 마음을 안 열지. 내 기억이 정확하다면 S와도 이런 식으로 시작하진 않았어. 뭐가 너를 변하게 한 거야?

"S 얘기 좀 그만해. 그리고 시작이라고 말할 것도 없어. 괜히 넘겨짚지 마."

그럼 언행일치를 하는 게 어떨까? 그래야 믿음이 가지.

나는 주방으로 가 전기 포트에 물을 올렸다. 변한 건 오히려 조였다. S와 시작할 무렵, 조는 장난 섞인 호기심만 보였을 뿐 이렇듯 과잉 반응은 없었다. 과연 서점 주인의 무엇이 나의 작은 빛을 자극하는 걸까.

"조, 진짜 별일 아니야."

하얗게 수증기를 피워 올리던 포트가 탁 소리와 함께 꺼졌다. 하지만 조에게선 어떤 대답도 돌아오지 않았다. 나는 컵라면 뚜껑을 열어 물을 붓고는 식탁에 앉았다. 강한 조미료 냄새에도 좀처럼 식욕이 돋지 않았다.

밖에 나뭇잎이 모두 떨어졌네. 신기하지 않아? 그 많던 잎이 하나도 남지 않았어.

베란다 창에서 푸른빛을 반짝이며 조가 말했다. 내 시선도 밖으로 향했다.

"곧 겨울이잖아."

쏘아 올린 불꽃처럼 금방에 폭발할 듯 감정을 드러내던 조가 돌연 차분히 계절의 변화를 이야기했다.

너 정확히 몇 월 며칠에 여름이 끝났고 가을이 시작됐고 겨울이 돌아오는지 알아?

컵라면의 뚜껑을 열자 새하얀 연기가 피어올랐다. 나는 고개 들어, 수증기 너머 흐릿하게 반짝이는 조를 바라보았다. "무슨 소리를 하고 싶은 거야?"라고 눈으로 묻는 내게, 작은 빛이 대답했다.

 네가 말하는 그 인간관계, 사람 사이의 마음이란 것 말이야. 자연의 변화와 되게 비슷한 것 같아. 정확히 언제부터 뜨거워졌는지 알 수 없고, 또 언제 차갑게 식어버렸는지 눈치채기 힘들잖아. 어느 날 문득 계절의 변화를 체감하듯. 사람 간의 거리도 그래. 뭔가 이상하다 느꼈을 땐, 전과는 이미 많은 것이 달라져 있지.

 조가 주방으로 날아와 파란 눈송이처럼 식탁에 내려앉았다.

 너는 나와 달리 사라지지 않았어. 이 세상에 태어난 덕분에 많은 것들을 몸소 배우고 피부로 경험했지. 그런데도 잘 느끼지 못해. 계절의 변화도… 그리고 삶과 죽음의 순환까지. 인간은 참 이상해. 너무 가까이에 있는 걸 오히려 못 본단 말이야.

 시야를 가리던 수증기가 사라지고 모든 것이 선명하게 보였다. 그래. 하루하루 치열하게 살다 보니 그 흔한 계절의 변화조차 느끼지 못했다. 그러나 내가 삶의 순환을 곧잘 간과한다는 말엔 지독한 어폐가 있었다. 죽음이 저렇듯 눈앞에서 반짝이고 있는데 어떻게 모를 수 있을까. 나에게는 S와 같은 세속적 성공도, 아빠의 바람인 안정적 미래도 큰 가치가 될 수 없었고, 그런 것들의 가치를 퇴색시킨 건 바로 내 쌍둥이의 죽음, 내 눈앞에서 반짝이고 있는 조 자신이라는 걸, 조는 이해하지 못했다. 생각할수록 실없는 웃음만 흘러나왔다.

내가 웃긴 농담을 한 것 같진 않은데?

조의 날 선 목소리에 나는 라면 국물을 떠먹으며 말했다.

"미안, 술이 아직 덜 깼네. 네 말이 맞아. 어제 너무 많이 취했고 이성이 마비될 정도로 뇌가 알코올에 빠져 있었나 봐. 무슨 얘기를 하고 싶은지 알겠는데, 걱정하지 마."

내가 뭘 걱정하는데?

"조, 그만해. 나 어린아이 아니니까."

어린아이만큼만 자신의 감정과 욕망에 솔직하면 그나마 다행이지.

무언가를 말하려 입술을 달싹이다 이내 고개를 내저었다. 어떤 이야기를 꺼내든 말꼬리가 잡힐 것이다. 지금 조에게는 나의 모든 말들이 구차한 변명으로밖에 안 들릴 테니까.

손도 대지 않은 면은 털실 뭉치처럼 뒤엉켜 있었다. 굵어진 면발처럼 알 수 없는 감정이 자꾸만 부풀어 올랐다.

적어도 너희 반 아이들만큼이라도 솔직해지는 게 어때? 내가 아니라 너 자신에게.

"말했잖아. 그냥 실수였어. 아무것도 아니야."

서점 주인은 짙은 안개 너머 형상과 같았다. 분명 존재하는데 정확히 보이지 않는…. 그러나 굳이 눈으로 확인할 것조차 없는, 아무것도 아닌 신기루였다.

내가 말했지? 관계는 네가 만드는 게 아니야. 때론 네 의지와 상관없

이 저절로 이어지지. 가을이 되면 자연스레 잎이 지는 것처럼.

"관계가 뭐 그리 중요한데?"

나는 지친 한숨과 함께 손에 쥔 숟가락을 내려놓았다. 그 잘난 인간관계가 얼마나 덧없는지는 이미 경험으로 알고 있으니까. 아무렇게나 쌓아 올린 돌탑 같은 인연은 작은 바람에도 힘없이 무너져 내렸다.

'나 좋아하는 사람 생겼어.'

눅눅한 공기 사이로 S의 목소리가 들려왔다. 그것이 전부였다. 만남과 이별의 반복이 인간관계라면, S도 내 삶에 잠시 연결되었던, 그러나 이미 녹슬고 마모되어 떨어져 나간 사슬 중 하나에 불과했다.

"조. 지금 내게 가장 중요한 건 바로 우리 반 아이들과의 관계야. 그 관계에 내 생계가 걸렸거든. 그만 정신 차리고 출근 준비 해야 해."

그럼 조금 더 괜찮은 관계를 만드는 건 어때? 이력서를 다시 작성해 봐. 적어도 학원보다는 네 생계에 도움되는 곳이 많을 테니까.

나는 아무 대답 없이 조용히 자리에서 일어났다. 왜 저토록 흑호동을 싫어하는지, 왜 서점 주인에게 날을 세우는지 묻고 싶지만, 그래봤자 정확한 대답은 듣지 못할 테고 그로 인한 내 피곤만 가중될 뿐이다.

한 젓가락도 먹지 못한 컵라면은 고스란히 음식물 쓰레기가 되었다. 숙취와는 다른 두통이 머릿속을 쪼아대기 시작했다. 무심코 열어본 주방 선반에는 한 번도 쓰지 않는 그릇과 컵이 얌전히 놓여 있었다. 필요 없다는 말에도 엄마가 고집스레 사다 놓은 것들이다. 문득 사람의 감정도 이와 비슷하다는 생각이 들었다. 언제 꺼내 쓸지, 과연 그런 날이 올지 모르지만, 일단 채워 넣는 그릇들처럼…. 아직 아무 일도 일어나지 않았는데 미리부터 엉뚱한 생각들로 머릿속을 채우기 싫었다.

나는 육체의 고통이 뭔지 몰라. 그런 걸 가져본 적이 없으니까. 그래서 네가 감기에 걸려 누워 있을 때도, 지금처럼 숙취에 힘들어할 때도, 그게 정확히 어떤 느낌인지 결코 알 수 없어.

모르는 건 나도 마찬가지였다. 작은 빛이 되어 날아다니는 기분이 어떤 것인지, 도대체 어디로 보며 무엇으로 소리를 듣는지, 조의 눈에 비친 세상은 어떤지, 나는 조금도 예측할 수 없었다.

하지만 육체가 아닌 고통은 너무 잘 알아. 엄마의 모든 고통과 아픔이 하나도 빠짐없이 고스란히 전달되었으니까. 그 경험은 나에게도 너무 힘든 일이었어.

씻고 있던 숟가락이 싱크대에 떨어졌다. 거실까지 날카로운 파열음이 퍼져 나가고, 나는 놀란 눈으로 허공에 떠 있는 푸른빛을 바라보았다. 조는 지금까지 단 한 번도 엄마의 고통을 이야기한 적이 없었다. 조가 엄마의 고통을 생생히 느낄 수 있었을 줄은 상상조차 하지 못했다. '과연 어떻게?'라는 물음 따위는 의미 없을 것이다. 사라진 쌍둥이가 작은 빛이 되어 존재한다. 그 어떤 과학으로도 증명할 수 없는 일이 적어도 나에게는 현실이다. 그러니 조가 엄마의 상실을 모두 알고 있다는 고백 역시 사실일 수밖에 없다.

영원한 상실의 고통, 그건 너무 무서운 거야. 그저 관념적으로 아는 것과는 차원이 다르거든. 그 경험은 두 번 다시 하고 싶지 않아.

그 말을 끝으로, 나의 빛은 창을 통해 날아가 버렸다. 조가 사라진 거실은 추수를 끝낸 들판처럼 공허하고 쓸쓸하게 보였다. 내 손에서 떨어진 물방울이 바닥을 적시고 나는 뒤늦게 벽에 걸린 수건을 낚아챘다.

'조, 나는 여전히 네가 어렵다.'

소리를 불러오지 못한 말들이 바람에 날리는 눈처럼 허공으로 힘없이 흩어져 버렸다.

계단에 올라서려던 걸음이 주춤 멈춰 섰다. 이곳에서는 책방 문이 열렸는지 보이지 않지만, 한 발자국 옆으로 비켜서면 1층 복도를 확인할 수 있었다. 그 끝에서 하얗게 빛이 흘러나온다는 건 오늘은 서점이 운영 중이라는 뜻이다.

나는 잠시 망설이다 천천히 계단 위로 올라섰다. 발목에 모래 주머니라도 찬 듯 계단을 밟아가는 걸음마다 힘이 들었다. 분명 어제 마신 술 때문일 것이다. 다른 이유는… 없다.

평소보다 일찍 도착했는데 학원은 이미 환하게 불을 밝히고 있었다. 휴게실 문을 열기 무섭게 익숙한 미소와 함께 진한 커피 향이 날아들었다.

"일찍 왔네요. 방금 커피 내렸어요. 카페인 없이는 못 버티는 월요일이잖아요."

"저도 커피가 간절해서 나왔습니다."

나는 머그잔에 커피를 따르며 대답했다. 뜨거운 커피 한 모금에 긴 한숨이 흘러나왔다.

"컨디션 안 좋아요? 피곤해 보이네."

"어제 술 한잔했어요. 30대가 되니 맥주 몇 잔에도 엉망이 되네요."

"뭐야? 지금 내 앞에서 나이 얘기하는 거예요?"

원장의 과장된 표정을 보며 나도 싱거운 미소를 지었다. 숙취가 사라지듯 어지럽게 부유하는 감정도 이내 가라앉을 것이다.

"아 참, 술 얘기하니까 생각났네. 단 쌤 와인 좋아해요?"

와인은 엄마가 유일하게 즐기는 술이다. 덕분에 집에는 늘 와인이 있었는데, 눈 내리는 겨울과 장맛비 쏟아지는 여름이면 엄마는 자줏빛 와인 한 잔을 앞에 두고 한참 동안 창밖을 바라보고는 했다.

'이 한 잔에 정말 많은 것들이 들어 있잖아. 토양과 햇살, 비와 바람, 땀과 오랜 기다림까지. 그래서 와인은 제일 먼저 색을 보고 향을 느낀 후에 천천히 맛을 음미해야 해.'

나는 문득 엄마가 사다 놓은, 주방 선반 속 투명하고 둥근 와인 잔들을 떠올렸다.

"와인에 문외한이지만 있으면 잘 마시죠."

"입에 맞으면 그만이지, 알 필요가 뭐가 있어요. 잠깐 기다려 봐요."

원장이 이렇게 말하고는 자리에서 일어나 총총히 휴게실을 빠져나갔다. 그녀의 말처럼 세상에는 굳이 알 필요가 없는 것들이 있었다. 그것도 제법 많이…. 나는 잠시 두리번거리며 주위를 둘러보았다. 시선이 닿는 어느 곳에도 반짝이는 작은 빛은 찾을 수 없었다.

잠시 뒤 돌아온 원장의 손에는 커다란 종이 가방이 들려 있었는데 상자 속에는 한눈에 봐도 고가의 와인이 들어 있었다.

"전에 입시 학원에서 가르치던 녀석이 있어요. 갑자기 연락이 와서 주말에 만났는데 대뜸 이걸 건네주더라고요. 내가 와인을 좋아할 것 같아서 사 왔다나? 하긴 내가 좀 고급스럽게 생겼지."

한 원장은 짓궂게 웃었지만 생각해 보니 정말 그랬다. 강렬하면서도 독특한 향이 느껴지는 붉은 와인은 그녀의 열정적인 이미지와 잘 어울렸다.

"왜 조용해요? 사람 민망하게. 이럴 때는 제대로 꼽을 주든 비웃든 해야지."

"틀린 말 아니잖아요. 원장님, 와인이랑 정말 잘 어울리세요."

"단 쌤은 꼽을 주는 방법도 참 우아하고 세련됐어. 그러니 나보다 몇 배 와인과 잘 어울리는 단 쌤이 이거 가져가요."

"제자가 선물한 건데 원장님이 드셔야죠."

"그 녀석이랑 소주 마시면서 말했어요. 사실 나는 화학주랑 더 친하다고, 그러니 이 귀한 술은 내가 정말 좋아하는 사람에게 선물해도 되겠냐고 물었더니 녀석이 그렇게 하래요."

한 원장이 손끝을 세워 톡톡 와인 상자를 두드렸다.

"기특하네요. 이제 컸다고 선물까지 살뜰히 준비해서 선생님 찾아오고."

"문제 푸는 기계로 만든 사람이 무슨 선생이라고."

그녀의 입가에 자조 섞인 미소가 지나갔다.

"웃기죠? 나 같은 것도 선생이라고 이렇게 찾아오는 애들이 있다는 게."

"아이들이 들으면 서운하겠어요. 원장님은 매 순간 늘 진심이었잖아요."

원장은 무엇이 문제인지 알고 있음에도 잘못된 시스템에 편승했다. 그렇게 명성과 부를 얻었다. 그 죄책감으로 아이들의 얼굴이 숫자와 등급으로 보이게 됐지만, 그녀 덕분에 누군가는 이 시스템에서도 원하는 결과와 꿈을 이뤘다. 그리고 지금도 여전히 누군가의 꿈을 응원하고 있다. 그녀의 얼굴에 또렷하게 반짝이는 진심이 내 눈에는 선명했다.

힘든 시간을 지나온 아이들 역시 그 마음을 눈치챘을 것이다. 그녀의 마음을, 고뇌와 상처를 뒤늦게 이해했겠지. 동시대에 살지만, 서로 다른 시간의 흐름을 경험할 테니까.

"영국으로 어학연수를 갔다가 캐나다에서도 몇 개월 있었나 봐요. 더 넓은 세상을 향해 날아가 보고 여러 사람을 만나면서 다양한 경험도 해봤는데, 고3 때랑 비교해 크게 달라진 게 없다나? 여전히 암담하고 불안하대요."

원장의 깊고 쓸쓸한 시선이 색이 진한 와인 한 병에 오랫동안 머물러 있었다.

"입시 학원 다닐 땐 애들한테 정신 바짝 차리고 열심히 하라고 했는데, 이제 더는 그 말이 안 나오더라고요. 그냥저냥 살라 하고 싶어요. 투자 대비나 인생의 가성비 찾지 말고, 매몰 비용도 따지지 말고, 조금 덜 얻고 조금 더 마음 편하게…. 꽃길 비단

길만 걷는, 마냥 행복한 삶은 바라지도 않아. 길이 좀 험하고 울퉁불퉁해도 한번 가볼 만하다, 세상은 살아볼 만한 곳이다, 자신 있게 말해주고 싶은데 그것마저 점점 힘들어지네요. 나는 요즘 애들 만나면 진짜 할 말이 없어요."

원한다면 얼마든지 승승장구할 수 있었던 그녀가 변두리 동네에 작은 초등 영어 학원을 개원했다. 몇 달씩 학원비를 연체하는 학부모들에게 싫은 소리 한 번 못 한 채 근근이 생활하고 있다. 하지만 이 삶이 그 어느 때보다 그녀를 자유롭게 만들었다. 한 원장을 찾아온 아이들은 다시금 배우게 되겠지. 삶에서 정말 중요한 것이 무엇인지를…. 선생님의 별난 행보를 보며 조금은 깨닫지 않을까. 어른의 세계가 언뜻 보면 풀 한 포기 자라지 않는 사막 같지만, 그 안에서도 자신만의 오아시스를 발견한 사람은 존재한다고.

"그 친구들도 가끔은 행복하겠죠. 다들 그렇게 살잖아요."

지루한 장마가 끝나면 회색 구름이 서서히 걷히며 그 사이로 한 줄기 햇살이 내려온다. 사람들은 그제야 고개를 들어 하늘을 올려다본다. 인간에게 기쁨과 환희도 별반 다르지 않을 터다. 행복이란 찰나의 순간 봄꽃처럼 피었다가 덧없이 져버리니까. 그 짧은 시간을 최대한 오래 기억하기 위해 노력하는 수밖에….

"일 끝내고 마시는 소주 한잔. 그것만 한 게 어디 있어? 그 정도 행복이라면, 내가 아주 열심히 몸소 보여줄 수 있거든."

원장이 짝 손뼉을 치고는 사춘기 소년처럼 벙긋거렸다.

"남에게 받은 선물 주며 할 소리는 아니지만, 내가 단 쌤한테 많이 고마워하는 거 알죠? 덕분에 우리 학원에 만학도도 수강하게 되었고, 아이들도 학원에 정붙이고 다녀요."

그 이유가 나 때문일까? 쉽게 받아들이기 힘든 말이다.

"그거 알아요? 내 복의 90퍼센트는 인복이야. 나한테 찾아오는 녀석들만 봐도 그렇고, 이렇게 단 쌤하고 인연 맺은 것도 그래요. 함께해 줘서 아주 든든해요. 장담할 수 없지만, 내년부터는 내가 우리 단 쌤 조금 더 신경 쓸게요."

지금까지 노무와 보수가 맞교환되는 환경에서만 살아왔다. 그렇기에 노무가 필요 없어지면 미련 없이 끝맺는 관계가 전부라 믿었다. 하지만 '우리'라는 단어는 여전히 세상 곳곳에 존재했다. 단지 내가 잊은 것뿐이다.

"지난번에 1층 카페에서 사 온 생크림빵 먹은 기분이다. 너무 느끼했어. 그렇죠?"

장난스레 웃던 그녀가 뭔가 생각났다는 표정으로 빠르게 말을 이었다.

"그러고 보니 오늘 출근하다가 1층 도련님 만났네. 웬일로 책방을 일찍 열었더라고요. 나를 보더니 너무 반갑게 인사를 하잖

아. 사람이 잘 웃어서 좋긴 한데, 너무 해맑아서 난 좀 불안해. 이 풍진 세상은 그런 순수한 영혼을 그냥 놔두지 않거든."

원장이 이렇게 말하고는 자리에서 일어나 휴게실을 빠져나갔다. 오늘 동네 책방은 평소보다 일찍 문을 연 모양이었다. 나는 고개를 돌려 테이블 위에 놓인 달력을 보았다.

'금요일 저녁 괜찮아요?'

빠끔하게 열린 문틈으로 한 원장의 기분 좋은 콧노래가 들려왔다. 초겨울 햇살이 와인 병에 내려앉아 창백하게 빛났다. 아무리 사방을 둘러보아도 나의 작은 빛은 보이지 않았다.

***

서점 주인과의 약속은 8시 30분이었다. 저녁을 먹기에는 다소 늦지만 어쩔 수 없었다. 주말이면 외지에서 온 사람들로 동네가 북적였고 덕분에 국수 한 그릇을 먹으려면 저녁 손님들이 돌아간 후에야 간신히 한 테이블을 차지할 수 있었다. 금요일 밤 동네 책방은 조금 일찍 문을 닫았고, 아이들이 돌아간 영어 학원 간판도 까맣게 불이 꺼졌다.

내 기억이 틀리지 않았다면, 너는 분명 그 사람과 아무 관계도 아니라고 했어.

"저녁쯤은 아무 사이가 아니어도 얼마든지 먹을 수 있어."

같이 밥 한번 먹자, 이 인사에 별다른 뜻이 없듯, 함께 밥을 먹는다고 해서 특별한 의미를 부여할 필요는 없었다. 내가 지금껏 함께 식사한, 아무 사이도 아닌 사람들은 손으로 다 셀 수 없을 만큼 많았다.

과연 그럴까?

"조 너의 쓸데없는 의심과 오해 때문에 오히려 내가 그 사람을 생각하는 시간이 늘어나고 있어. 인간은 말이야, 제발 코끼리를 생각하지 말라 하면 그 순간부터 머릿속은 온통 코끼리로 가득 찬다고."

그럼 인간은 종종 자신의 잘못과 삐뚤어진 욕망을 남 탓으로 돌린다는 것도 잘 알겠네.

내 주위를 맴돌던 빛이 가볍게 떠올라 전등 속으로 녹아들었다. 나는 무엇이 조를 저렇듯 날카롭게 만드는지, 조가 서점 주인에게 느끼는 불안이 무엇인지 눈치챌 수 없었다. 물어봤자 괜스레 신경만 긁힐 뿐이고 나 역시 해답을 찾는 데 점점 지쳐갔다.

"다녀올게."

조에게 인사를 건넸지만 돌아오는 대답은 없었다. 밖으로 나오자 키 큰 가로등이 커다란 홍시빛 눈을 끔뻑였다. 나는 걸음을 옮기며 이제는 하나의 습관이 되어버린, 인간의 조를 상상했다. 외모는 분명 지금의 내 모습이겠지만, 스타일과 분위기는 전혀 다르지 않을까. 하는 일부터 취미와 취향까지 모두 다르겠지. 그 생각의 끝에선 조가 사랑에 빠진 사람은 과연 누구일까 하는 궁금증이 밀려들었다. 어떤 모습에 어떤 성격을 가졌을까? 조와 어떻게 만났으며, 어떤 사랑을 이어갈까. 이 모든 것이 너무 쉽게 예측되면서도 동시에 아무것도 떠오르지 않았다. 결코 현실이 될 수 없는, 상상으로도 잡히지 않는 모든 궁금증은 때때로 내게 짙은 공허함을 느끼게 했다.

이런 생각들을 하며 모퉁이를 도는데 멀리 커다란 아치형의 시장 입구가 보였다. 약속 장소에는 이미 낯익은 얼굴이 있었는데, 흰색 스니커즈와 청바지, 검은색 패딩 차림에다 한 손으로 휘휘 핸드폰 화면을 넘기는 모습을 보니, 왜 시장 할머님들이 엄마 심부름을 운운했는지 알 것 같았다. 가까이 다가오는 발소리에 서점 주인이 고개를 들었다.

"안 오면 어쩌나 걱정하고 있었어요."

"늦었어요?"

"아니요."

핸드폰 화면은 8시 20분을 가리키고 있었다. 약속 시간보다 10분 먼저 도착했다. 서점 주인이 주머니에 핸드폰을 넣고는 "배고프죠?"라고 말하며 돌아섰다. 나는 잠시 손에 쥔 핸드폰을 바라보다 말없이 가방에 넣었다. 괜스레 마음이 풀어지는 금요일 밤이었다.

시장은 저녁 장을 보러 온 손님들로 활기가 넘쳤고 상인들의 흥정은 유쾌했다. 서점 주인과 나란히 걸어가던 좁은 시장길 끝에 낡은 간판의 국숫집이 나타났다. 내가 두어 걸음 앞장서 유리문을 열었다.

"오랜만에 왔네. 한 원장이 밥도 못 먹게 일 시키는 거야?"

안으로 들어서기 무섭게 정겨운 목소리가 날아들었다. 저녁때가 지나서인지 손님들로 붐비던 식당이 조금은 한산했다.

"밖에까지 늘어선 줄 보고 그냥 간 적 많아요."

구석 테이블의 의자를 끌어내자 서점 주인이 마주 앉았다. 그 사이 물과 컵을 준비한 사장이 가까이 다가와 말했다.

"방송 나가고 젊은 사람들이 맛집 탐방이다 뭐다 해서 재미 삼아 오는 거지. 음식 사진 찍어서 올리면 그것 보고 또 찾아오고. 이게 다 거품이야."

그녀의 시선이 잠시 서점 주인에게로 향했는데 누구이며 어떤 관계인지는 묻지 않았다. 국숫집 사장은 여러모로 지혜로운 사람이었다.

"날씨도 쌀쌀한데 뜨끈하게 잔치국수 말아줄까?"

사장이 얼굴 가득 미소를 지으며 물었다.

"나는 괜찮은데. 어때요?"

내 질문에 서점 주인이 고개를 끄덕였다.

"그럼 잠시만 기다려요. 내 금방 대령할 테니까."

서둘러 주방으로 향하는 사장을 보며, 서점 주인이 상체를 숙여 나직이 속삭였다.

"여기 TV에도 나왔어요?"

"올 초에 전국 맛집 기행인가? 아무튼 그 비슷한 프로그램에서 흑호 시장 특집을 했는데 우리 사장님 인터뷰까지 했잖아요. 전에 얘기하지 않았나요? 사실 나도 우연히 TV 보고 찾아왔다고. 마침 여기서 원장님을 만났는데 그 덕에 어찌어찌 흑호동에서 살게 되었네요."

그날 거실에서 TV를 보지 않았다면, 나는 지금 누구와 어디에 있을까. 사뭇 거창해 보여도 인생이란 결국 우연의 연속이고, 각기 다른 나날의 조각들을 이어 붙여 하나의 거대한 콜라주를 만드는 일일 뿐이다.

"농담이 아니라. 정말이었어요?"

나는 '당연하죠' 하는 표정으로 크게 고개를 주억거렸다. 삶의 우연이 지금도 계속된다는 증거는 분명, 눈앞에 앉아 있는 이 익숙하면서도 낯선 얼굴일 터였다.

"인생 별거 없죠."

잠시 뒤 테이블에 잔치국수 두 그릇이 놓였는데 누가 보더라도 1인분이 넘는 양이었다.

"먹고 부족하면 더 말해."

사장이 눈가에 웃는 주름을 만들며 말했다.

"설마요."

"단 선생 말고, 이 총각 말이야. 많이 드셔야겠어."

이 말을 끝으로 그녀가 돌아서고 서점 주인이 숟가락으로 국물을 떠먹었다.

"와! 전혀 거품이 아닌데요?"

"오히려 방송을 귀찮아했던 진짜 숨은 맛집이었어요. 매운 거 좋아하면 그 옆에 청양고추 양념장 넣어요. 맛이 완전히 달라질 테니까."

나를 따라 서점 주인이 국수에 양념장을 넣었다. 그 즉시 국물은 얼큰함과 감칠맛이 더해지며 강하게 식욕을 자극했다. 음식의 힘은 실로 다채롭고 신비로웠다. 어디서 누구와 함께 먹느냐에 따라 맛은 달라진다. 집에서 혼자 먹는 음식에는 편안함과 자유의 맛이 있고, 나만 아는 맛집을 누군가에게 소개할 때는 설렘과 긴장의 맛이 깃들어 있다.

"오늘 안 왔으면 이 맛있는 걸 영원히 못 먹을 뻔했네요."

"오늘 안 왔으면 다른 날에 왔겠죠."

처음 이곳에 왔을 때 먹었던 국수와는 조금 다른 맛이 느껴졌다. 혹여 환하게 웃는 서점 주인의 미소가, 나의 긴장을 안도로 바꿔줘서일까. 내가 이런 싱거운 생각을 하는 사이 드르륵 소리와 함께 국숫집의 유리문이 열렸다.

"거봐 이 시간에 오면 먹을 수 있다고 했지?"

톤이 높은 경쾌한 목소리를 향해 저절로 시선이 따라갔고, 가게로 들어서는 손님을 보자 돌연 뜨거운 열기가, 어쩌면 차가운 냉기인지도 모를 서늘함이 빠르게 온몸으로 퍼져 나갔다. 나는 젓가락을 손에 쥔 채 그대로 얼어버렸다.

"왜 멍하니 서 있어? 여기 자리 있잖아."

여자가 재바른 동작으로 문 앞 테이블에서 의자를 끌어냈다. 그 앞에 정지 화면처럼 멈춰 서 있는 사람은 바로 S였다. 나에게 등을 보이며 앉는 여자의 얼굴이 머릿속에서 빠르게 지워졌다. 세련된 웨이브에 풍성한 머릿결만이 눈앞에서 파도처럼 구불거리고 뒤섞인 음식 냄새 사이로 강한 향수 냄새가 전해졌다. 나와 눈이 마주친 S도 당혹감을 숨기지 못했다. 이해할 수 없는 문제를 만나면 S는 저렇듯 미간에 주름을 만들고는 두 눈을 빠르게 깜빡거리는데 이 상황을 이해할 수 없는 건 나도 마찬가지였다. 왜 하필 오늘, 왜 하필 이 장소에서 두 사람과 마주쳤을까?

"많이 배고프지? 미안해. 그래도 여기 진짜 한번 꼭 와보고 싶었어. 빨리 주문하자. 잔치국수 먹을 거지?"

"어? 응. 그… 그래."

오랜만에 들어보는 S의 목소리였다. 그 순간 하얀 손끝이 톡톡 테이블을 두드렸고, 반쯤 넋이 증발한 내 시선이 마주 앉은 서점 주인에게로 돌아왔다.

"설마 벌써 배부른 건 아니죠?"

나는 대답 대신 입안에 면발을 밀어 넣었다. 조금 전까지 강하게 밀려들던 식욕이 사라지자 혀끝에서는 아무 맛도 느껴지지 않았다. 지금 내가 먹고 있는 게 국수인지 종이 가닥인지조차 알 수 없었다. 상황에 따라 음식 맛이 변한다는 사실을, 나는 결코 이런 식으로 느끼고 싶지 않았다.

잠시 나를 보던 서점 주인이 문 쪽으로 고개 돌렸다. 그곳에 S가 앉아 있었다.

"좀 맵죠? 청양고추 양념을 너무 많이 넣었나 봐요."

내 입에서는 S만큼이나 멍청하고 이상한 목소리가 튀어나왔다. 그제야 등 뒤를 보던 서점 주인의 시선이 나에게로 돌아왔다. 한순간 날아가 버린 입맛처럼 머릿속 생각들도 깨끗이 지워지는데 서점 주인이 '잠깐만요' 하듯 눈짓하며 내 머리 쪽으로 손을 뻗었다.

"냅킨 조각."

가장 큰 테이블에서 커다란 웃음소리가 터져 나왔다. 그 왁자지껄한 소란을 뚫고 여자의 나직한 목소리가 내 귀에 또렷하게 들려왔다.

"배고프다며. 안 먹고 뭐 해?"

나는 내 앞에 놓인, 영원히 줄어들 것 같지 않은 국수 한 그릇을 내려다보았다.

어떻게 국숫집을 빠져나왔는지 기억나지 않았다. 낯빛이 창백하다는 사장의 걱정에도 나는 바보처럼 웃기만 했다. 가게 앞에서 내 옷깃을 여며주던 서점 주인의 손길만이 어렴풋이 기억났다. 정신을 차렸을 땐 어딘지 모를 길을 걷고 있었고 빛의 잔상처럼 S의 얼굴이 희미하게 아른거렸다. 풍성한 웨이브의 머리카락들이 너울거리는 파도가 되어 밀려왔다 멀어지기를 반복했다. 가방 속에서 진동음이 울린 건 길모퉁이를 막 돌아서던 때였다. 나는 핸드폰을 꺼내 화면을 열었다.

잘 지내는 것 같네. 좋아 보인다.

S에게서 온 메시지가 익숙한 목소리가 되어 귓속을 울렸다.

아직 내 번호 있는 거야?

전송을 누르기 무섭게 곧바로 답이 날아왔다.

핸드폰에는 없어.

이미 삭제해 버린, 열한 자리 숫자보다 긴 시간이 S에게도 여전히 남아 있을 것이다. 나 역시 다르지 않았다. 관계의 사슬이 끊어졌다 해서, 부스러기처럼 남아 있는 과거의 기억조차 단숨에 없애지는 못할 테니까.

내 번호 그만 지워.

머지않아 그러겠지.

S다운 솔직한 대답이었다. 시간이 지날수록 모든 것이 시나브로 지워질 것이다. S도 그리고 나 역시.

너도 좋아 보여.

마지막 전송을 누른 뒤, 나는 또다시 과거를 떠올렸다. 오래전 낯선 향수 냄새는 S와 제법 잘 어울렸다. 경쾌한 목소리와 배고픔을 참지 못하는 S를 차분하게 어르는 말투까지. 불안하거나 초조하면 S는 자신의 안의 크기를 걷잡을 수 없이 키우는 사람이었다. 그 활기찬 뒷모습은 아마도 그의 불안을 능숙하게 줄여줄 것이다.

건강해라.

그것이 S가 보낸 마지막 메시지였다. 문득 한 원장의, 마냥 좋지만은 않지만 덜 나쁘다는 말이 떠올랐다. S와의 이별과 당혹스러운 만남까지 어느 것 하나 좋지 않았지만, 서로의 안녕을 진심으로 바라는 마지막은 그나마 덜 나쁜 것 같았다.

"누구예요?"

갑자기 날아든 목소리에 흠칫 놀라 정신을 차렸다.

"미안해요."

핸드폰을 재빨리 가방에 넣자 서점 주인이 무심한 듯 심드렁히 물었다.

"혹시 그 사람이에요?"

"…"

"올 초에 헤어지자고 했던 전 남자 친구?"

거짓을 말하거나, 어설프게 둘러대기엔 이미 늦어버렸다. 지금까지 내가 한 바보 같은 행동이 몇 번이나 '네'라고 대답했으니까. 나는 골목 끝에 시선을 둔 채 괜스레 흘러내리는 머리를 쓸어 넘겼다. 손가락 사이로 미끄러지는 머리카락처럼, 과거의 시간도 부드럽게 스쳐 가고 있었다.

"내가 이렇게 단순해요. 얼굴에 감정을 숨기지 못해서 엉뚱한 사람까지 불편하게 만들고. 나 때문에 모처럼 계획한 저녁 식사를 망쳤네요."

"처음에는 몰랐어요."

서점 주인이 발끝을 보며 중얼거렸다.

"혹시나 해서 뒤돌아봤는데 그 남자, 나를 정면으로 쳐다보더라고요. 아마 자신이 상대를 뚫어지게 보고 있다는 사실조차 자각하지 못했을 거예요."

그의 입가에 스산한 미소가 머물렀다.

"그때 알았죠. 남자가 누구인지."

"와! 둔한 입맛과 달리 눈치는 빠른데요."

"눈치가 아닙니다."

"…."

"그 상황에서는 누구나 알게 돼요."

서점 주인이 가볍게 어깨를 들썩이고는 또다시 말을 이었다.

"머리에 뭐 묻었다는 거 거짓말이었습니다. 가게 앞에서 춥다고 옷 여며준 것도 일부러 그랬어요. 그 남자 분명 유리문 너머로 우리 보고 있었을 테니까."

서점 주인의 이야기에 두 다리가 저절로 멈춰 섰다. S에게서 날아온 '좋아 보인다'라는 말을 되새기자 의미를 알 수 없는 감정이 매캐한 연기처럼 가슴에 차올랐다. 입안에서 시고 맵고 떫은 맛이 느껴졌다.

"알아요. 주제넘은 오지랖인 거. 불쾌했다면 사과하겠습니다."

서점 주인의 그럴싸한 연극도 전혀 인지하지 못했다. 나는 그 정도로 멍해 있었다.

"그럴 필요 없었는데."

어쩌면 서점 주인이 아닌 나에게 하는 말인지도 몰랐다. 그 정도로 당황할 필요 없었는데, 우연한 상황을 편히 넘기지 못했다.

멈춰 있던 서점 주인이 움직였다. 나도 그를 따라 느린 걸음을 옮겼다.

"나 때문이죠. 내가 국수 먹으러 가자 조르지만 않았어도 부딪힐 리 없었잖아요. 제가 좀 유치했네요."

S와 마주한 순간, 왜 하필 지금일까 싶었다. 하지만 과연 언제 어디서 어떤 모습으로 만났다면 당황하지 않았을까. 국숫집이 아닌 조금 더 근사한 장소라면, 색이 바랜 낡은 코트 대신 세련되게 차려입었다면 괜찮았을까. 만약 S가 혼자였다면, 아무렇지 않게 인사를 건넸을까. 이렇듯 쓸데없는 가정들이야말로 정말이지 한심한 생각들이었다.

"좋아 보인다네요. 내가."

오히려 다행인지도 모르겠다. S와 마주친 장소와 시간 속에 나 역시 누군가와 함께라서. 그 누군가가 살뜰히 내 옷깃을 여며주어서…. 서점 주인의 말은 절대 틀리지 않았다. 인간의 감정은 참으로 유치했다.

언제나처럼 두 사람의 발길이 멈춘 곳은, 빌라 앞 키 큰 가로등 아래였다.

"고마워요."

"내 오지랖에 화내지 않아줘서 나도 고마워요."

서점 주인의 두 눈에 안온함이 담겨 있었다. 그 엷은 미소를 보며 나는 깊게 숨을 들이마신 후 느리게 내뱉었다. 혈액에 담긴 산소마저 빼내려는 듯 그렇게 천천히 호흡했다.

하늘에 걸린 달이 흐린 빛으로 세상을 굽어보고, 그보다 환한 가로등은 가까이에 있었다. 서점 주인의 머리 위로 주홍색 빛줄기가 쏟아져 내렸다.

"오늘은 알아두는 게 좋지 않을까요?"

"…."

"책에 이어 기대했던 식사마저 엉망이 되었네요. 혹시 모를 만약을 위해 자세히 확인해 두는 게 어때요? 내가 이 빌라 몇 호에 사는지."

한순간 그의 입가에 머물던 미소가 지워졌다. 내가 지금 무슨 이야기를 하는 걸까? 솔직히 고백하면, 그 답을 절대 알고 싶지 않았다.

"지금 대단히 위험한 발언을 한 거 알아요?"

"누구에게요?"

나는 검지를 세워 서점 주인과 나를 한 번씩 번갈아 가리켰다.

"초대한 나는 아닌 것 같은데. 그럼 나머지 한 명이겠네요."

"아마도 그런 것 같군요."

가로등 빛 아래, 서점 주인의 두 눈이 여리게 반짝였다.

"와인 좋아해요? 얼마 전에 선물 받은 게 있거든요."

마른 가지 위에 머물던 바람이 날아와 주위를 휘도는 사이, 나에게 한 걸음 가까이 다가온 서점 주인이 헝클어진 내 머리를 조심히 넘겨주었다.

"가게에서도 이렇게 해주고 싶었어요."

"…."

"조금 더 가까운 관계로 보이고 싶었거든요."

가슴 밑바닥, 축축하게 고인 웅덩이에 돌멩이 하나가 떨어진 기분이었다. 잔잔했던 물결이 출렁이고 둥근 파문이 온몸으로 부드럽게 퍼져 나갔다. 잎을 떨군 나뭇가지가 바람을 따라 우줄우줄 춤을 추고 달은 고요히 흘러가는 구름을 멈춰 세웠다. 사위가 조금 더 진한 어둠에 파묻혔다.

***

풀벌레들이 떠난 자리에 서늘한 바람만이 머물렀다. 또 한 번의 겨울이 찾아오면 세상은 깨끗한 무채색으로 변할 것이다. 위층 현관문 열리는 소리는 누군가의 귀가이거나, 어쩌면 늦은 밤의 외출인지도 몰랐다. 나의 작은 빛 조를 제외한다면 지금까지 이 집을 방문한 사람은 부모님이 유일했다. 서점 주인은 내 공간을 찾은 첫 번째 손님이자, 낯선 타인이었다. 아무렇게나 세워둔

마네킹처럼 굳어 있는 그를 보며, 나는 슬쩍 머리 위 전등을 살폈다. 아주 잠깐 이곳 어딘가에 있을 조를 떠올렸지만, 이내 고개를 내저었다.

"소파는 없어요. 거실도 좁은 데다 특별히 필요하지 않아서요. 겉옷은 옷걸이에 걸어둬요. 바닥에 매트리스 깔아서 춥지는 않을 거예요."

나는 주방 선반을 열어 와인 잔을 꺼냈다. 이 둥글고 투명한 것을, 서점 주인을 위해 사용할 거라고는 상상하지 못했는데. 이 잔을 손수 준비해 놓은 엄마 역시 전혀 예상치 못했을 것이다. 냉장고에 있는 것이라고는 보리차와 우유가 전부였다. 자유로움의 등 뒤에는 늘 게으름이라는 그림자가 매달려 있었다. 언제 마지막으로 장을 봤는지조차 까마득했다. 나는 비스킷과 견과류를 접시에 담았다.

"미안하지만 먹을 건 이게 전부네요."

좌식 테이블에 와인과 접시를 내려놓자 엉거주춤 몸을 일으키던 서점 주인이 민망한 웃음을 내비쳤다. 나는 테이블에 놓인 블루투스 스피커를 보며 핸드폰 속 플레이 리스트를 떠올렸다. 좋은 음악은 분위기를 무르익게도 하지만, 상황에 따라선 더 어색하게도 만든다. 지금 이대로, 그저 조용히 흘러가는 밤의 소리에만 집중하기로 했다.

"1층이네요."

가라앉은 공기를 뚫고 서점 주인이 입을 열었다.

"내 기준에서는 여기도 비싸지만, 그래도 가장 저렴하니까요. 낮고 좁고 작고."

그 외에 이곳의 아픈 사연은 굳이 말할 필요가 없을 터다.

"좋네요."

잔에 와인 병을 기울이자 자줏빛 물결이 차올랐다. 좁은 거실 가득 묵직한 과일 향이 퍼져 나갔다. 나와 서점 주인은 밤의 어둠과 적막을 안주 삼아 각자의 잔을 기울였다. 그가 거실 한쪽에 아무렇게나 쌓아 올린 책들에 시선을 두었다. 우리는 자연스레 책 이야기를 시작했다. 책은 책방의 손님들로, 손님들은 다시 학원 아이들로 이어지며 우리 둘의 대화는 목 넘김이 좋은 와인처럼 부드럽게 흘러갔다.

서점 주인은 더는 S를 입에 올리지 않았다. 언제 어떻게 만났느냐는 질문도, 재회한 기분이 어떠냐고도 묻지 않았다. 그는 대충 쌓아놓은 책 무더기와 비슷했다. 내가 손을 뻗기 전에는 침묵했지만, 그 안에는 제법 많은 이야기가 담긴 듯 보였다.

"영어 학원에 만학도 있으시죠?"

서점 주인이 빙글빙글 잔을 돌리며 물었다. 진한 자줏빛의 와인이 가볍게 출렁였다.

"어떻게 알았어요?"

"책방에 오신 적이 있어요. 영어 교재를 들고 계셔서 손주가 다니느냐고 여쭸더니…."

서점 주인의 질문에 책방을 찾은 손님은 주름진 눈가를 곱게 접으며 웃었다.

'호호 영어 학원은 내가 다니는 곳이에요.'

1층 책방 주인과 2층 학원생은 그렇게 잠시 이야기를 나눴다. 서점 주인은 손님에게 글자가 커다랗고 그림이 다양한 영어책을 선물했고, 손님은 소설책 한 권을 선택했다.

"멋진 분이세요."

그가 와인을 마시자 하얀 목울대가 꿈틀거렸다.

"성실한 학생임과 동시에 훌륭한 선생님이시죠."

입안으로 스며든 와인은 향이 진하고 쌉싸름했다. 엄마의 말처럼 한 잔의 와인은 햇살과 비와 바람 그리고 오랜 기다림 끝에 맛볼 수 있는 자연의 선물이었다. 시간이 지날수록 아름다운 향을 간직한다는 건 결코 쉬운 일이 아니다.

"인생의 황혼은 삶에서 가장 자유로운 시기인지도 몰라요."

노년은 거센 젊음과 열정의 폭풍우가 휩쓸고 지나간 바다라 생각했다. 수많은 기회와 성취, 실패와 좌절이 수평선 너머로 쓸려 가버린, 허무하고 쓸쓸한. 그러나 동시에 많은 것이 깊게 가라앉아 고요히 물결치는 맑고 깨끗한 해변과도 같았다.

"시간이 흘러 자연스레 노년을 맞이한다는 건, 축복인지도 모르죠."

그가 남은 와인을 가볍게 한입에 털어 넣었다. 맛이 달고 목넘김이 부드럽지만, 와인은 결코 만만히 볼 술이 아니었다. 과실주를 잘못 마셨다가는 다음 날 숙취로 고생할 텐데. 창백해진 서점 주인의 얼굴을 보며 나는 자리에서 일어났다.

"보리차 마실래요? 요즘은 보리차 끓여 먹는 사람 드물죠? 정수기 렌털 비용도 만만치 않고 그렇다고 매번 생수를 마시자니 결국 그 돈이 그 돈이더라고요."

주방에서 시원한 보리차 한 잔을 준비해 거실로 돌아왔다. 테이블에 컵을 내려놓는데 서점 주인이 내 팔을 붙잡았다. 권태롭게 서 있던 주홍빛 가로등이 눈앞에 스치고, 머뭇거리는 그의 입술이 가까이 다가왔다. 포도의 쌉싸래한 향이 온몸으로 깊게 스며들었다.

내 입에서 '와인'이란 단어가 나왔을 때 이미 알고 있었다. 두 사람이 오늘 밤 어떻게 되리라는 것을. 이 기묘하고 이상한 이야기가 어디에서 시작해 어디로 흘러갈지, 우리 두 사람 모두 예감하고 있었다. 다만 그것이 무엇을 의미하는지, 그 끝에 무엇이 있는지 나는 여전히 알 수 없었다. 알 필요 없을 것이라 믿고 싶었다. 내 손이 옷깃을 움켜쥐자 서점 주인이 놀라 몸을 떨었다. 그 또렷한 당혹감이 싸늘한 냉기가 되어 한순간 나를 얼어붙게 했다.

"미안해요. 아무래도 나는…."

서점 주인이 말한 미안함의 의미를 나는 이해하지 못했다. 나에게 한 입맞춤? 아니면 나를 밀어낸 손길? 어쩌면 둘 다이거나, 전혀 다른 의미인지도 몰랐다. 어느 쪽이든 상관없지만, 그를 이곳에 초대한 건 명백한 실수였고 나는 그 사실은 뒤늦게야 깨달았다.

"우리 둘 다 너무 감정적이었네요."

그가 어떤 가치관으로 나를 대하고 무슨 시선으로 나를 보았든 더는 상관없었다. 그냥 이쯤에서 깨끗이 내 실수, 어쩌면 혼자만의 오해였다는 사실을 인정하면 그만이었다.

"와인을 마시자는 이야기는 실수였습니다. 괜한 시간 빼앗아서 미안해요."

"아닙니다. 그런 의미가 아녜요."

잔뜩 겁먹은 아이처럼 서점 주인은 불안해하고 있었다. 그 순간 문득 언젠가 그가 말한 '친구'가 떠올랐다. 그에게도 가까운, 어쩌면 깊다는 표현이 어울릴 법한 관계가 있을 텐데, 왜 진즉에 생각하지 못했을까. 아니면 처음부터 생각하고 싶지 않았을까?

조의 경고처럼 나는 정말이지 지독히도 어리석은 인간이었다.

"맞아요. 오늘 일은 아무 의미도 없습니다."

그리고 조의 불안처럼, 나는 너무 쉽게 감정에 휘둘리고 있었다. 혼자의 삶이 아니었다면, 내가 이렇듯 쉽게 그를 내 공간으로 초대할 수 있었을까?

"놀라게 하고 싶지 않아서 그래요. 별거 아닌 일인데."

가늘게 떨리는 목소리와 창백한 얼굴이 나를 혼란스럽게 했다. 그는 내가 지금껏 알고 있는 서점 주인임과 동시에 너무 낯선 타인의 모습이 되어버렸다.

"내가 미쳤나 봐요. 이러면 안 되는데, 정말 말도 안 되는…."

서점 주인이 당황한 표정으로 몸을 일으키자 테이블이 덜컹 소리를 내며 흔들렸다. 외투도 잊은 채 도망치듯 떠나려는 그를 보며 나는 자리에서 일어나 현관을 향해 돌아섰다. 쓰러진 잔에서 흘러나온 와인이 테이블에 기묘한 붉은 문양을 그려 넣었다.

"전에 그랬죠? 어느 틈에 친구가 된 사람이 늦기 전에 서점을 해보라며 권유했다고. 혹시 그 친구도 알고 있나요? 오늘 당신이 여기에 있는 거?"

이 모든 상황이 그저 아둔하고 단순한 내 실수에 불과할까. 서점 주인이 처음 친구를 언급했을 때 나는 아무것도 묻지 않았다. 그 존재를 까맣게 잊었다고 했지만. 어쩌면 그러고 싶었는지도 몰랐다. 생각이 거듭될수록 스스로가 역겨워 욕지기가 올라왔다.

"친구?"

현관으로 향하던 발걸음이 멈춰 서고 서점 주인이 천천히 돌아섰다. 붉게 충혈된 눈동자의 까닭을 묻고 싶지만, 더는 내가 알 필요는 없을 것이다.

"내가 전에 말한 그 친구가 누군지 궁금해요?"

그가 두려움이 짙게 밴 얼굴로 되물었다. 아니, 모든 것은 거짓이었다. 내게 서점 주인은 결코 무의미할 수 없었다. 그와 입을 맞춘 순간, 어쩌면 처음 서점 문을 열고 맑은 풍경 소리를 들었던 그 시간부터 서점 주인은 내게 특별했는지도 몰랐다.

"내가 궁금해하면,"

"…."

"말해줄 수 있어요?"

그러니 적어도 오늘 밤, 이 순간만큼은 조의 말처럼 스스로에게, 이 지독하고 이기적인 욕망에 솔직해지고 싶었다.

***

익숙하지 않은 몸짓은 거칠었고 가늘게 떨리는 손길은 서툴렀다. 순간순간 쉼 없이 긴장하는 그를 보며 나는 어쩐지 안타깝고 서글퍼졌다. 그는 무언가에 쫓기듯 초조해하면서도 나침판을 잃어버린 여행자처럼 머뭇거렸다. 창으로 흘러든 달빛이 투명하리만큼 새하얀 몸과 죽음이 남긴 화인火印 위에 내려앉아 쓸쓸하게 빛났다.

"보기 흉하죠? 그렇다고 우리 부모님이 프랑켄슈타인 박사는 아닙니다."

메마른 미소가 산산이 부서져 허공에 부유했다. 어떻게 숨을 내쉬어야 하는지 잃어버린 나는 자꾸만 강파른 몸을 끌어안고 쓸어주었다. 그의 모든 것이 건화乾花의 꽃잎처럼 바스러질 듯 위태로웠고 신기루처럼 금방에 흔적 없이 사라질 것 같았다.

우리의 시간은 길고도 짧았다. 농밀하고도 공허했다. 싸늘한 겨울이 좁은 방에 서둘러 찾아들자 주위의 공간이 차갑게 변해 갔다. 서점 주인의 몸에 새겨진 또렷한 상흔과 지금까지 그가 견뎌왔을 고통의 시간이. 내 시야에, 손끝에, 피부에 아프고 서럽게 각인되어 갔다. 나는 그의 두근거리는 심장 소리가 두려웠다. 거친 호흡이 불안했다. 창백한 그의 얼굴을 마주할 수 없어 그저 두 눈을 감아버렸다. 힘없이 내 안에서 무너져 내리는 그의 마른 등을 어루만져 주는 일 이외에는 내가 할 수 있는 게 없었다. 메마르고 거친 호흡이 잦아들자 별이 사라진 검은 밤이 조금씩 곁으로 가까이 다가오고 있었다.

"불행에는 모두 비슷한 의문을 품죠. 왜 하필 나일까?"

서점 주인이 똑바로 누워 천장을 향해 읊조렸다.

"나도 그랬어요. 왜 나만 이렇게 태어났을까. 내가 뭘 그리 잘못했다고."

불행이 무엇인지조차 모르던 어린 시절, 할 수만 있다면 신에게 따져 묻고 싶었으리라. 억울하고 화가 났고 분노가 치밀었겠지. 그는 삶의 대부분을 새하얀 병실에서 보냈다. 차가운 수술실에 들어갈 때마다 과연 이 길을 다시 돌아올 수 있을까, 하며 두려워했고 그 공포는 거대한 바위처럼 굴러와 평범한 삶을 무참히 짓이겨 놓았다. 그는 사방으로 뻗은 잎맥처럼 선명한 수술 흉터를, 그 상흔을, 그 고통의 시간을 들키기 싫어 도망치듯 나에게서 벗어나려 했었다. 삶은 이렇듯 의외의 순간에 그 잔인하고 가혹한 얼굴을 숨김없이 드러냈다.

"그런데 행운이 왔을 때는 달라요. 당연한 듯 쉽게 받아들이죠. 행복과 불행은 너무 극단적이지 않아요? 당신 말처럼, 안 행복하고 덜 불행한 게…."

내 쪽을 향해 몸을 돌려 누운 그가 찬찬히 단어를 골랐다. 세상을 기록하는 작가처럼, 자연을 노래하는 시인처럼 한참을 고민하던 서점 주인이 조심스레 입을 열었다.

"행복 역시 필연적인 게 아니에요. 행복도 불행도 모두 다 삶이 지닌 무작위성일 뿐이죠."

"…."

"그러니까 뭐든 적당히 그럭저럭 흘러가는 게 가장 좋은 것 같아요."

새하얀 가슴에 새겨진 흉터는 깊고 선명했다. 내 손끝이 조심스레 그의 시간을 더듬어 갔다. 죽음을 문밖에 세워둔 채, 몇 번이고 반복했던 대수술. 여전히 힘겹게 뛰고 있는 그의 심장이 여기, 이곳에 있었다.

"초등학교까지는 그럭저럭 지냈어요. 중학교부터 몸이 커지니까 심장이 좀 버거웠나 봐요. 입퇴원을 반복하긴 했어도 중학교까지는 무사히 졸업했어요."

그는 또래들과 뛰어놀거나 마음껏 어울리지 못했다. 그에게 유일한 친구는 책장을 빼곡하게 채운 책들뿐이었다. 책 속의 인물들은 그를 지루해하지 않았다. 이상하게 보지도 않았다. 결석일 수가 많음에도 성적이 좋다는 이유로 질투하지 않았고, 우연히 본 수술 흉터에 프랑켄슈타인의 실패한 괴물이라 놀리지도 않았다. 병실에서조차 EBS 강의를 들으며 어떻게든 학업을 이어가려 노력했지만, 또래들의 싸늘한 시선과 냉대는 그에게 육체적 고통보다 더 깊은 마음의 상흔을 남겼다.

"대학은 휴학했어요. 어쨌든 고등학교 졸업 후에는 무조건 가야 하는 줄 알았는데. 막상 들어갔더니 별 의미가 없더라고요."

"시간도 아깝고"라고 덧붙이며 서점 주인이 짧게 웃었다.

'나 고등학교 졸업 못 했는데.'

서점 주인은 결국 내게 자신의 오랜 친구를 소개했다. 새벽 응급실에서, 차가운 수술실과 새하얀 병실에서 늘 곁을 맴돌던 바로 그 존재. 죽음은 그에게 과한 집착과 욕망, 헛된 바람조차 허락하지 않았다.

"이상하게 들릴지 모르겠는데, 덕분에 지금까지 마음 편하게 살았던 것 같아요."

꼭 이뤄야 할 무엇도, 미래에 성취해야 할 꿈도 그에게는 손에 잡히지 않는 안개처럼 의미 없이 스러져 버렸다.

"인간은 누구나 태어남과 동시에 죽음을 등 뒤에 매달고 살아요. 나는 단지 그 녀석이 조금 더 무거웠을 뿐이죠."

죽음은 어린 그에게 삶의 덧없음을 알려주었다. 세상 모든 것이 유한하다는 진실도 말해주었다. 너무 이른 가르침이었고 너무 아픈 깨달음이었다.

"여건만 허락되면, 하고 싶거나 할 수 있는 일은 곧바로 시작했던 것 같아요. 추진력 하나는 끝내줬죠. 당장 내일 어떻게 될지 모르니까."

판매대에 놓인 각종 수험서가 서점 주인에게 어떤 의미였는지, 왜 그리 자주 서점 문을 닫았고 오랜 시간 돌아오지 못했는지, 친구와 다녀왔다는 그 여행지가 정녕 어디였는지, 나는 결국 이 모든 수수께끼의 정답지를 들쳐 보게 되었다. 고개를 돌리자 어둠에 익숙해진 동공 속으로, 새벽달처럼 희미한 얼굴이 가까이 다가왔다.

"입맛 형편없다고 놀리지 말아요. 병원 밖에서는 맨밥만 먹어도 맛있으니까."

깊고 느린 호흡 속에 낯선 향기가 섞여 들었다. 싸한 박하와 비에 젖은 흙냄새, 모두가 잠든 새벽 도시처럼 쓸쓸하고 고요한 외로움의 냄새가 스며들었다.

나는 천장에 시선을 고정한 채 입을 열었다.

"지금은… 괜찮아요?"

깊고도 아득한 찰나의 순간이 숨 막히게 지나갔다. 그가 나직한 한숨과 함께 헝클어진 이불을 반듯하게 덮어주고는 긴 머리를 조심스레 쓸어주었다.

"너무 늦었네요. 그만 자는 게 좋겠어요."

불 꺼진 회색 전등이 어둠 속에서 이지러졌다. 더는 물어볼 질문도, 그가 해줄 수 있는 대답도 없었다. 나는 모로 누워 가만히 두 눈을 감았다.

***

　창밖이 소란스러웠다. 아이들의 자지러지는 웃음과 누군가의 새된 외침이 빌라 전체를 뒤흔들었다. 거친 엔진 소리가 주차장을 벗어나자 비로소 새소리가 들려왔다. 무거운 눈꺼풀을 간신히 밀어 올린 후 창 쪽으로 고개를 돌렸다. 순간 날카로운 통증이 머릿속을 뒤흔들었고 나는 바닥에 떨어진 옷을 주워 입고는 재빨리 침대를 벗어났다.

　방문을 열어젖히자 거실에는 흐릿한 아침 햇살과 텅 빈 고요만이 남아 있었다. 테이블에 놓여 있던 둥근 잔과 접시 그리고 술병까지 사라졌고, 붉게 흘러내린 와인의 흔적도 깨끗이 지워졌다. 주방 식기 건조대에 있는 말끔하게 닦인 두 개의 와인 잔만이, 지난밤 내가 이곳에서 혼자가 아니었음을 말해주었다.

　빠르게 두 손으로 마른세수를 한 후 욕실 문을 열었다. 뜨거운 물줄기가 닿기 무섭게 온몸에 느껴지는 통증이 어젯밤 일이 꿈이 아니었음을 또 한 번 확인시켜 주었다. 잠귀가 밝거나 예민한 편은 아니었지만, 누군가 침실을 빠져나와 어질러진 거실을 청소하고 그릇들을 정리하는 것조차 눈치채지 못할 정도는 아니었다. 그는 정말 내가 깨지 않기를 바랐을까. 혹여 깨끗하게 정리된 거실처럼 모든 것을 없었던 일로 하고 싶었을까. 뿌옇게 차오르는 수증기가 머릿속까지 스며드는 기분이었다.

　방으로 돌아와서는 가장 먼저 가방 속 핸드폰부터 꺼내 들었다. 엄마에게서 온 메시지를 읽으며 나도 모르게 한숨이 터져 나왔다. 서점 주인에게서는 연락이… 올 수가 없었다. 나는 여전히 그의 번호와 이름을 알지 못한다. 한 번쯤 연락처를 물어 오리라 믿었기에 시장 입구에서 말없이 돌아선 그를 보며 의아하게 생각했다. 하지만 이제는 알 것 같았다. 그는 내게 아무것도 물을 수 없었을 것이다.

　'내가 미쳤나 봐요. 이러면 안 되는데, 정말 말도 안 되는….'

　그의 두려움이 무엇인지 조금은 눈치챌 수 있었다. 새로운 관계 그리고 인연, 남들에게 평범하게 다가오는 것들이 그에게는 견디기 힘든 고통이겠지. 그 진실이 뾰족하게 손톱을 세워 가슴을 할퀴었다.

　나는 고개를 들어 텅 빈 방을 둘러보았다. 어젯밤 서점 주인이 머물렀던 흔적은 어디에서도 찾을 수 없었다. 싸한 박하 향도 비에 젖은 흙냄새도 거짓말처럼 사라져 버렸다.

　커튼을 젖히자 시린 초겨울 햇살이 쏟아지며 저절로 두 눈이 간잔지런해졌다. 예리하게 파고드는 것이 강한 햇빛인지 아니면 다른 무엇인지 알 수 없었다.

　"조, 있으면 나와."

그러나 집 안 어디에도 나의 작은 빛은 보이지 않았다. 더는 조를 볼 수 없다면 내가 드디어 제정신으로 돌아온 걸까? 어쩌면 서서히 미쳐가는지도 모르겠다.

창으로 향했던 몸을 돌려세우자 책상에 놓인 책 한 권이 시선을 붙잡았다. 가까이 다가간 후에야 그것이 동네 책방에서 산 시집임을 알 수 있었다. 나는 시집을 집어, 책갈피가 꽂혀 있는 페이지를 열었다.

아. 저 발자국
저렇게 푹푹 파이는 발자국을 남기며
나를 지나간 사람이 있었지.

서점에서 받은 노란색 책갈피가 시집에 꽂혀 있었다. 나는 깊게 들이마신 숨을 천천히 내뱉고는 한 번 더 책 속으로 시선을 돌렸다. 초겨울 햇살만이 가득한 텅 빈 방에 설원을 걷는 뽀득뽀득 소리가 들려왔다.

언제나처럼 학원으로 향하는 계단 위에 올라섰다. 1층 복도 끝에 불이 켜져 있는지는 확인하지 않았다. 가끔 들르던 1층 카페도 조용히 지나쳤다. 출근 시간에 맞춰 학원에 도착했지만, 수업 시간 내내 멍하니 있었다. 간단한 스펠링조차 기억나지 않아 한참을 칠판만 쳐다보았고 틀린 문장에 동그라미를 표시하는가 하면 늘 하던 아이들과의 영어 인사도 건너뛰었다. "쌤?" 하고 부르는 목소리에 "어! 미안해" 하는 사과가 연거푸 반복되자 이상함을 느낀 꼬마들이 자기들끼리 소곤거렸다.

"괜찮아요? 어디 아픈 것 같은데?"

"감기 기운이 좀 있어서요."

어설프게 둘러대는 나를 원장은 걱정스러운 표정으로 바라보았다. 내가 이렇게까지 엉망인 일주일을 보내는 동안, 사라져 버린 조는 끝끝내 돌아오지 않았다. 그리고 나머지 한 명은…. 가로등 아래에 누군가 서 있는 모습을 본 순간, 둔탁한 소리와 함께 심장이 추락했다. 그러나 내가 알고 있는 얼굴이 아니었다. 금방에 주저앉을 듯 두 다리에 힘이 풀렸다.

책방과 학원까지는 고작 몇 걸음인데, 갑자기 이 짧은 거리가 너무 아득하게만 느껴졌다.

나는 도무지 나란 인간을, 동굴처럼 깊고 축축한 나의 내면을 들여다볼 수가 없었다. 어떻게든 정답을 찾으려는 이도, 필사적으로 답을 숨기려는 이도 모두 한 사람이었다. 지난 일주일 동안 나는 나와의 끊임없는 숨바꼭질에 서서히 지쳐가기 시작했다.

서점 주인에게로 다가가려는 스스로를 막아서는지, 아니면 간절히 그를 기다리는지조차 알 수 없었다. 작은 푸른빛마저 사라지자 나는 점점 더 고립되어 갔다. 시간은 멍청한 나를 한곳에 못 박아두고 정처 없이 멋대로 흘러가고 있었다.

주말에는 온종일 방 안에 틀어박혀 눈에 들어오지도 않는 영화를 봤다.

"저건 말이 안 되잖아."

혼자서 중얼거려 보지만 되돌아오는 답은 없었다. 짜증스럽던 잔소리조차 들리지 않았고 반짝이다 사라지는 건 맥주캔에 반사된 전등빛뿐이었다. 말이 안 된다는 건 개연성을 찾아볼 수 없는 허술한 영화가 아니었다. 단 한 발자국도 앞으로 나아가지 못하는 누군가의 꽉 막힌 하루였다. 그리고 나는 나만의 소중한 빛을 잃어버렸다.

요즘은 너무 조용하다. 좀 서운해지려고 해.

엄마에게서 날아온 메시지를 보며 실없는 웃음을 터트렸다. 조용하고 싶어 하루 종일 골방에 틀어박혀 무슨 내용인지도 모를 영화를 봤다. 조용히 잠들고 싶어 술을 마셨고, 조용히 지내고 싶어 책방 근처에는 얼씬도 하지 않았다. 엄마는 지금 당신의 딸이 얼마나 시끄러운 혼란 속에 놓여 있는지 알 수 없을 것이다. 습기를 가득 머금은 이 축축한 감정이 정작 무엇인지 나조차 모르는 것처럼.

***

또다시 새로운 한 주가 시작되었다. 나는 여전히 지름길을 고집했고 2층으로 향하는 계단에 서서 습관처럼 호흡을 가다듬었다. 여름내 뜨겁게 타올랐던 초록이 모두 거짓말이었다는 듯 계절은 완연한 무채색의 겨울로 접어들었다. 시간은 때론 너무 빠르고 가끔은 지루하리만큼 더디게 흘러갔다. 시린 바람 끝을 느끼며 나는 천천히 계단을 밟아 올라갔다.

그동안 엉망이었던 수업은 다시금 활기를 되찾았다. 아이들과 단어 맞히기 게임을 하며 즐겁게 웃고 떠들자 무겁게 가라앉았던 감정이 조금씩 떠오르기 시작했다.

"자, 다음 문제."

칠판에 아홉 개의 칸을 그려 넣기 무섭게 여기저기서 탄식이 들려왔다. 단어가 만만치 않다는 의미였다.

"지난주에 배운 단어야."

"쌤, E요."

한 아이가 소리쳤다. 나는 냉정하게 고개를 내저었다. 단어에 E는 들어가지 않는다.

"그럼 A요."

또 다른 아이가 외쳤다. 내가 첫 번째와 여섯 번째 칸에 A를 써넣자 그 즉시 아이들이 웅성거렸다.

"A가 두 개나 있어."

"B요."

"미안하지만 B도 없습니다."

그사이 아이들은 T와 G 그리고 R을 맞혔다. 나는 알파벳을 각각의 자리에 써넣었다.

"쌤, L이요."

나는 L을 외친 아이를 향해 행운의 미소를 건네고는 두 번째 그리고 세 번째 칸에 차례로 L을 써 넣었다. 알파벳 대부분이 나왔음에도 교실은 어쩐 일로 조용하기만 했다. 분명 지난 시간에 배운 단어였는데 '저게 뭐지?' 싶은 표정들을 보자 약간의 실망감마저 느껴졌다.

"아! 알겠습니다."

빙고를 외친 학생은 맨 뒤에 앉은 선자 님이었다.

"그 뭐냐. 알… 알리게… 이타. 악어. 악어 맞지요?"

나는 고개를 끄덕이고는 모든 스펠을 칠판에 적었다. alligator. 악어.

"뭐야. 지난주 Go to the Zoo에서 악어 배웠잖아."

내가 대답하자 갑자기 교실이 술렁이기 시작했다.

"악어는 그게 아니었는데?"

"crocodile. 그게 악어잖아요."

한 아이가 여봐란듯이 책을 펼치자 뒤늦게 아차 싶은 생각이 들었다. 아이들이 지난주에 배운 악어는 alligator가 아닌 crocodile이었다.

"미안, 선생님이 또 실수했다."

나는 그 즉시 crocodile과 alligator의 구별법을 말해주었다. V자와 U자의 입 모양과, 입을 다물었을 때 상하 치아가 보이고 안 보이고의 차이를 부지런히 설명했다. '그렇구나' 하는 표정으로 고개를 끄덕이는 얼굴들을 보며, 나는 이 수업에 실망감을 느껴야 하는 쪽은 전적으로 아이들이라고 생각했다.

그렇게 왁자지껄했던 수업도 모두 끝났다. 노트북으로 수업일지를 기록하는데 교실 문이 열렸고, 고개를 돌린 곳에 한 원장이 팔랑팔랑 손을 흔들며 서 있었다.

"단 쌤, 나 먼저 갈게요. 문단속만 부탁해요."

"원장님 다음 수업은요?"

한 원장은 예비 중1 특강을 전담했다. 아직 2시간 정도 수업이 남아 있었는데 갑자기 퇴근하면 그 수업은 어떻게….

"오늘 시골에서 병원 검진차 고모님이 올라오세요. 기사 노릇할 사람이 나밖에 없어서 어쩔 수가 없어. 수업은 토요일에 보강한다고… 내가 지난주에 얘기 안 했어요?"

"죄송해요. 제가 또 깜빡했어요."

"제대로 못 들었을 수 있어. 참! 원두 어때요? 이번에 새로 바꾼 거 괜찮아요?"

"네. 향이 좋더라고요."

"역시 단 쌤 취향일 것 같았어. 그럼 내일 봐요."

원장과 마지막 인사를 끝낸 후 학원 홈페이지에 접속해 수업 자료를 내려받았다. 반 아이들의 학습 진도를 확인하는 동안 유리문 열리는 소리가 들렸다. 중1 예비반도 모두 돌아갔다면 이 시간에 학원을 찾을 사람은 없었다. 나는 뒤늦게 학원 문을 잠그지 않았다는 사실을 깨달았다.

안으로 들어서는 조심스러운 걸음은 이내 교실 앞에서 멈췄다. 창으로 비치는 낯익은 얼굴을 보며 온몸의 긴장이 풀렸다. 나는 손에 쥔 핸드폰을 책상 위에 내려놓았다.

"다행이네요. 선생님이 아직 계셔서."

안도한 표정으로 교실에 들어선 선자 님이 가까이 다가와 책상 위에 무언가를 꺼내놓았다. 단지 모양 유리병 속에는 짙은 암갈색의 액체가 들어 있었는데, "이게 뭐예요?" 하고 묻는 내게 선자 님이 반색하며 입을 열었다.

"밤꿀이요. 이게 약보다 더 좋아요."

"밤…꿀이요?"

"잡스러운 꿀은 요만큼도 안 섞은 오직 밤나무꽃에서만 딴 진짜 토종 밤꿀이에요. 이거 구하기도 쉽지 않아요."

내가 물은 건 밤꿀의 순도가 아니었다. 이걸 왜 학원에 가져왔느냐는 의미였다.

"이걸 왜?"

"요즘 선생님 많이 피곤해 보여서요. 온종일 애기들이랑 수업하는 게 어디 보통 일이에요? 거기다 저 같은 늙은이까지 보태니 얼마나 힘들겠어요."

"제가 요 며칠 너무 엉망이었죠? 죄송합니다."

"아이고 그런 말씀 마세요."

얼마나 넋 빠진 채 수업했으면 선자 님이 이런 걱정까지 하셨을까. 스스로가 한심해 헛웃음조차 나오지 않았다.

"세상에 철썩이지 않는 바다는 없는 법입니다. 사람 마음도 파도랑 똑같아요. 잔잔했다 무섭게 들썩이거든요. 그래도 흘러야 물이지, 고이면 썩어요. 사람도 늘 같기만 하면 병이 나거든요."

선자 님이 말을 멈추고는 당황한 얼굴로 손을 내저었다.

"아이고. 늙은이가 노망이 났나 보네. 내 감히 선생님 앞에서 무슨 소리를."

"아닙니다. 너무나 감사한 말씀을 해주셨어요."

"생각날 때마다 한 숟가락씩 드세요. 하나는 선생님이 드시고,

하나는 원장님 드리세요. 피곤하실 때 드시면 그 뭐냐 영양제 이런 것보다 훨씬 좋을 겁니다."

고운 필통과 귀한 밤꿀까지. 선자 님에게는 늘 받기만 했다. 그리고 오늘 그녀는 내게 오랫동안 자신의 삶을 지켜온 사람만이 건넬 수 있는 진심의 위로를 주었다.

"공부 열심히 하지 마시라니까요. 배우지도 않은 단어까지 척척 맞힐 정도로 열심히 하시면 저 진짜 서운해요."

농담 같은 진심을 전하자 선자 님이 눈가를 곱게 접으며 자못 뿌듯한 미소를 지었다.

"1층 책방 총각이 책 한 권을 선물해 줬어요. 그림도 크고 단어도 큼지막하게 쓰여 있는 영어책이요. 한글로 읽는 것도 다 적혀 있어서 보기 편했어요. 그 총각 덕분에 소가 뒷걸음치다 쥐를 다 잡네요."

순간 물속에 잠긴 듯 선자 님의 웃음이 귓가에서 출렁였다. '책방'이라는 한마디가 높은 파고가 되어 온몸을 집어삼켰다. 지금까지 애써 가슴에 막아두었던 무언가가 툭 소리와 함께 터져버렸다.

"혹시 드셔보시고 몸에 잘 맞으시면 꼭 말씀하세요. 또 갖다드릴게요."

고개를 끄덕였지만, 감사를 충분히 전했는지는 알 수 없었다.

선자 님이 뒤돌아 총총히 학원을 빠져나가고 이제라도 문을 잠가야 하는데, 나는 그 자리에 멍하니 서 있었다.

'그래도 흘러야 물이지, 고이면 썩어요. 사람도 늘 같기만 하면 병이 나거든요.'

가만히 고여 있으면, 감정에 거친 파도를 일으켜 서로에게 함부로 닿지 않으면, 두 사람 모두 괜찮으리라 믿었다. 아무도 다치지 않을 테니까. 물처럼 움켜잡을 수도, 바다처럼 메울 수 없는 사이라서 더는… 더는 어쩔 수 없다고 생각했다. 그러나 멍청한 감정은, 아둔한 인내는 웅덩이처럼 한자리에 고여 덧없이 썩어가고 있었다.

나는 학원을 벗어나 뛰듯이 계단을 내려왔다. 건물 뒤편이 아닌, 2차선 도로가 보이는 앞문으로 빠져나오자 세탁소와 카페 그리고… 까맣게 간판 불이 꺼진, 동네 책방이 있었다.

서둘러 달려가 유리문을 밀었지만 굳게 닫힌 그곳은 열리지 않았다. 맑은 풍경 소리도 특유의 책 냄새도 없었다. 카운터에 석상처럼 앉아 있던 서점 주인도 보이지 않았다. 모든 것이 짙은 암흑 속에 파묻혀 버렸다.

'늙어서 노년을 맞이한다는 건… 큰 축복인지도 모르죠.'

시간은 이제 겨우 6시를 지나고 있었다. 이 시간에 서점 문을 닫을 리 없는데 만약 또 한 번의 여행을 떠났다면…. 나는 손톱

끝을 잘근거리다 가방 속 핸드폰을 꺼냈다. 몇 번의 연결음이 지나간 뒤 귓속으로 익숙한 목소리가 흘러들었다.

"네, 단 쌤."

"원장님 잠깐 통화 가능하세요?"

"괜찮아요. 왜, 학원에 무슨 일 있어요?"

"아니요. 그런 게 아니라…."

나는 여전히 손톱을 깨물며 머뭇거렸다.

"1층 서점. 아니, 동네 책방이요. 언제 문 닫았어요?"

"책방이요?"

서점 바로 옆이 건물 주차장이었다. 자동차로 출퇴근하는 원장은 매일같이 동네 책방 앞을 지날 테고, 누구보다 책방 상황을 잘 알고 있을 것이다.

"글쎄? 지난주까지는 열었지."

"지난주요?"

"아! 그래 맞아. 토요일에도 서점 문 열었어요. 내가 커피랑 자잘한 학원 비품 산 후에 잠깐 들렀거든. 그때 지나가다 우리 책방 도련님 봤지. 넋 나간 사람처럼 멍하니 앉아 있어서 저절로 쳐다보게 되더라고."

"토…요일?"

눈에 들어오지도 않는 영화는 보지 말았어야 했다. 초저녁부터 술을 마시지 말아야 했고 잔뜩 취해 잠들지 말아야 했다. "놀라게 하고 싶지 않다"라는 그의 한마디를 끊임없이 되뇌지 말았어야 했다.

"미안, 갑자기 병원 방송 나와서 못 들었어요. 뭐라 했어요?"

"아니에요."

"단 쌤, 왜요? 급하게 책 살 거 있어요? 요즘 인터넷 서점도 하루 배송되지 않나? 아니면 대형 서점 가봐요. 지하철로 한 정거장이야."

"원장님. 죄송합니다."

전화를 끊은 뒤에도 나는 한참을 불 꺼진 책방 앞에서 서성였다. 아직 사야 할 책이, 갚아야 할 빚이 저곳에 남아 있었다. 그 사실을, 간절한 약속일지도 모를 시간들을 서점 주인도 잊지 않았을 것이다. 부디 잊지 않기를 바랐다.

밤이 두려운 건 그림자의 마법이 환각이 되어 날뛰기 때문이다. 술에 취한 듯 몽롱하게 흐르는 밤은 흔들리는 나뭇가지를 누군가의 손짓으로, 불 꺼진 상점 앞 입간판을 껑충한 뒷모습으로 보이게 했다. 그때마다 심장은 제멋대로 뒤척이며 나를 놀라게 했고 비슷한 실루엣을 얼비쳐 호흡을 멈추게 했다.

하루, 이틀, 사흘, 나흘, 그렇게 일주일이 지나가는 동안, 나의 작은 빛은 사라졌고, 1층 서점은 짙은 어둠 속에 갇혀 지루한 침묵만 고집했다. 익숙한 모든 빛을 잃어버린 나는, 밤이 검게 물들어 갈수록 점점 더 무섭고 두려웠다. 내 시간은 조금도 나아가지 못한 채 그곳 그 밤에 못 박혀 있었다. 깊고 탁하게 고여 서서히 썩어가고 있었다.

***

내 모습에 적잖이 속상해하던 엄마는, 당신이 손수 만든 음식이라야만 딸의 생기가 돌아오리라 믿는 것인지 오랜 시간 주방을 벗어나지 않았다. 안타까움이 가득 담긴 접시를 밀어줄 때마다 나는 꾸역꾸역 밥을 입에 넣었다. 그러나 일이 힘드냐는 아빠의 질문에는 재미있다는 대답으로 얼버무렸다. "그럼 됐지"라고 말하며 아빠가 내 밥그릇에 가시 바른 생선을 올려주었다.

"너 고등어 좋아하잖아."

까맣게 탄 얼굴을 마주하자 아빠는 시골 청년처럼 수줍게 미소 지었다. 바닷가의 햇살과 해풍이 아빠의 가슴에 박힌 단단한 것들을 조금씩 둥글게 마모시키고 있었다.

저녁을 먹기 무섭게 연거푸 하품하던 아빠가 일어나 방으로 들어갔다. 빠끔히 열린 방문 틈으로 노곤하게 코 고는 소리가 흘러나왔다.

"해만 떨어지면 꾸벅꾸벅 존다. 시골 영감이 다 됐어."

엄마의 안온한 표정이 단비가 되어, 퍼석하게 말라 있던 가슴을 적셨다. 나는 엄마의 무릎을 베게 삼아 거실에 길게 누웠다.

"엄마."

엄마가 대답 대신 내 머리를 어루만졌다. 나는 깊게 호흡하며 익숙한 체취를 빨아들였다. 엄마는 그 공허함을 어떻게 견뎌냈을까. 한 아이를 잃은, 그 막막한 상실감을 어떻게 참아냈을까. 만약 묻는다면 대답해 주려나? 이 답을 알고 있는 건, 세상에서 오직 엄마와 조, 둘뿐일 것이다.

"엄마."

"그래 말해."

나는 잠시 머뭇거리며 아랫입술을 짓씹었다.

"나 다시 여기서 살까?"

그 한마디에 머리를 쓰다듬던 손길이 멈췄다. 그러나 '왜'라는 물음은 들려오지 않았다. 질문을 받는다고 해서 적절한 답을 내놓을 수는 없을 것이다. 과연 답이 존재하는지도 모르겠다.

"원하면 그렇게 해."

정작 내가 무엇을 원하는지조차 모르겠다. 이 상황에서 무엇을 어떻게 해야 하는지, 내가 할 수 있는 것보다 하면 안 되는 일이 무엇인지 알고 싶었다. 생각할수록 모든 것이 피곤하기만 했다. 나는 그저 엄마의 무릎에서 쉬고 싶었다. 하지만 이제 내가 쉴 수 있는 곳은 더 이상 이 집이 될 수 없었다. 그리고 그 사실을 어느덧 엄마도 받아들이고 있었다.

엄마는 더는 자고 가라는 말도, 무슨 일이 있느냐는 질문도 하지 않았다. 택시를 불러준다며 핸드폰을 찾거나, 지하철역까지만 가자며 먼저 나서지도 않았다. 현관까지만 배웅 나온 엄마는 문 앞에서 웃으며 고개를 끄덕였다. 아무것도 말하지 않았지만, 엄마는 모든 걸 다 아는 듯 보였다. 먼 과거 우리가 한 몸이었던 오래전 그때처럼.

지하철에 지친 몸을 싣고 어두운 터널을 빠져나왔다. 다시 지상으로 올라와 익숙한 길로 접어들었다. 언덕을 오르던 걸음이 돌연 한자리에 멈춰 서고, 나는 태엽 풀린 인형처럼 그곳에 오랫동안 못 박혀 있었다. 눈을 들어 바라본 세탁소는 문이 닫혀 있었다. 카페는 아직 영업 중이었다. 겨울을 재촉하는 시린 바람이 불어와 긴 머리를 헝클어뜨리자 비로소 굳어 있던 두 다리가 움직이기 시작했다. 카페 문을 여는 손이 떨렸고, 몸이 아플 정도로 강한 오한과 한기가 느껴졌다. 나는 이 모든 떨림이 겨울바람과 밤공기가 뒤섞인 사나운 날씨 탓이라고 믿고 싶었다.

문을 열기 무섭게 어서 오시라는 인사가 들려왔다. 카운터에서 아이스 아메리카노를 주문하자 주인의 시선이 잠시 문밖을 살폈다.

"사이즈 업 부탁드려요."

그 말에 카페 주인이 분주히 움직이기 시작했다. 잠시 뒤 얼음이 가득 담긴 커피 한 잔이 눈앞에 놓였다. 밖으로 나오자 건조한 바람이 마른 잎들을 허공으로 날렸다. 나는 천천히 어깻숨을 내쉰 후, 하얗게 불을 밝히는 동네 책방으로 걸어갔다.

언제나처럼 맑은 풍경 소리가 제일 먼저 손님을 반겼다. 카운터에 앉아 있던 서점 주인이 느린 동작으로 자리에서 일어났다. 나는 서점 주인이 지금까지 어디에서 무엇을 했는지 생각하지 않으려 했다. 그러나 굳이 묻지 않아도 알 것 같았다. 그가 어디를 다녀왔고 어떤 존재와 동행했는지. 서점 주인은 강파른 겨울나무 같은 얼굴로 물끄러미 나를 보았다. 나는 커피를 움켜쥔 채 빠른 걸음으로 책방을 가로질렀다. 열을 맞춘 책들 사이를 천천히 지나 널따란 판매대 위에 컵을 내려놓았다. 갑자기 책방 안의 공기가 희박해진 느낌이었다. 나는 한 번 더 크게 어깻숨을 내쉬었다.

"내가 만약 오늘, 또…."

입을 열자 목 안을 긁어대는 거친 소리가 흘러나왔다. 나는 시선을 앞에 놓인 커피에 고정한 채 말을 이었다.

"이 컵 쓰러뜨려서 여기 있는 책들 젖게 하면…."

순간 탁 소리와 함께 천장의 조명이 꺼졌다. 나는 고개를 들어 어둠 속에 서 있는 서점 주인을 바라보았다. 이제 누구도 이곳의 문을 열고 들어와 잠든 책들을 깨우지 못할 것이다.

"내가 다 배상해 줄 때까지 이 책방 지킬 수 있어요?"

서점에 있는 책들을 엉망으로 만든 후 한 달에 한 권씩 변상해 준다면, 앞으로 얼마나 많은 시간이 필요할까? 적어도 그때까지 서점 주인은 이곳에서….

"장담할 수 없습니다. 나는 아무것도 약속할 수 없어요."

그가 카운터를 벗어나 앞으로 걸어 나왔다. 서점 주인은 창밖의 검은 그림자를 닮았다. 또렷하지만 형태를 알 수 없고, 손을 뻗어도 절대 잡히지 않았다.

"미안해요."

서점 주인도 결국 S와 똑같은 말을 했다. 하지만 그 역시 내게 미안해할 일은 없었다. 그런데 왜 자꾸만 눈앞이 하얗게 부서져 내리는 걸까. 나는 판매대 모서리를 힘껏 움켜잡았다.

"스무 살을 넘기기 힘들 거라고 했어요."

확장된 동공 속으로 서점 주인의 흐릿한 얼굴이 스며들었다.

"나에게 지난 10년은 덤이었습니다. 언제 어떻게 되더라도 당연하다고 생각했어요. 덕분에 오히려 편한 것도 있었죠."

서점 주인이 나를 향해, 한 걸음 가까이 다가왔다. 자동차의

헤드라이트가 불 꺼진 책방에 어지러운 문양을 그리며 지나가고, 주홍빛 가로등 아래 멀어지던 겸충한 뒷모습이 떠올랐다.

'저 스물아홉입니다. 서른하나라고 하셨잖아요. 저도 알려드려야 할 것 같아서요.'

그는 단순히 나이를 말한 게 아니었다. 어쩌면 나는 한 번도 상상하지 못한, 절벽 끝에 서 있듯 위태로운 삶을 고백했는지도 몰랐다.

그럼 지금이라도 말해주어야 할까. 내 이름과 연락처는 무엇인지. 먼저 이야기한다면 혹여 서점 주인도 말해주려나. 이름과 사는 곳, 연락할 방법과 그리고… 그리고 앞으로 얼마나 오랫동안 이곳을 지킬 수 있는지.

"그런데,"

서점 주인의 떨리는 목소리가 불 꺼진 책방을 울렸다.

"언젠가부터 마음이 편치 않았어요. 자꾸만 욕심이 생기는 스스로가 두려웠습니다."

차량이 지나갈 때마다 어두운 공간에 빛이 스며들었다. 벽시계 소리가 점점 더 크게 들려올수록 입안에 모래가 들어간 듯 숨소리마저 퍼석해지는 기분이었다. 이해할 수 없는 감정이 잘게 부서져 내리고, 시멘트 웅덩이에 빠진 듯 온몸이 가라앉고 있었다. 조금씩 굳어가고 있었다.

"행복하다는 감정이,"

그의 시선이 유속이 느린 물살처럼 움직여 내 얼굴에 닿았다.

"이렇게까지 사람을 힘들게 할 줄은 몰랐어요."

수압을 최대로 올린 물소리가 귓속을 때렸다. 길고 뾰족한 바늘이 머릿속을 관통한 듯 날카로운 통증이 느껴졌다. 아무리 노력해도 엉켜버린 생각들이 정리되지 않았다. 눈앞에 유령처럼 서 있는 그에게 모든 것을 털어놓고 싶었다. 불 꺼진 책방 앞에서 오랫동안 서성였다고, 환하게 불을 밝히는 책방을 보며 가슴이 내려앉았다고…. 하지만 나 역시 두려웠다고, 이 모든 진심이 당신에게 어떻게 다가갈지 알 수 없기에 무섭고 두려웠다고….

"덕분에 알게 되었어요. 행복하다는 게 얼마나 두려운 감정인지."

그의 고백이 한 걸음씩 움직이려던 내 마음을 멈춰 세웠다. 그리고 비로소 깨달았다. 이 모든 마음은 결국 서점 주인을 힘들게 할 것이란 사실을. 어쩌면 나라는 존재가 잔잔했던 그의 삶을 아프게 뒤흔들지도 몰랐다.

"욕망, 누군가에게 욕심이 생긴다는 게 사람을 너무 비참하게 만들더라고요."

"…."

"고마워요. 그리고 정말 미안해요. 이 말은 꼭 해야 할 것 같아서… 기다렸어요."

그럼 나는요? 나 역시 당신에게 고마워할까요? 아니면 너무 힘들다고 당신 앞에서 울어버릴까요? 금방이라도 튀어나오려는 말들을 짓씹으며 나는 힘겹게 숨을 골랐다.

"비참해지는 게 그렇게 두려워요?"

내가 얼마나 이기적이고 바보 같은 인간인지 결국 참지 못하고 이렇게 터트려 버렸다.

"다들 그렇게 살아요. 너무 행복해서 불안하고, 욕심 때문에 힘들어해요. 순간의 행복이 영원할 것이라 믿는 사람 없고, 점점 커지는 욕망 때문에 파멸하기도 해요. 지금 내가 사는 빌라. 전에 살던 사람이 그랬어요. 욕심에 잠식되어서 결국 모든 걸 잃고 스스로 자멸했어요. 그리고 지난 며칠간 나도."

"…"

"너무 힘들고 비참했어요."

어둠에 익숙해진 동공 속으로 책방 실루엣이 선명히 스며들었다. 이곳의 수많은 책이 저마다의 향기로 퍼져 나가고 미세한 먼지처럼 이야기들이 알알이 부유했다. 행복, 절망, 기쁨, 좌절, 승리, 파멸, 그리고 사랑까지. 책들은 마냥 행복하지도 끝없이 불행하지도 않았다. 그래서 책이고, 그래서 이야기며, 그래서 세상 모든 만물과 인간을 노래할 수 있었다.

"그러니 당신도 행복 때문에 불안해야 해요. 욕심 때문에 힘들어지세요."

서점 주인의 목울대가 미세하게 꿈틀거렸다.

"나 아직 이 책방에 빚이 남아 있잖아요. 빚지고 사는 거 되게 싫어하니까. 빚 다 갚을 때까지 조금 더 기다려 줘요."

이 말을 끝으로 나는 뒤돌아 거칠게 유리문을 밀었다. 맑은 풍경 소리가 멀리 아주 멀리까지 내 뒤를 따라왔다. 문득, 내가 저곳에 남겨두고 온 것들이 무엇인지 떠올렸다. 파란 햇사과와 커피. 그리고 누군가를 간절히 움켜잡고 싶은 손길도 있었다. 하지만 결국 나는 아무것도 가져오지 못했다. 어리석은 바보처럼 이 모든 것을 여전히 저곳에 남겨두었다.

***

아무리 노력해도 도어록 비밀번호가 떠오르지 않았다. 몇 번을 반복한 끝에 머리가 아닌 손이 간신히 여섯 개의 숫자를 기억해 냈다. 문을 열자 현관 센서에 불이 켜지며 어깨에 멘 가방이 툭 소리와 함께 바닥에 떨어졌다.

현관 센서등이 꺼졌음에도 어두운 거실 한가운데 파랗고 작은 불빛이 반짝였다. 나의 작은 빛, 조가 돌아온 것이다.

"누가 네 맘대로 드나들래."

나는 허공에 떠 있는 조를 향해 소리쳤다.

"네 멋대로 나타났다가 네 멋대로 사라지고…."

독하고 매캐한 연기가 가슴 가득 들어찼다. 숨을 내쉴 때마다 분노와 울분이 뜨거운 입김이 되어 새어 나왔다.

"그럼 난 뭐가 돼. 네가 오면 오는가 보다, 가면 가는가 보다, 그냥 감정 없는 허수아비처럼 그렇게 살아야 해? 네가 뭔데? 도대체 네가 뭔데 사람을 바보천치로 만들어."

입을 열면 퍼렇게 멍든 감정이 흉측하게 튀어나왔다. 칼날 같은 혀끝이 눈에 보이는 모든 것들을 베고 찢어버렸다.

설우야.

조의 목소리가 불 꺼진 거실을 울렸다. 나는 두 다리에 힘이 풀려 바람 빠진 풍선 인형처럼 그 자리에 주저앉았다.

"너는 이미 다 알고 있었지?"

분명 모든 것을 다 알고 있었을 터다. 그렇기에 이곳에서 맺은 인연들, 이 집과 서점 주인까지 조는 불안해하고 두려워했다.

내가 알고 있었던 게 아니야. 단지 그 사람이 나를 보고 느낄 수 있었던 거지.

보이지 않는 단단한 무언가가 머리 위로 추락했다. 그 충격에 한순간 온몸이 얼어붙어 버렸다. 이 세상에 조를 볼 수 있고 느낄 수 있는 건 오직 한 사람뿐이었다. 그 외에 누구도, 엄마조차 저 푸른빛의 존재를 자각할 수 없었다.

"무슨 소리를 하는 거야? 그 사람이 너를 볼 수 있다고?"

조는 대답 대신 허공에 작은 원을 그리며 반짝였다. 하지만 그것이 무엇을 의미하는지 나는 이해할 수 없었다.

나를 볼 수 있는 건…. 맞아, 너 하나뿐이야. 하지만 그 사람은 나의 존재를 확실히 느낄 수 있어. 만약 그 차이를 네가 알게 된다면 너는 너무 크고 고통스러운 경험을 하게 될 거야. S와 헤어지는 것과는 차원이 다른 아픔을 느끼겠지. 나는 그게 싫었어. 그건 이미 엄마를 통해 경험했으니까.

나는 태어났고 지금까지 모든 걸 경험했기에, 길고 긴 시간 속에서 많은 것을 알고 있다고 믿었다. 가족과 세상, 사랑과 이별, 그리고 삶과 죽음까지도. 그런데 아니었다. 나는 조를 잃어버린 엄마의 고통도, 사회에서 밀려난 아빠의 허무함도 온전히 이해하지 못했다. 그저 어렴풋이 알고 있었을 뿐이었다. 나는 지금껏 진정한 상실과, 살아간다는 것의 가치와, 진짜 죽음이 무엇인지조차 모르고 살아왔다.

나는 텅 빈 손을 들어 허공에 떠 있는 푸른빛을 가리켰다. 나의 반쪽이었던 존재. 거짓말처럼 흔적 없이 사라져 버린 아이. 조의 불안조차 눈치채지 못한 나는 줄곧 나만의 좁디좁은 세상

속에 갇혀 있었다.

"늘 생각했어. 엄마 뱃속에서 사라져 버린 아이가 네가 아닌 나였다면 어땠을까."

태어나지 못한 채 빛이 돼버린 나의 반쪽과 그 오랜 시간 동행했다. 왜 세상에 태어난 존재가 내가 되었는지, 조는 왜 흔적 없이 사라졌는지, 이 질문에 세상 그 누구도 명확한 답을 보여주지 못했고 스스로조차 찾을 수 없었다. 결국 내가 태어난 것과 조가 사라진 일 사이에는 아무런 이유가 없었다. 나에게 삶의 의미와 목적을 찾는 것은, 너무 힘들고 공허한 일이었다.

맞아. 너는 줄곧 그 생각에 사로잡혀 있었지. 마치 가을이 지나면 겨울이 온다는 걸 사람들이 알고 있듯, 너는 삶과 죽음이 늘 함께라는 걸 알게 됐을 거야. 하지만 말이야. 단순히 아는 것과 스스로 경험하는 건 달라.

나는 허공의 빛, 태어나지 못한 나의 쌍둥이를 향해 고개를 끄덕였다.

"맞아. 나는 너를 통해 짐작했던 거야. 뱃속에서 사라진 건 내가 아니었으니까."

내가 아는 건 진정한 죽음이 아니었다. 누구나 떠올릴 수 있는 하나의 관념일 뿐이었다. 그런데도 마치 사라진 존재가 나인 듯 내 앞에 주어진 삶을 한없이 가볍게만 여겼다. 하루하루 온전한 육체로 살아가며 먹고 마시며 이야기할 수 있는, 이 모든 걸 누리는 주제에, 어찌 그토록 쉽게 삶의 덧없음을 운운했을까.

"너를 아는 척해서, 나의 일부로 생각해서 미안해."

푸른빛이 가까이 날아와 내 주위를 맴돌았다.

모르는 건 나도 마찬가지야. 죽음으로 인한 상실의 고통 이외에 내가 알 수 있는 건 없어. 지루할 정도로 반복되는 너의 하루가 무엇을 의미하는지, 세상을 살아가는 너에게는 왜 침묵과 인내가 필요한지도 정확히 알 수 없지.

조는 내게 늘 재미있는 삶을 주장했고. 지금보다 신나고 즐거운 하루하루를 이야기했다. 덧없이 사라져 버린 자신과 달리, 나는 이 세상에 태어났고 자랐으며 살아가니까.

나는 그러지 못했지만, 너는 세상에 태어났어. 그래서 다 겪을 수밖에 없겠지.

"…."

아프고 힘든 일, 괴롭고 어려운 순간.

"…."

좌절하고, 실망하고, 상처 주고, 상처받고, 떠나고, 떠나보내고.

"…."

이 모든 시간을 견디고, 앞으로도 견뎌내야 하잖아.

푸른빛이 너울거리는 파도가 되어 내 앞으로 다가왔다 뒤로 물러섰다.

너는 그렇게 살아왔고, 그렇게 살아갈 거야. 길고 지루한 삶 속에서 아주 잠깐 빛나는 즐거움을 만끽하면서. 사는 건 정말 재미없는 일이지 않아? 그런데 이렇듯 하품이 나올 정도로 따분한 삶조차 허락되지 않는 이들이 있어. 그 사실을 너는 비로소 피부로 느끼게 된 거야. 내가 아닌 너와 똑같은 인간을 통해서. 그건 내가 아무리 노력해도 막을 수 없었어. 그냥 네 몫이었던 거지.

나는 고개를 들어 어둠이 내려앉은 세상을 바라보았다. 아무리 노력해도 조가 나의 삶을 바꿀 수 없듯, 나 역시 삶의 의미와 목적을 여전히, 어쩌면 평생을 찾을 수 없을 것이다. 지금처럼 모든 것을 받아들여야 할 테지만, 그것이 더는 허무가 되지 않을 것 같았다.

"조, 시간이 흐르면 그때 알게 돼. 내가 견디기 힘든 고통을 지나왔구나, 뒤늦게 깨닫게 돼. 그래서 그냥 사는 수밖에 없어."

나는 서점 주인과 그의 등 뒤에 그림자처럼 매달려 있는 가혹한 친구를 떠올렸다. 그 무게가 조금씩 가벼워지기를, 그를 짓누르는 고통이 사라져 삶을 살아가는 걸음걸음도 가뿐해지기를 바랐다. 그렇게 오랜 시간이 흐르고 흘러 삶의 끝자락과 마주할 때, 그 힘들고 지난한 여정을 무사히 잘 지내왔구나, 하고 스스로에게 말할 수 있게 되기를 바랐다. 그가 또 한 번 오른 그 여행

길이 부디 덜 아프고 외롭기를, 나는 간절히 기도했다.

***

x월 x일

설우는 어딘가 모르게 지쳐 있었다. 살이 빠져 초췌한 얼굴이 안쓰러웠지만, 고요한 두 눈은 전보다 맑고 깊게 빛났다. 설우가 집으로 돌아올까, 하고 물었을 때는 반가움과 걱정이 뒤엉켜 가슴에 시끄러운 소용돌이를 일으켰다. 딸아이가 원하는 건 단순히 집으로 돌아오는 일이 아니었다. 제 안에서 얽히고설킨 무언가를 풀어내려 애쓰는 듯 보였지만 나는 짐짓 모른 척했다. 설우의 머리를 어루만지며 풍성한 머리카락만큼이나 많은 생각들이 스쳐 지나갔다. 학원 일이 힘에 부칠까. 혹여 경제적인 문제일까. 헤어진 연인과의 재회를 생각할까. 아니면 그사이 또 다른 인연이 생겼을까. 이 모든 혼란들이 뒤엉켜 그 아이를 힘들게 하는 건지도, 어쩌면 내가 짐작할 수 없는 전혀 다른 문제가 있는지도 몰랐다.

지금 설우의 가장 큰 고민이 무엇인지 묻고 싶지만 차마 그럴 수 없었다. 그건 딸이 해결할 문제일 테니까. 생각해 보면 내가 무사히 설우를 지켜낸 게 아니었다. 딸아이가 당당히 자신의 세상을 선택했고, 그 선택에 따라 묵묵히 살아가고 있을 뿐이었다. 그러니 더는 두려워할 이유도 불안해할 필요도 없었다. 다만 지친 설우가 잠시 쉬어갈 수 있게 이렇듯 가끔 무릎을 내어주고, 딸아이의 나직한 한숨 소리에 조용히 귀를 기울이는 일이 이제 내가 할 수 있는 전부였다.

거추장스러운 옷자락을 잘라 내듯 괜한 걱정을 하지 않으려 했다. 나는 현관에서 배웅하며 설우가 자신의 집으로 돌아가는 동안, 어떤 해답을 찾기를 바랐다. 베란다에서 내려다본 딸아이의 모습은 처음 내게 왔듯 작고 작은 한 점으로 조금씩 멀어져 갔다. 나는 그 점이 사라져 더는 보이지 않을 때까지 아주 오랫동안 그곳에 서 있었다.

***

마른 가지마다 새하얀 눈꽃이 흐드러지게 피어났다. 그 위에 내려앉은 햇살이 영롱하게 빛나고, 언덕을 내려가는 조심스러운 발자국들이 좁은 거리를 채웠다. 누군가 소금 한 숟가락을 쏟아놓은 듯 키 큰 가로등 위에도 소복하게 눈이 쌓였다. 3층 빨간 벽돌 건물 앞에는 아이들이 만들어 놓은 작은 눈사람들이 열을 맞추고, 카페 통창 너머로 크리스마스를 기념해 장식해 놓은 꼬마전구가 깜빡였다. 새해가 밝은 지 어느덧 한 달이 흘렀다.

"선생님 가시면 이 늙은이는 어째요? 이제 겨우 읽고 쓸 수 있게 됐는데?"

선자 님은 미간에 굵은 주름까지 만들며 금방에 울 것 같은 얼굴이 되었다.

"원장님이 곧 좋은 선생님 모셔 올 거예요. 그리고 저 당장 안 가요. 아직 겨울 방학 특강 남았습니다."

"며칠이나 남았다고요? 허리 한 번 폈더니, 칠십 세월이 흘렀는데."

"그럼, 1년은 눈 한 번 깜빡하면 지나갈 거예요."

"이 나이 되면 밤새 안녕이라고 안 해요. 선생님 돌아올 때까지 내가…."

"저 가기 전에 선자 님께만 특별히 1년 치 숙제 내줄 테니까 꼭 끝내셔야 해요. 갔다 와서 꼼꼼하게 다 검사할 겁니다. 약속해요."

선자 님이 조심스러운 몸짓으로 다가와 내 손을 꼭 붙잡았다. 그 따뜻한 온기가 빠르게 퍼져 가슴까지 아릿하고 뭉근하게 데웠다.

"약속할 테니, 선생님도 공부 끝나면 꼭 돌아오셔야 해요?"

간절한 눈빛이 뾰족이 목울대를 찔렀다. 나는 부러 웃으며 고개를 끄덕였다. 언제나처럼 깊게 고개를 숙이는 선자 님을 향해, 나도 정중히 허리를 굽혔다. 나는 선자 님한테 영어를 알려드렸고, 그녀는 내게 진정한 어른의 태도를 가르쳐 주었다. 아직 배워야 할 게 많은 사람은 오히려 내 쪽이었다. 학원 밖 복도까지 배웅 나가자, 몇 번의 아쉬운 인사 끝에 작고 마른 두 어깨가 총총히 계단을 밟아 내려갔다.

학원 안으로 들어서니 상담실에 마주 앉아 이야기를 나누는 한 원장과 나유의 모습이 보였다. 나는 고개 돌려 새하얗게 변한 창밖 풍경을 바라보았다. 내가 흑호동에서 터를 잡은 지도 벌써 1년이 되어갔다. 아이들이 참새처럼 영어로 종알거릴 동안, 그 작은 마음이 한여름 들꽃처럼 자라는 사이, 과연 나는 얼마큼 성장했을까 가늠해 보았다. 여전히 한자리에 멈춰 선 것도, 어딘가를 향해 조금씩 발을 내디딘 것도 같았다.

세상이 비에 젖고 바람에 깎이며 흰 눈에 파묻힐 동안에도 동네 책방의 문은 열리지 않았다. 책들의 세상은 깊고 오랜 동면에 들어갔다.

작년 12월의 어느 날이었다. 예고도 없이 함박눈이 내린 오후 학원장이 옷에 묻은 눈을 털어 내며 휴게실 안으로 들어섰다.

"세상에 나는 그런 줄도 모르고, 괜한 이야기만 했네."

처음과 끝이 사라진 이야기에 의구심을 표하자 원장이 두껍게

휘감긴 목도리를 풀었다.

"요 앞에서 건물 주인 아주머니를 만났거든요. 1층 동네 책방 이야기를 하더라고. 몇 달째 문을 닫은 이유가…."

이야기가 멈춘 건 그녀와 내 시선이 허공에서 부딪히던 때였다. 잠깐의 정적이 흐른 뒤, 한 원장이 풀어 헤친 목도리를 빠르게 되감으며 중얼거렸다.

"어머 내 정신 좀 봐. 차에 새 교재 놓고 왔네. 날씨도 추운데 우리 따뜻하고 달달한 거 한잔 마실까요? 1층 카페 핫초코 괜찮던데. 교재 가져올 겸 금방 갔다 올게요."

도망치듯 빠르게 멀어지는 뒷모습을 보며 문득 오래전 한 날이 떠올랐다. 책방이 언제 문을 열었냐고 내가 다급히 묻던 그때, 원장은 어쩌면 내 눈에서 그 마음을 읽었는지도 모르겠다. 아이들의 얼굴이 숫자로 보이던 시절, 한 원장의 눈에 비친 건 분명 그들의 두려움이었을 터다. 이유도 모른 채 경쟁에 내몰린 불안들을 매일같이 마주하기가 힘들었겠지. 한 원장은 누군가의 마음을 읽을 수 있는, 따뜻한 눈빛을 지닌 사람이었다.

삐거덕 소리에 시선이 돌아섰다. 원장과 나유가 상담실을 벗어났다.

"그동안 수고했어. 학원 옮겼다고 발길 딱 끊지 말고 심심할 때 놀러 와."

"이게 다 엄마 때문이에요. 중학생 됐으니 무조건 학교 근처로 옮기래요."

원장의 한마디에 파란색 운동화가 콕콕 바닥을 찍었다. 그렇게라도 서운한 마음을 내리누르려는 듯 보였다. 다음 주부터 중등 학원으로 옮기는 나유는 오늘이 호호 영어 학원에 등원하는 마지막 날이다.

"그 학원 가서도 영어 공부 즐겁게 해."

원장의 진심을 담은 미소에 나유는 더 큰 미소로 화답했다.

"모두 다 열심히 하라던데 쌤은 즐겁게 하라고 하네요."

"억지로 열심히 해서 100개 알아봤자 금방 날아가. 차라리 하나라도 즐겁게 해서 완전한 내 것 만들면 평생 가는 거야. 적어도 영어는 그래."

"그럼 즐겁게 공부해서 100개를 내 것으로 만들게요."

"역시 우리 학원 출신다운 현명한 생각이야."

감사했다는 인사와 함께 나유가 꾸벅 고개를 숙였다. 그 순간 문득 아이와 처음 대화했던 날이 떠올랐다. 잘 사는 것의 정의를 묻던 그 깊은 눈빛을…. 과연 아이는 언제쯤 자신의 질문에 대한 답을 찾을 수 있을까. 삶의 모든 순간을 정답으로 만들면 좋겠지만, 그건 불가능한 일이었다. 어쩌면 세상 그 어디에도 삶의 정답 따위 존재하지 않을지도….

학원 문을 나서는, 훌쩍 커버린 뒷모습을 보며 원장이 입을 열었다.

"준비는 다 끝났어요?"

"준비할 것도 없죠."

다만 자신만의 답을 찾기 위한 작은 용기는 필요했다. 익숙하고 정든 곳을 떠나, 낯선 세상에서의 생활이 순탄치만은 않을 것이다. 그러나 두려움보다 더 큰 설렘이 가슴을 두드렸고, 한 걸음 멀리 가면 그만큼 새로운 경험을 할 수 있을 거라며 부드러운 손길로 내 등을 떠밀었다.

"나 올 한 해 준비 잘해서, 내년에는 중등반도 개설할까 해요. 그래야 빨리 건물 세우지."

원장의 짓궂은 미소에 나도 웃음으로 화답했다.

"준공식 때 저도 불러주세요."

"그러니까 꼭 다시 돌아와요. 가서 영어도 배우고 그들의 생활 문화도 마음껏 체험한 후에 돌아와서 아이들에게 알려줘요. 세상은 참 넓고 할 수 있는 게 많다는 걸."

"…"

"1년 동안 나도 열심히 준비해 기다릴 테니까. 단 쌤도 더 성장해서 돌아와요."

마른 가지마다 하얗게 핀 눈꽃이 투명하게 시든 후, 자연이 부지런히 초록 새순을 피워 올릴 때, 날카로운 바람 끝이 둥글게 마모되어 유순해질 때, 무채색의 세상이 저마다의 색을 되찾고 사람들의 옷차림이 조금 더 가벼워질 때, 그때가 되면 나는 검은 호랑이가 잠들어 있는, 아이들의 웃음소리가 충만한 이곳으로 다시 돌아올 것이다.

"네, 약속할게요."

나는 한 원장을 향해 크게 주억거렸다.

***

"어서 오세요."

손님을 맞이하는 경쾌하고 살가운 목소리는 이내 반가운 미소로 변했다.

"어머! 이게 얼마 만이에요. 저는 하도 안 오셔서 이사 가신 줄 알았어요."

잘 지냈느냐는 인사에 미진 씨가 웃으며 두 손뼉을 마주쳤다. 벽에 걸린 메뉴판에는 못 보던 샌드위치 종류가 있었는데 내가 안 온 사이에 새로운 메뉴가 개발된 모양이었다.

"오늘도 계란샌드위치에 미니 와플?"

이토록 무심한 손님의 입맛까지 살뜰히 기억하고 있다니, 나는 어쩐지 미진 씨에게 미안한 마음마저 들었다.

"미니 와플에 초콜릿 시럽 대신 딸기잼을 넣어야 하고요."

"네"라고 대답하자 곧바로 미진 씨의 손이 재바르게 움직였다. 동시에 매장 가득 고소한 냄새가 퍼져 나갔다.

"살이 좀 빠지신 것 같아요."

나는 괜스레 두 손으로 얼굴을 매만졌다. 살이 빠졌는지는 모르겠지만 내 안에 자리 잡고 있던 무언가가 사라진 기분이었다. 그러나 시간은 쉼 없이 흘렀고 그 텅 빈 곳으로 바다의 밀물처럼 새로운 날들이 차오르기 시작했다.

"신메뉴가 많네요."

질문을 던지기 무섭게 미진 씨가 새로운 메뉴 설명에 열을 올렸다.

"귤잼 치즈샌드위치 반응이 아주 좋아요. 아시잖아요. 저희 가게 잼은 다 직접 만드는 거. 시중에서 파는 잼이 아니라서, 그렇게 달지 않고 아주 신선해요. 귤이 짭조름한 치즈랑 의외로 궁합이 잘 맞거든요."

봉투에 음식들을 넣던 그녀가 뭐가 생각난다는 듯 한 번 더 손뼉을 쳤다.

"아! 맞다. 그분 아시죠? 키 크고 얼굴 곱상하니 새하얀 남자분이요."

찰나의 순간, 알알이 떠다니던 고소한 입자들이 거짓말처럼 사라졌다. 생각지도 못한 순간, 전혀 기대 못 한 우연과 마주하면 잘 뛰던 심장이 멈춰버렸다. 머릿속이 새하얀 백지로 변한다. 나는 대답을 잃은 채 바보처럼 미진 씨의 얼굴만 바라보았다.

"작년에 몇 번 오셨어요. 계란샌드위치에 미니 와플 주문하시고는 꼭 딸기잼 넣어달라고 하시더라고요. 주문 방식이 너무 똑같아서 혹시나 하고 물었는데…."

남자는 누군가 이 메뉴를 추천했다며 해사하게 웃었다. 미진 씨는 그가 말한 누군가의 얼굴을 단번에 떠올렸지만, 어떤 사이냐는 질문은 하지 않았다. 한마디로 표현할 수 없는 남자의 오묘한 미소가, 미진 씨의 마음에 오랫동안 남아 있었다.

"혹시 좋은 소식 있는 거예요?"

그녀가 함박웃음을 보이며 포장한 샌드위치를 건넸다. 좋은 소식인지는 알 수 없지만, 당분간 미진 샌드위치에 올 수 없는 이유는 꼭 말해야 할 것 같았다.

"저 곧 한국 떠나요. 어학 공부도 할 겸 1년 정도 나갔다 올 예정이에요."

"어머! 그래요? 오랜만에 오셔서 너무 반가웠는데…."

얼굴에 아쉬움을 드러내던 미진 씨가 잠깐만 기다리라며 황급히 뒤돌아섰다. 잠시 뒤 그녀의 손에는 방금 포장된 샌드위치 한

개가 들려 있었다.

"귤잼 치즈샌드위치예요. 공부 잘하고 오시라는 응원이니까, 맛있게 드시고 돌아오시면 꼭 다시 들러주세요."

나는 가만히 그녀의 손에 들린 샌드위치를 내려다보았다. 높고 좁고 오래된 흑호동에 사는 이들은, 상대의 마음마저 자세히 바라본다. 그렇게 따뜻한 시선으로 깊은 인연을 이어간다.

"그럼요. 샌드위치 먹고 싶어서라도 와야죠."

서로의 안녕과 건강을 기원하며 미진 샌드위치를 나왔다. 하늘은 금방에 얼음덩어리를 흩뿌릴 듯 무거운 납빛으로 물들어 있었다.

'그분 아시죠? 작년에 몇 번 오셨어요.'

나는 따뜻한 봉투를 품에 안은 채 언덕길을 올랐다. 멀리 보이던 가로등이 조금씩 가까워지기 시작했다.

거실로 들어서자 조가 푸른빛을 반짝이며 내 주위에 원을 그렸다.

시장 먹거리는 당분간 힘들다고 해도, 샌드위치 정도는 거기서도 얼마든지 먹을 수 있지 않을까?

"미진 샌드위치가 없잖아."

식탁 위에 포장 봉투를 내려놓으며 말했다. 조의 말처럼 그곳에서는 훨씬 다양한 샌드위치를 맛볼 수 있겠지만, 이곳이 아니면 미진의 맛은 절대 찾을 수 없다. 음식의 맛을 결정하는 건 제법 다양하고 또 복잡한 과정이 필요하니까.

조가 날아와 맞은편, 의자 등받이 위에 앉았다.

곧 떠난다니까 기분이 어때?

나는 미진 씨가 선물한 귤잼 치즈샌드위치를 꺼내 한입 크게 베어 물었다. 그 즉시 입안 가득 퍼지는 새콤달콤한 향에 입가엔 저절로 미소가 그려졌다.

"뭐가 어때? 흑호동에 처음 왔을 때와 비슷하겠지. 지하철이 아닌 비행기로 간다는 거, 언어가 낯설다는 거, 그 차이 외에는 사람 사는 곳은 다 거기서 거기야."

심드렁한 내 대답에 밤바다의 등대처럼 고요히 반짝이던 조가 가만히 이야기를 풀어냈다.

어떤 욕망이나 꿈도 없이 마냥 조용하기만 한 네 하루하루가 안타까웠어. 네가 삶에 조금 더 적극적이길 바랐거든. 그런데 혹여 이 모든 이유가 태어나지 못한 나 때문인가? 삶을 잃어버린 내가 늘 네 곁에 있어서, 그게 오히려 네 삶을 허무하게 만드는 건 아닐까? 그런 생각이 들었지.

조가 이 말을 끝으로 가볍게 날아올라 벽에 걸린 두 개의 그림 앞에서 반짝였다. 비 내리는 거리와 하얗게 눈이 쌓인 겨울 풍경은 내가 엄마를 위해 특별히 주문 제작한 그림이었다. 내가 없는 사이 이 집은 당분간 엄마의 서재가 될 것이다. 바닥에 아무렇게나 쌓아놓은 책들을 가지런히 정리했고, 주방 선반에는 엄마가 즐겨 마시는 와인 몇 병을 넣어 두었다. 엄마는 비와 눈, 나와 조의 흔적이 있는 이 집에서 단어 하나, 문장 한 줄을 새기며 언제 나처럼 그렇게 삶을 풀어나갈 것이다.

그런데 아니었어. 나와 상관없이 너는 그냥 너의 방식대로 살았던 거야. 만약 내가 너와 똑같은 모습의 쌍둥이로 태어났대도, 우린 전혀 다른 각자의 삶을 살았을 테니까.

한참 동안 그림 앞에 있던 푸른빛이 돌아와 내 눈높이에서 반짝였다.

한마디로 너는 네 멋대로 산다고. 아무 준비 없이 독립하더니 영어 선생님이 되질 않나. 갑자기 어학 공부를 하겠다며 훌쩍 비행기에 오르고 말이야.

"재미있잖아. 네가 그렇게 원하는 삶의 재미를 몸소 실천하는 중이라고. 타국에서의 멋진 사랑을 제안한 건 바로 너였어."

샌드위치의 마지막 한 입까지 야무지게 먹은 후 나는 벌컥 방문을 열어젖혔다. 그렇게 방 한가운데 우두커니 서서 책꽂이에 열을 맞춘 책들을 살펴보았다. 동네 책방에서 산 책들이 가지런했고 시집에는 여전히 책갈피가 꽂혀 있었다. 해거름이 짧아진 겨울, 밖은 서서히 어스름이 내려앉기 시작했다. 나는 다시 주방으로 돌아와 의자 등받이에 걸어두었던 점퍼를 입었다.

또 어디를 가?

조가 물었다.

"먹었으니 운동을 좀 해야지."

나는 지퍼를 목 끝까지 채운 후 현관문을 열었다. 밤이 검은 장막을 펼치자 가로등이 홍시빛 눈을 권태롭게 끔뻑거렸다. 익숙한 길을 따라 아래로, 더 아래로 내려갔다. 걸음을 옮길 적마다 앙상한 가로수가 등 뒤로 조금씩 멀어져 갔다. 부지런히 눈을 치우고, 곳곳에 염화칼슘을 뿌렸지만, 언덕길을 내려가는 발걸음은 늘 아슬아슬했다. 마치 불안한 누군가의 삶처럼…. 나는 한 걸음씩 조심히 앞으로 나아갔다.

두 다리가 멈춘 곳은 언제나처럼 불 꺼진 동네 책방이었다. 어둠이 고여 있는 공간에서 책들은 여전히 깊은 동면 중이고, 색색의 책갈피들 위에는 소복이 먼지가 쌓였을 터였다. 가만히 유리문을 밀어보지만, 누군가의 눈빛을 닮은 고요한 풍경 소리는 여전히 들리지 않았.

'2층 영어 학원 선생님이시라고요. 내가 원장님은 종종 뵙는데 선생님은 처음이네요. 그런데 무슨 일로…. 아, 그래서? 내가 전에 원장님한테도 한번 말한 적 있는데. 대충 이야기는 알고 있죠? 가게 계약할 때는 전혀 몰랐지. 책방 문 열고 한동안은 좀 그랬어요. 쉬는 날도 뒤죽박죽에다 별 이유도 없이 며칠씩 문을 닫지 않나, 그렇게 엉망으로 할 거면 차라리 빨리 내보내는 게 낫지 싶었죠. 그런데 두 달 전인가? 엄마라는 사람이 찾아왔어요. 이번에 마지막 심장 수술을 받는데, 제법 위험한가 봐요. 그 말을 하면서 얼마나 사시나무처럼 몸을 떠는지. 그 마음이 오죽하겠어. 월세는 절대 밀리지 않고 꼬박꼬박 낼 테니까 서점 절대 빼지 말라네. 아들이 꼭 다시 책방 열 거라고, 몇 번이나 말했나 봐요. 얼마나 간곡히 부탁하는지…. 사실 저렇게 오랫동안 방치하면 건물 이미지도 안 좋아져요. 나중에 다른 세입자 받기도 힘들거든. 하지만 나도 자식 키우는 어미인데 어떻게 그 부탁을 뿌리쳐요. 적어도 계약 기간까지는 그냥 두려고 해요. 그나저나 대체 책값이 얼마인데 나까지 찾아왔어요?'

서점 주인에게는 아직 빚이 남아 있고 나는 반드시 그 값을 치를 것이다. 그러니 머지않아 동네 책방은 환하게 불을 밝힐 터였다. 행복해서 불안해하고 욕망 때문에 힘들어하는 서점 주인이 돌아와 잠든 책들을 깨우고 맑은 풍경을 울릴 테니까. 그 미래를 지금껏 단 한 번도 의심하지 않았다.

나는 주머니에 넣어 온 편지를 꺼내 서점 유리문 틈으로 밀어 넣었다.

잘 지냈어요? 이 편지를 읽을 때쯤이면 나는 아마 한국에 없을 거예요. 당신의 여행과는 비교할 수 없겠지만, 나 역시 조금 먼 곳으로 떠나려 합니다. 낯선 도시와 사람들 속에서 잠시 이방인이 되어보려고 해요. 덕분에 당신과의 약속이 조금 더 미뤄질 듯싶네요. 고백하건대 나는 당신의 여행이 얼마나 고됐을지 상상조차 못 합니다. 그러나 힘든 여행을 끝낸 당신이 반드시 이곳으로 돌아오리라는 건 잘 알아요. 그러니 부디 기다려 주세요. 책방 앞 가로수가 연초록 싹을 틔우면, 나 역시 이곳으로 돌아올 테니까. 그때 약속드린 모든 걸 이행하겠습니다. 당신도 알잖아요. 나는 빚지고는 못 사는 성격이라는 걸…. 마지막으로 미진 샌드위치의 신메뉴를 추천합니다. 상큼한 귤잼 치즈샌드위치가 당신의 입맛에도 잘 맞을 것 같습니다. 꼭 한번 도전해 보세요.

봄바람이 불어와 거리에 향기로운 벚꽃 비가 내리면 혹여 또 모를 일이다. 샌드위치 가게 앞에서, 흑호 시장 입구에서, 세계 맥줏집 계단에서, 어스름 가로등 빛 아래에서, 익숙한 얼굴과 마주하게 될지.
"잘 있었어요?"
서점 주인의 질문에 나는 이렇게 대답할 것이다.
"역시 빚지고는 못 살겠네요."

어쩌면 그날은 처음으로 서점 주인에게 내 이름과 그 뜻을 말해줄지도 모르겠다. 그리고 나는 동네 책방에서 산 시집에 노란색 책갈피를 끼워 그에게 돌려줄 것이다.

이른 봄에 핀
한 송이 꽃은
하나의 물음표다.
당신도 이렇게
피어 있느냐고
묻는

새봄이 시작되면 이 질문에 대한 답을 들을 수 있겠지. 나는 잠든 책방을 뒤로한 채 몸을 돌려세웠다. 내 안에 커다랗게 자라던 안 행복의 안이 조금씩 줄어들기 시작했다.

작가의 말

몇 해 전 크리스마스로 기억한다. 가까운 지인에게 케이크를 선물 받은 적이 있다. 단 음식을 좋아하는 편이 아닌데 그날은 웬일인지 케이크 위, 화이트초콜릿으로 만든 눈사람이 유독 맛있게 보였다. (눈사람이 맛있어 보였다니. 막상 쓰고 보니 이보다 잔인할 수 없는 문장이 돼버렸다. 하여 그냥 달콤하게 보였다고 정정하고 싶지만 역시 그게 그거 같다.)

아무튼, 맛있는 걸 제일 마지막에 먹는, 덕분에 김밥 꽁다리도 가장 나중에 먹는 나란 인간은 케이크 한 조각을 다 먹을 때까지 그 앙증맞은 화이트초콜릿 눈사람을 소중히 아껴두었다. (이건 어디까지나 인간인 내 시점이겠고 전지적 화이트초콜릿 눈사람 시점에서는 이보다 공포스러울 수는 없을 것 같다.)

또 어쨌든, 그렇게 케이크를 깨끗이 먹어치운 후, 나는 엄지손가락만 한 눈사람을 살포시 집어 들어 조심히 입에 넣었다. 그러나 초콜릿의 달콤함을 충분히 만끽하기도 전에 눈사람은 혀끝에서 흔적 없이 사라지고, 기다림과 인내의 시간에 비해, 달콤함은 허망할 정도로 너무 빨리 지나갔다. 딕분에 그날 나는 한 가지를 깨달았는데, 그것은 바로 행복이 사뭇 거창해 보여도 아껴두었던 초콜릿 한 조각을 먹었을 때 느끼는 짧은 달콤함 정도라는 사실이다.

한 주의 고된 업무 끝에 맛보는 주말 휴식과 지루한 일상에서 잠시 벗어나는 여행과 사랑하는 이와 보내는 특별한 하루까지, 이런 순간들이 행복이라 불릴 수 있는 건 밤하늘에 쏘아 올린 불꽃놀이처럼 찰나의 기쁨으로 타오르다 이내 사라지기 때문이다. 동시에 그 불꽃들이 아름다울 수 있는 건 칠흑 같은 어둠 덕분이다. 결국 행복을 만끽하기 위해서는 재미없고 지루한, 가끔은 힘들고 괴로운 일상이 꼭 배경이 되어야 하는 게 아닐까 하는, 대단히 서글픈 정신 승리를 혼자서 잠시 했었다.

생각해 보면 글쓰기 역시 이 공식에서 크게 벗어나지 않는다. 아무것도 없는 새하얀 모니터에 단어 하나 문장 한 줄을 타닥타닥 새겨 넣다 보면, 나는 몇 번이고 한숨을 내쉬고는 애꿎은 머리카락만 쥐어뜯는다. 그런 다음 스스로에게 다음과 같은 지독한 저주를 퍼붓는다.

'이런 말도 안 되는 이야기를 어디까지 끌고 갈 수 있을 거라 생각해? 최악이야. 처음부터 완전히 망한 이야기잖아. 절대 끝까지 못 갈 거야. 그러니 이쯤에서 키보드에 손을 떼는 게 좋을걸?'

그렇게 의식과 무의식에 적나라한 공격을 받으며, 가끔은 익룡 같은 괴성을 지르며, 지금까지 쓴 원고를 깨끗하게 지워버리고 싶은 충동과 키보드를 던져버리고 싶은 분노를 찍어 누른 후 간신히 마지막 문장의 온점을 찍으면, 귓가에 이 한마디가 흘러든다.

'결국 다 썼네. 수고했어.'

이것이 전부다. 하지만 다 썼다는 성취감을 느끼는 그 순간만큼은 세상 이보다 짜릿할 수 없다. (물론 통장에 인세가 찍히는 순간도 매우 짜릿한…. 아니, 뭐 그렇다는 거다.)

이렇듯 행복은 강에서 사금을 찾는 것만큼 손에 넣기 까다로운데, 하여 나는 행복의 민감도가 높은 사람, 자주 감탄하고 기뻐하는, 자신만의 삶의 금광을 지닌 이들을 보면 부러움을 넘어 엄청난 질투를 느낀다. 그것만큼 인생을 풍요롭게 하는 초능력도 없을 테니까.

나에게는 모든 글쓰기가 도전과 모험이지만, 그중에서도 특히

『안의 크기』는 기존과는 전혀 다른 각오로 시작했다. 그 낯선 세계의 문을 활짝 열어주신 허블과 "이 글은 침몰할 거고 난파될 거예요" 하며 온갖 호들갑을 떠는 작가를 위해 묵묵히 키를 잡고 거친 출간의 항해를 끝내신 김학제 편집자님께 무한 감사를 드린다. 도전이 쉽지 않았고, 과정 또한 험난했지만, 결국 이 모든 이야기를 다 끝낸 지금, 나는 매우 행복하다고 말할 수 있다.

그러니 이 글을 읽어주신 분들이 마구마구 행복하기를, 행복이 목표보다 과정이 되기를 바란다. 향이 좋은 커피 한잔에도 즐거울 수 있고, 누군가의 반가운 인사에도 기쁨을 느낄 수 있다면, 당신은 세상에서 가장 아름답고 강한 능력을 지닌, 내가 질투 나게 부러워하는 사람임이 분명하다. 더불어 이 책이 그 행복에 아주 작은 이바지라도 했다면, 당신은 내게 우주만큼 커다란 행복과 기쁨을 선물해 준 거라, 부디 생각해 주시기를⋯.

2025년 겨울의 시작
이희영

※ 마지막으로, 본문에 인용된 두 편의 시는 도종환 선생님의 「발자국」과 「한 송이 꽃」(『세 시에서 다섯 시 사이』, 창비, 2011)을 인용하였음을 밝힙니다.